露
（吸血鬼）
Loo / Vampire
「救、救救我……」
Farming life in another world. Volume 01

「好吧。」
街尾火樂
（人類）
Hiraku Machio / Human
小雪
（地獄狼）
Yuki / Inferno Wolf
小黑
（地獄狼）
Kuro / Inferno Wolf

「村長，大豐收呢。」
莉亞
（高等精靈）
Ria / Hi Elf
芙蘿拉
（吸血鬼）
Flora / Vampire
Farming life in another world. Volume 01

蒂雅
（天使族）
Tier / Angel
「顆粒很飽滿呢。
拿它來釀成酒……
呵呵呵。」
安
（鬼人族）
Ann / Hi Ogre

「來決定這個地方的名稱吧。」
達尬
（蜥蜴人）
Daga / Lisard Man

座布團
（不法蜘蛛）
Zabuton / Illegal Spider
「……大樹村。」
Farming life in another world. Volume 01

異世界悠閒農家

Farming life in another world.
Presented by Kinosuke Naito
Illustration by Yasumo

内藤騎之介

插畫 やすも

Farming life
in another world.

Kadokawa Fantastic Novels

異世界悠閒農家

Farming life in another world.

Prologue

Presented by
Kinosuke Naito
Illustration by
Yasumo

〔序章〕

稀鬆平常的異世界傳送

我名叫街尾火樂。
大學畢業後任職的企業是血汗公司，導致我二十多歲的人生過度操勞，才剛邁入三字頭就得住院療養。身為男性，我僅享年三十九歲。
而如今，我正與神明面對面。

「要讓我轉生到異世界嗎？」
「不，是傳送。」
「傳送？我以為自己已經死了啊？」
「沒錯。所以要讓你在別的世界重新活過來。」
「那我的身體呢……？」
「我會驅走病魔，並使腐敗的臟腑再生。不這樣的話，你又會馬上死掉了。還要順便讓你回復青春。」
「太感謝了。」
「不必道謝，把你送到別的世界對我也有好處。說穿了，你其實是為了我而在別的世界復活的。」
「原來如此。那麼我……小的在那邊有什麼非做不可的義務嗎？」
「你繼續自稱『我』無妨。另外，你只要在那邊活下去就夠了。好好享受你第二回的人生吧。」

「這樣啊……」

「有什麼不滿嗎？」

「沒有。」

「好極了。不過……這種安排你真的願意接受嗎？」

「是的。畢竟我有將近十年的人生都躺在醫院的病床上動彈不得。能給我健康的身體，甚至可以回復青春，我還有什麼好抱怨的呢？」

「是嗎……啊～對了，該怎麼說，因為感覺是我單方面硬要執行這件事，有點過意不去，我可以稍微實現你的心願。」

「我的心願嗎？」

「嗯。像是擁有特殊技能啦，或是得到命中注定的美妙邂逅之類的。」

「那麼，我希望擁有不會生病的身體。」

「……不會生病的身體？」

「是的。我長期為病痛所苦，可以的話不想再經歷第二次了。」

「唔……嗯，我明白了。那麼，我就把不會生病的身體——『健康的肉體』授予你吧。」

神明這麼說完後，我的身體便散發光芒。明明就只有這種現象而已，不知為何我卻確實地感受到自己已擁有「健康的肉體」，太感激了。

「非常感謝您。」

「嗯～……我可以再實現你一個心願喔。」

「咦？可是……」

「沒關係，你說說看吧。」

「好、好吧。如果可以，我比較想在人煙稀少的地方生活。」

「人煙稀少的地方？」

「是的。那個……雙親去世後，我被自稱親戚的人搞得很慘……就職的公司也是。所以……該說是我有點不信任他人嗎？不、不對，大概是我跟他人的溝通技巧並不怎麼高明吧。雖然覺得自己非得改進不可，但一下子要改又有點……」

「所以你才想去人煙稀少的地方嗎？我明白了，我會好好挑選你傳送的目的地。」

神明朝空無一物之處伸出手，做出奇怪的動作。我猜大概是在調整傳送的去處吧。我只能說萬分感激。

「非常感謝您。」

「你再許一個願也無妨喔。」

「咦？」

「別客氣，別客氣。說吧。」

「這樣啊……啊，對了！請讓我會說當地的語言。」

「這點不必擔心，與他人的基本對話你都沒問題的。這應該算是某種親切的新手包吧。」

「是、是嗎？」

「好了，快說出你的心願吧。」

「突然要我許願，根本一點頭緒都沒有啊……因為我之前一直躺在醫院的病床上，只要能動就覺得很幸福了，所以現在已經算是大部分心願都達成的狀態……」

「那麼，我這麼問吧——你有什麼想做的事？你的去處是一個跟你認知的電玩遊戲很像，裡頭充滿劍與魔法的世界，因此不管你想成為世界第一的冒險家、世上罕有的魔導師，或是單純想當某個地方的國王都可以喔。」

「啊哈哈，那些對我來說負荷都太重了。讓我想想……既然身體能動，我想做的事會是……有了！我想到了！」

「好，你說說看吧。」

「農業。」

「……」

「不是有個讓偶像務農的電視節目嗎，我看了那個就超想下田的……每次觀賞那節目，我都會想起小時候校外教學拿著鋤頭的時光……」
「是、是嗎？農業啊……」
「對，我想從事農業。」
「……」
「不行嗎？」
「不是不行。話雖如此，這個心願已超出我的管轄範圍。你稍等一下。」
「好的。」

在我等待時，眼前的神明拿出了像是老舊手機般的玩意兒，開始通話。
儘管能聽到說話聲，內容我卻完全無法理解，是因為語言不一樣嗎？
然而，唯有電話另一端的興奮感很明顯地傳了出來。

「久等了。就把這個給你吧。」
說完，對方遞過來一把鋤頭。
把手是木製的，只有刃的部分是鐵製。
「這叫『萬能農具』。」
「萬能？鋤頭確實是很好用啦，但作為農具，稱之為『萬能』不會言過其實嗎？」

「現在是因為你認定它是一把鋤頭，不過它可因應的用途其實千變萬化。」

「千變萬化？」

「嗯。你看，好比你希望它變鐮刀，它就會成為一把鐮刀了。其他像是鋸子、鐵鎚、十字鎬、鏟子……想變什麼都行喔。」

「喔喔！」

「而且這還是你專屬的，會隨時出現在你身邊，就算扔出去也會自動回到你手中。」

「性能好強大！」

「順帶一提，為了避免沒地方保管，它會隱藏在你體內，你可以隨時叫出來或收回去。現在就試試看吧。」

我依照指示，將「萬能農具」納入自己體內，接著再取出來。

「真驚人！」

「要好好愛惜喔。」

「是的，我一定會妥善保管的。」

「……那麼，傳送的時間差不多到了。你做好心理準備了吧？」

「沒問題。為我做了那麼多事，真是太感謝您了。」

「嗯。那麼，好好保重啊。」

我聽著這句道別，一邊體會某種身體溶化般的感覺。

等我回過神，才發現自己佇立在森林中。

先檢查身體。我的身體……可以自由活動，一點也不痛，感覺很健康。雖說手邊沒鏡子，不過從四肢的狀態判斷，感覺的確變年輕了，是二十到二十五歲之間嗎？不，根本只剩下十幾歲吧？總之沒什麼問題。

至於服裝……我穿著陌生的衣服，是奇幻遊戲裡經常出現的村民打扮，以長褲搭配粗製上衣。至於內褲……似乎是綁繩的四角褲呢。無論如何，只要不是壽衣就好了。這套衣服也算是神明說過的新手包內容之一吧？

接著，我試著取出「萬能農具」。一把鋤頭頓時出現，握在我的手裡。

神明大人，真是太感謝您了。話說回來，我都沒請教神明的名諱呢，不知道該向誰禱告比較好？不過重要的還是懷有一顆感激的心。我再度向神明致上最大的謝意。

我起身環顧四周。

森林——不管前方後方都是森林；左邊右邊也都是森林。

雖說我希望傳送到一個人煙稀少的場所，但這地方根本一個人也沒有嘛。

Farming life in another world.

Chapter,1

Presented by
Kinosuke Naito
Illustration by
Yasumo

〔第一章〕

異世界生活的開端

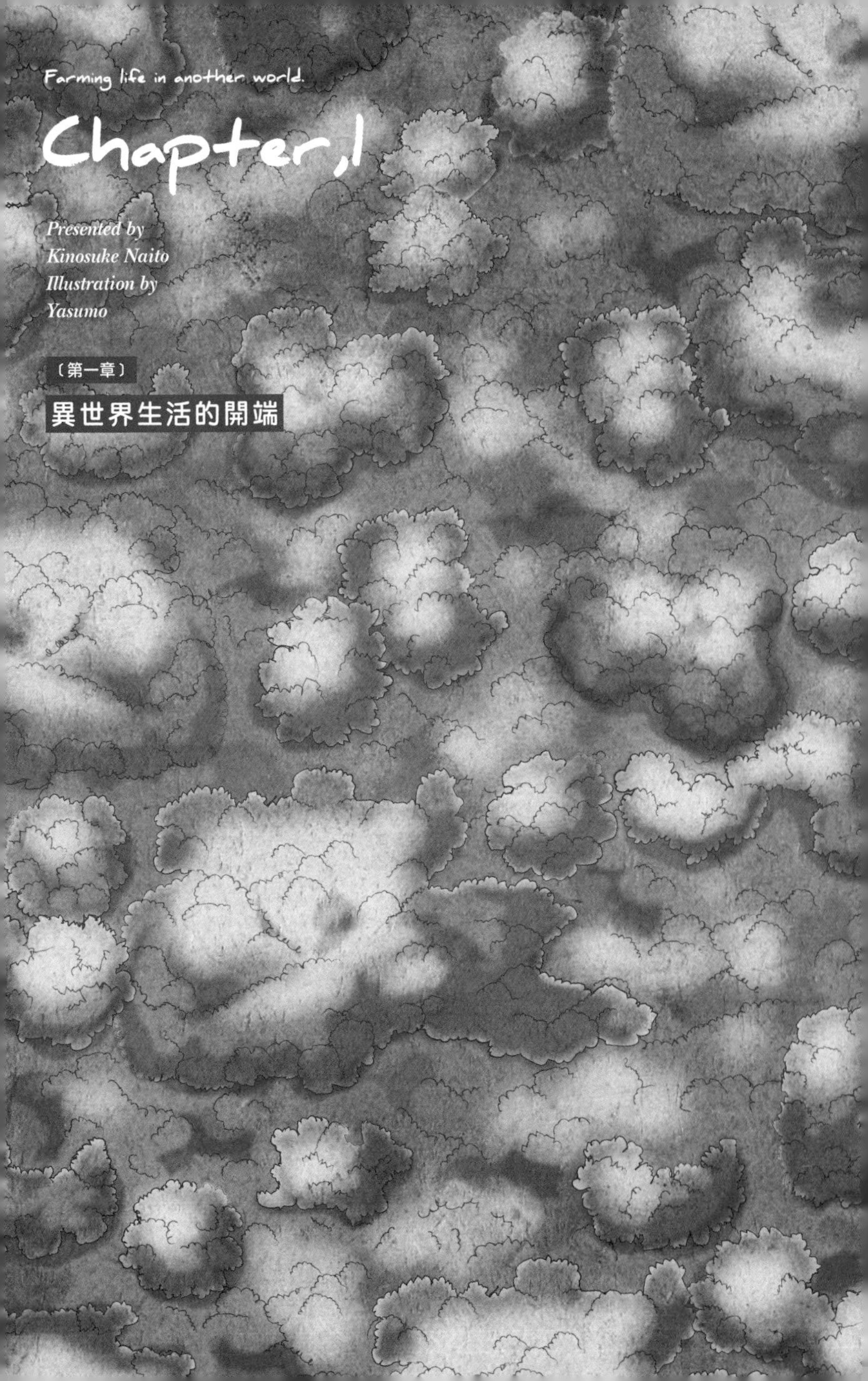

1 異世界

現在該怎麼辦？好不容易才恢復健康，但不採取行動還是會死掉的。

水，接著是食物，再來則是臥處——這些是野外求生的基本要件，務必確保才行。

首先我得進行移動尋找水源……然而雖然想移動，樹木卻很礙事。不，應該說要移動還是沒問題，但樹木太多了擋住我的視野。此外這些樹還很粗。樹幹直徑超過一公尺的大塊頭比比皆是，無論哪個方向的景象都很類似。

只有我自身所處的地點不知為何是空曠的，即使如此，我依然看不到遠處的情況。我猜貿然移動也只會迷路，不過就算迷路也只是無法返回原地罷了……繼續苦惱無濟於事。

總之需要水。不找到水我會渴死。

像這種時候……就得相信自己的聽覺。是不是哪個方向有水流聲呢？

沒用。

我只聽見令人不快的風聲，以及教人發毛的野獸叫聲。此外，那野獸的叫聲感覺像慘叫。也就是說……有其他種類的野獸在襲擊牠。

我做了個深呼吸。

總之先試著踏出一步吧。

……有股強烈的不協調感。

原因出在腳底踩踏地面的感覺。我剛才所處的空地跟以往熟悉的正常地面並無二致，現在這個樹木茂密生長的場所地面卻很堅硬。並非指地盤穩固，而是真的非常硬。太硬了。地面簡直就跟一大塊岩石一樣硬。

植物在這種場所也能伸出壯碩的根部，並成長為粗樹和與人同高的草，真的很驚人。植物的生命力令我感動不已。然而這種堅硬的地面對我來說卻很不妙。儘管我還不清楚自己回復青春後的體能狀況，但在這種堅硬的地表長時間步行，腳一定會痛吧。想不到會遇上這種堅硬的地面，絕不能輕忽大意。

此外，我又產生更進一步的疑問。

我真的能在這種堅硬的大地上推展農業嗎？還是說只有這座森林的地表堅硬，其他地方沒問題？

我舉起鋤頭狀的「萬能農具」往下一揮。

喀沙！

鋤頭前端輕鬆深入地面，令我大吃一驚。我提起農具，重複這項動作。

喀沙喀沙喀沙……

地面很輕易就耕動了。喔喔！感覺好輕鬆啊。

喀沙喀沙喀沙喀沙喀沙……啊！

我心想不妙。得意忘形的我無意間朝著一條橫向生長的粗大樹根揮落鋤頭，已經對手腕會感受到的反彈衝擊做好心理準備了，結果卻沒有傳來。不但如此，手感依舊跟先前一樣輕鬆。

仔細一看，樹根被砍掉了，被鋤頭切斷的部分化為了木糠。

不，這不是木糠，是土？看起來是很好的肥料。

呃……

我繼續揮落鋤頭。

粗大的樹根完全和地面同化，只留下明顯被耕鋤過的地表而已。

喔喔！

此外，我毫不疲憊，到了連自己都驚訝的程度。

這是回復青春的效果？不，搞不好是在使用「萬能農具」的期間，我不會感到疲勞吧？

真不愧是神明授予的道具。

我仔細端詳這項道具，突然靈機一動。

假使我邊耕作邊移動，不是就永遠不會疲勞了嗎？

試過以後，被我猜對了。再度感謝神明。

傳送過來的目的地既沒有食物也沒有水，我原本以為自己被狠心拋棄了，但看來對方還是有為我好好著想。

我一邊鄭重感謝，一邊繼續揮動鋤頭。

總之，得先找到能獲取飲用水的場所才行。

由於我是以耕地的方式前進，移動速度自然很慢。另外，雖然起初我只打算開出足以移動的寬度就好，不過耕鋤過的場所會變得一片平坦，無論樹根還是整棵樹都會被鏟平，於是又加上了能確保視野範圍的約五公尺寬度。

也因為如此，我一小時前進不到五十公尺。好像不太妙耶？

儘管不知道現在幾點，但要是天黑了該怎麼辦？

就算不會疲憊，但有必要那麼注重視野嗎？不不，只要森林裡有可能出現野獸，我就得確保自己的視野範圍才行。

嗯唔……神明救救我吧！等等，一下子就想靠別人幫忙像什麼話啊！

我望向手中的「萬能農具」，目前的形狀是鋤頭，效果則是把耕過之處變成泥土。

神明說它可以變成其他形狀，好比說……鋸子。

我將「萬能農具」化為鋸子的造型，試著貼在附近的樹幹上。

不對，砍樹的工具並非鋸子，鋸子是加工木材的道具。砍樹得用斧頭才對。

我又將「萬能農具」化為斧頭的造型，試著朝一旁的樹劈過去。

樹像豆腐一樣輕易被我劈開了。

喔喔！

而且跟以鋤頭耕地時不同，樹有保留下來。我望著倒下的樹，開始思索。

我現在該做的事不是尋找水，而是要學會如何掌握這「萬能農具」才對吧？

好比說……試著將「萬能農具」變為鑽頭的造型，往直徑超過十公尺的巨大樹幹推上去。

鑽頭轉啊轉的，把樹幹開了一個洞。

花不到五分鐘，我就鑽出了一個入口約一公尺見方，裡頭高兩公尺、寬四公尺左右的長方形空間。

由於空間內部凹凸不平，我又把「萬能農具」化為銼刀進行修整。只要被銼刀磨擦過一次，表面都會變得平坦美觀。

我一邊想著這根本是巨大的松鼠巢穴，同時將木屑往外扔掉。如此一來，我的臥處就搞定了。

接著是水。

我把「萬能農具」化為鏟子，挖掘地面。我並非要尋找河川，而是打算鑿井。

一般而言，尋找地表的水流應該會比鑿井壓倒性地節省力氣，然而擁有「萬能農具」的我情況不同。

我迅速挖開地面，不停挖啊挖啊，筆直朝正下方挺進。

挖了差不多五公尺深，挖掉的泥土已經沒辦法拋出外頭了。

此時我突然想到，自己之後該怎麼從這洞穴脫身？

看來要爬出去時有必要挖個坡道了。不對，先等等。

這是個豎穴。

氧氣該怎麼辦？糟糕，我會窒息而死吧？我慌忙往斜上挖出去，逃脫這裡。

反省一下。

待會挖掘的時候，必須好好考慮空氣流通的問題。

基本上要挖一個斜下的洞，而且每隔一段就得多挖一個往斜上的通風孔。

儘管這跟我心中想像的水井完全不同，但能通風最重要。

只要最終還是往下挖就沒問題了吧。

結果我立刻遭遇下一個問題——照明。要是斜斜地向下挖掘，光便進不來，裡頭一片漆黑。

這個我就無計可施了。只能盡量擴大洞口，讓光線多少照到洞穴底部。

估計深度到十公尺左右時，洞底出水了。很好很好，正如我所願。此外，可能是因為地面堅硬，水感覺並非慢慢滲出，而是像湧泉一樣從洞口側面大舉湧現，洞底開始積水了。

問題在於這能不能喝……看來只能試喝看看了。

總之，我決定不要馬上喝，先放在一旁觀察。

由於使用了「萬能農具」，我並不怎麼口渴；此外，就算這裡的地表再堅硬，剛開挖的洞穴多少還是會弄髒水。

這麼一來，睡覺的地方和還不是很放心的水源都有了。

剩下糧食……要鎖定從森林聽到的野獸叫聲來源嗎？不行不行，我根本沒有打獵的經驗。況且不知不覺間，太陽要下山了。

要日落了……糟糕！

我忘了生火。

剛才鑿井遇到照明問題時，我怎麼沒順便意識到這點？真是個大笨蛋。

該怎麼生火才好？鑽木取火嗎？對我這樣的生手來說，怎麼想都很困難吧。

靠「萬能農具」好了……燈具？手電筒、電燈……不行，變不出來。

「萬能農具」並不受限於名稱中的農具二字，可以變成各種形狀。事實上，如果要問剛才的鑽頭跟銼刀算不算農具，一般人都會回答不是吧，然而它還是變形了。要化為剪刀跟湯匙也沒問題。但為了切割木材而要它變電鋸就失靈了。另外發動機一類，或是電動割草機等也都無效。

只要跟機械相關都不行。從這點推斷，零件數少的道具應該就ＯＫ了吧。因此，符合條件的生火道具是——

放大鏡！

成功了！如此一來就能生火了！假如太陽還沒下山的話！

我望向黑漆漆的森林，只能暫時放棄許多計畫，並一頭鑽進充當臥處的樹洞。直到旭日東昇前，我把「萬能農具」化為小刀，開始製作各式小道具。

只要使用「萬能農具」，應該就不可能挨餓了吧。總之我先做出杯、盤、盆子，再來是刀、叉、筷子，材料則是用斧頭砍下來的樹木。一如預期的，我在使用「萬能農具」的期間，既不會口渴，肚子也不會餓，更不會覺得睏。

只不過在沒有火光的情況下，我只能仰仗月光進行作業。這裡果真是異世界啊，月亮竟然有兩個。

2 萬能農具

「萬能農具」是能變化造型的道具，存取自由，使用期間既不會口渴，也不會飢餓，甚至不會想睡。

然而所謂的使用期間究竟是怎麼判斷的呢？好比說把「萬能農具」當鋤頭時，高舉鋤頭再插入地面，直到從土裡拔出為止，都算是使用期間。

也就是說，只要鋤頭一直揮動，就可以視為不斷使用，多數道具都能參照這樣的規則。

然而，要是我把它當鐵鎚用，要打十根木樁時，打木樁的過程儘管算是使用期間，但在木樁之間移動就不能算進去了。

我想強調的是，當我將「萬能農具」化為小刀製作小道具時，作業途中雖然能發揮不疲累的效果，不過一旦完成一項工作，在轉換到下一項工作的期間，這性能就失效了。儘管過渡的時間很短暫，但慢慢累積起來便會越來越嚴重。嘮叨了這麼多，重點就是我現在終於開始口渴，肚子也慢慢變餓，甚至覺得想睡。

沐浴在朝陽下後，我決定先潛入昨天挖掘的斜向水井，同時順手拿了個熬夜到今天早晨、以小刀製作的木頭杯子。

水井深處已累積了一公尺左右深的水，我盡量汲取上層比較乾淨的部分。看起來滿乾淨的，應該可以喝，喝了不會有事才對。由於我已經口乾舌燥，這時候只有喝下去的選項了。要像個男子漢。

我將杯子稍微傾斜，含了一點在嘴裡。

既未覺得嘴巴發麻，也喝不到怪味，我想應該是普通的水。希望如此，畢竟我口很渴了。

下定決心後，我將水大口飲盡。真好喝。

剩下就是觀察一段時間，只要不會肚子痛就沒問題……這件事只能待時間來檢驗了。

接下來是食物。

在這之前，我先確認了一下現況。

我在粗大的樹幹上做出臥處，周圍則是被我用鋤頭耕過的柔軟泥土。

在距離臥處不遠處，我挖了斜向水井，此外還有一條延伸至我最早佇立的地點、被我耕出五公尺寬的道路？雖然當初我並沒有開路的打算，但看起來就像道路呢。長度大約一百公尺左右吧。

我手邊擁有「萬能農具」，以及熬夜做的小道具。小道具包括杯、盤等，是用木頭削製而成的。由於耗費了一整晚製作，數量頗為可觀。

嗯……

總之，我只能一邊揮鋤頭一邊移動，同時尋找食物了吧。理想的糧食是樹果一類，要是能找到蘋果或葡萄就太棒了。

然而，我雖然想立刻出發，但在那之前得先生火才行。我可不想重蹈昨天的覆轍。

在距離我棲身的大樹稍遠處，我將製作小道具時產生的木屑集中起來，並讓「萬能農具」化為放大鏡點火。再來只要加進乾燥的木材就能讓火勢穩定了。

儘管花了比預期更久的時間，不過總算確保了火源。只是雖然成功生火……然而放著不管怪可怕的，要是引發火燒山就慘了。

因此，尋找食物要在能看見火的範圍內進行。也就是說，我得把臥處周圍開闢出更大一圈空地。

全力以赴吧。

以臥處的大樹為圓心，我像是要擴大這個圓般，不停迅速揮動鋤頭。

好像拚過頭了。

我耕出一塊以臥處大樹為中心，直徑兩百公尺左右的空間。耕地果然很有趣啊。

途中，我想起要是把樹木全變成肥料會沒木材可用，便把「萬能農具」改成斧頭，將樹劈倒。

與此同時，我發現了一種能勾著木頭移動、類似撬棍的工具——儘管不清楚正確名稱，但只要在腦中想像，似乎就能操縱「萬能農具」——對木頭進行搬移，移動時也完全感受不到木頭的重量。「萬能農具」真方便。

在棲身的大樹裡，我堆了許多直徑約一到二公尺的粗樹幹，如此一來就不必為木材煩惱了吧。拜此之賜，原本尋找食物的目的完全被我拋諸腦後。結果這時不知是運氣好還是不好，我又遇上了一個小插曲。

在耕作四周的土地時，鋤頭揮動的方向冒出了動物。那隻動物的外表像兔子，身體大小卻和中型犬相仿，眼珠還射出充滿敵意的光芒。牠的牙齒宛如劍齒虎般，自嘴角兩邊各凸出一根，簡直就是長了獠牙的兔子……話說兔子有犬齒嗎？

總而言之，我無法煞住鋤頭，直接朝這隻兔子揮落。

電光石火的一擊，鋤頭插入前彎的兔脖子，牠就這樣活生生被……接著，牠脖子以上的部分成了肥料，只有身體留下來。

雖說殺生讓我受到了小小的震撼，但肚子是誠實的。我終於取得想要的糧食，雙手合十。收下吧。

我將「萬能農具」化為菜刀，迅速進行肢解。說是肢解，然而因為我不瞭解肢解的方法，只能連毛皮一塊切下。過程中我發現了內臟，不禁慌張起來，要是讓內臟亂灑亂噴的話就不妙了。心臟跟肝臟就算了，胃跟腸子可是有兔子吃過的玩意兒。

從這傢伙剛剛對我釋放的敵意，以及感覺會妨礙吃草的獠牙判斷，牠不是吃素的。嗯，腸子也沒想像中那麼長，是肉食動物吧。

我在不傷及內臟的前提下努力將其挖出，扔掉。

隨後再把毛皮削去，剩下肉的部分。

「萬能農具」雖然能夠化作平底鍋，但我不想讓它被火烤，於是放棄了這個念頭。

把肉切成能一口吞下的大小後，串上木棒用火烤。下回記得得先做些木籤才行；另外，因為沒有鐵板，也要把石頭加工做成石板。獲得糧食後的我從容了起來，開始想東想西。

同時，我一邊吃著烤肉，一邊心想——

真難吃。

由於只是拿肉在火上烤過，這也是理所當然的吧。我根本沒有調味料。

但倒也不到難以下嚥的程度。畢竟我住院將近十年都是吃醫院裡平淡無味的伙食，最後的日子甚至只能打點滴。一想到這裡，我就對自己料理的烤肉流下了感動的淚水。

誰說這東西不好吃了？

………

然而無論我怎麼說服自己，它依然是充滿血腥味的烤肉。連自己都騙不過去，嘖。

關於食物方面，我得再加把勁才行。

我再次下定決心，同時把能吃的東西吃下肚。

話說回來，肉還剩下好幾餐的分量，為避免腐敗，得放在冰涼處才行……目前只能想到水井，但我希望盡量保持水源潔淨。

沒辦法，全部烤過後保存起來吧。

肉烤過後放著似乎會變很硬，但總比保存生肉來得好吧。

至於那些廢棄的內臟及碎裂的毛皮，就用「萬能農具」的鋤頭耕成肥料。

因為我直到現在都沒有腹痛，就認定井水安全無虞吧。總之，我吃飽了。

3 廁所

人類只要有東西可以吃，最後就得排泄。
不如就在附近解決吧？然而臥處大樹四周的土地都被我剷平了，視野過於空曠讓我感到有些困擾。況且在耕鋤過的土地解放總覺得怪怪的。就算找了目前沒開墾的地方，也不能保證未來不會去開墾那裡，真麻煩。
屎尿或許可作為肥料，但剛排泄的玩意兒是沒辦法直接施肥的，得經過發酵才行。
不，要是用「萬能農具」的鋤頭耕一下，也許就會直接變成肥料了，但我對耕鋤自己的排泄物一點興趣都沒有。
因此，在獲得了臥處、水、火及食物後，我接下來想要的就是廁所。
總之我以臥處大樹為中心，選擇了與水井相反邊的位置。為避免臭味惱人，刻意設在遠一點的地方。
我設想今後的需求，以斜向朝地面挖掘約兩公尺。不能垂直往下挖這點我已經學會了。
至於照明問題，我也好好地生了火……不過氧氣呢？好吧，動作盡量快一點就行了！衝啊！
我將深處挖得稍寬一點，以確保容量。這樣應該可以撐好幾年吧？大概。
倘若底下累積的髒東西汙染地下水就糟了，因此我用「萬能農具」的鐵鎚用力敲打地板及牆壁，使其固化。一如我預期，土變得跟水泥一樣堅硬。這麼一來就沒問題了吧。
再來是地上的部分。

首先，我把斜向挖掘的洞口用木板蓋住。這塊木板是我拿收集的木材，利用「萬能農具」的鋸子和鑿子加工而成的，與材料行販售的商品並無二致。

正常情況下，木材要是不先乾燥就加工，之後可是會裂開的。不過使用「萬能農具」的鋸子跟鑿子加工，似乎就沒有乾燥的必要了。「萬能農具」真方便。

蓋住的這塊地方，就是日後取出廁所裡髒東西的出入口。

接著，我大致目測地下空間的正中央之處，垂直挖出拳頭大小的洞。

此時「萬能農具」的形狀就像是巨大的開塞鑽。

工具的高度約略等同我的身高。儘管我擔心能否順利鑽到底下的空間，幸好巨大開塞鑽一邊旋轉就一邊往地下延伸，最後成功打通了。之前挖井時，用這個不是更方便嗎？

總而言之，我一塊塊排列木板，把鑽好的洞蓋住，做出廁所的地板。

接著，我在地板的一處開洞，跟地面的洞對齊。再來則是製作馬桶。馬桶是用大小適當的樹幹切片打造的。我比較喜歡坐式馬桶而非蹲式。而且我連小便都習慣坐著上。

為避免滑動，我對木板和馬桶進行加工固定。

再來是……牆壁。

我揀選能充當柱子的木頭，以「萬能農具」的鐵鎚打入廁所的四個角。

打柱子時，我總覺得自己的身高太矮了，幸好拿其他木材墊腳後倒也不成問題。柱子高度約兩公尺。由於柱與柱的間隔也是兩公尺左右，我發現這將是個兩公尺見方的空間。以廁所而言太大了吧？不，總比太窄來得好。過於開闊的感覺雖然讓人不舒服，但太狹小也是個問題。嗯嗯。

我在充當柱子的木頭上挖出溝槽，並加工木板使其嵌入槽中，做出牆壁。不小心做成四面都是牆了。我慌忙拆掉其中一面以確保出入口。出入口並未設置門板，而是在稍遠處把木頭並排打進地面，做得像屏風一樣來遮掩內部。感覺很不賴。

至於天花板嘛……

天花板尚未完成，感覺很通風。等等再說吧。

用了個比水桶小一點的大杯子從水井汲水過來，我坐進剛完工的廁所裡。這些水是洗手用的，還有上完以後沖馬桶……糟糕，我竟然沒有準備充當衛生紙的樹葉。好險啊。

我立刻衝進森林，找尋應該可以擦屁股的樹葉。

結果沒有合適的葉子，不過發現了似乎不錯的草，就先用它吧。

希望屁股不要長疹子才好……但我的便意已逼近到無暇實驗的地步了。

結果並沒有長疹子，暫時放心了。

上完廁所後，我開始製作天花板。

我缺乏建造斜屋頂的技術，只能做成簡單的平頂。

想不到兩公尺的高度意外讓人有壓迫感。仔細想想，兩公尺其實只比和室紙門稍微高一點而已。

下次要蓋什麼建築物時，一定得蓋得更高些才行。

天花板一蓋滿，廁所裡便顯得太暗，令人困擾，所以我在牆壁上端開了無數個小採光窗。

這樣白天就沒問題了，麻煩的是入夜之後吧。對了，還有天氣不好的時候。到時候只能乖乖依賴火光了。

我將木頭加工成宛如火盆般的道具，在裡頭則鋪上灰。雖說火盆本身是木製的，會不會燒起來實在令人擔憂……但暫時也沒其他辦法了。列為日後待改進之處吧。

另外為了洗手跟洗馬桶，還需要類似水槽的道具……但我並沒有用木材組裝蓄水槽的技術，只好拿一整塊大木頭來削了。

拜「萬能農具」之賜，比起製作類似水槽的道具，為了裝滿水而來來回回反而更累人。缺乏文明還真辛苦啊。總之，廁所完成了，我很滿足。

4 確保糧食

完成廁所後，我返回臥處睡覺。儘管還是在可以行動的白天，但我就是很睏沒辦法。體感上似乎睡了三小時左右，然而太陽還沒有下山。

來確認現況吧。

臥處、飲水、生火、食物及廁所目前都沒問題了。然而考量到日後發展，糧食便是個問題。如今，我手邊只有運氣好而取得的疑似兔子的肉。就算將使用「萬能農具」期間不會飢餓的這點納入計算，減少吃飯的次數……肉也只能再撐五天。

在糧食耗盡前，我一定得找到新的食材才行。

不過……在找食物前得先解決過夜的事。晚上當然睡覺才是上策，但森林是很恐怖的，好比那長著獠牙的兔子，不但很大隻又懷著敵意。連兔子都那樣，要是遇上熊更不可能不危險吧。

儘管生了火，但據說野生動物會害怕火只是一種迷信，搞不好還會因為對火好奇而主動靠過來……

總之，必須用樹幹做出能擋住臥處入口的門。

我以「萬能農具」切割大小適當的木材，再做出類似門把的部分就完成了。雖然感覺有點重……不過太輕反而會沒安全感。
關上門後室內就變得漆黑一片，造成諸多困擾。但在室內生火可能引發火災或缺氧的風險。把這點列為今後的課題吧。
接下來是柵欄。
我建起能圍住臥處大樹、水井，以及廁所的柵欄。
雖然稱作柵欄，但我沒有釘子，做不出像牧場圍欄那樣精美的玩意兒，只能靠「萬能農具」盡量砍倒筆直的大樹並削除樹枝，做成圓木後圍繞土地。
這種尺寸的樹木要是少了「萬能農具」根本移動不了分毫，就算橫擺高度都有一公尺左右，應該能阻礙野獸的前進路線才對。
一旦有了這圓木柵欄，感覺就能爽爽地圈出專屬於自己的領地了，得意過頭的我因此圍了超大的一圈。
大約有百公尺見方吧？我是不是太囂張了啊？總之圓木柵欄這樣就算大功告成。天也黑了，該睡了。
關上門，室內果然一點光都沒有，這樣什麼作業都不能進行嘛。算了。
通風口！
糟糕、糟糕！我一開始明明就考慮過缺氧的問題啊！由於伸手不見五指，找不出門在哪的我稍微陷入了恐慌。

好不容易打開門，我在門上開了幾處通風口後才回去睡覺。呼！

翌日早晨。

我在圓木柵欄外挖掘壕溝。只有圓木柵欄感覺不夠牢靠，我半夜還因此驚醒了好幾次。為了以後能高枕無憂，只好努力挖壕了。

壕溝的大小嘛……目測寬度為一公尺五十公分，深度兩公尺。

作為圓木柵欄的出入口，有一小塊地是完全沒放圓木的，但壕溝我挖了完整的一圈。

接著，我用木板搭橋。這塊木板也是少了「萬能農具」就重到不行的玩意兒，不過目前只有我會使用，所以不成問題。嗯，感覺不賴。這麼一來就放心了，應該沒問題吧？希望沒事才好。

好了……確保臥處的安全後，接下來終於輪到食物……結果挖壕溝花了太久時間，太陽都已經西斜了。

還是別太勉強好了，今天就到此為止。儘管我這麼想，但這裡沒有任何娛樂。

倘若不使用「萬能農具」，體力就會消耗。

因此，趁著還沒天黑，我又把之前以「萬能農具」化為鋤頭耕過的土地打造成田地的模樣。

畢竟我真正想從事的是農業嘛。在壕溝以外的空地上，我舉起鋤頭。田地這種東西有標準的大小嗎？就算有，我也沒辦法測量就是了。

於是我隨意地切出一塊約五十公尺見方的場地，在上頭堆出田壟。

這些作業全靠鋤頭就能完成，真是輕鬆愉快啊。見田地越來越有模有樣，為了避免踩亂田壟，我在田地周圍稍微堆了些土。感覺不錯呢。這時，我突然察覺有件事我竟然完全忘了。

我既沒種子也沒幼苗，就算做出田地也毫無意義不是嗎？

我整晚都在打造田地，徹夜沒睡。因為月光宜人，我對黑暗毫不在意。

專心致志揮動鋤頭的我造出了田地。這邊要種胡蘿蔔、那邊則是馬鈴薯、再過去還有高麗菜，至於剩下那裡又該種什麼才好呢？

徹底逃避現實。

使用「萬能農具」的期間，口不會渴，肚子也不會餓，此外更不會想睡，只要持續不斷使用，是可以永遠動下去的。

回過神來才發現已迎來了早晨，我在包圍臥處的圓木柵欄與壕溝外，又用了一圈田地環繞起來。哈哈哈。

我冷靜下來了。

森林裡有能夠培育的植物嗎？我一邊思索這件事，一邊開墾森林。

一邊使用「萬能農具」邊移動儘管方便，但這樣還能發現可供種植的作物嗎？畢竟無論任何草木，一旦進入「萬能農具」的鋤頭範圍就會化為肥料。要我一面觀察四周一面揮動鋤頭，未免有些強人所難，之前我也是這樣不小心殺死有獠牙的兔子。

結果我又殺生了。

依舊是兔子。是怎樣啦！直接撲到我面前是這一帶兔子的習性嗎？此外還帶著滿滿敵意。跟上回一樣，鋤頭砍到脖子，讓腦袋成了肥料，只有身體留下。看來我只能感激地收下了。

開墾森林到快天黑。儘管沒發現看似可種植的植物，我卻獲得了三具兔子軀體。

其實我一共碰到四隻……或者該說四頭兔子，其中一頭卻是腦袋留下，身體變成肥料。之前我就注意到，現在更確定鋤頭刀刃內側碰到的部分會變成肥料。結果那顆兔腦袋在我雙手合十後，也讓它成了肥料。

兔子軀體有中型犬那麼大，搬運起來實在有點棘手，不過只要像木頭一樣把兔屍掛在「萬能農具」上就會變輕了。「萬能農具」萬萬歲！

感激著各種助力的我享用了兔肉，今夜睡了個好覺。

5 無巧不成書與邂逅

一覺醒來。

一如往常盥洗並吃了烤兔肉當早餐，再把體內的廢物排掉後，我感覺精神飽滿。眼下的目標是取得能在田裡栽種的植物。

我手持「萬能農具」，意氣風發地越過壕溝，結果看到田地大吃一驚。田畝冒出了小小的嫩芽，而且還是整齊地等間隔排列。

是誰？誰來播種的啊？而且就算播了種，這成長速度也太快了。

我望向手中的「萬能農具」。是神明嗎？

我衝向森林，將巨大樹木劈成木材，雕刻成來此之前遇到的神明模樣。

回想起來，對方的樣子既像老人又像年輕人，給人的感覺真不可思議。

以我的雕刻技巧應該沒辦法做得很完美，不過還是做出了有幾分相似的神像。

話說回來，給我「萬能農具」的那位似乎說過自己不是負責農業的。

另一位的身影我根本沒見過，只好憑想像雕刻了。既然是負責農業的神，應該會福相一點吧？若要掌管農業，頭腦不清楚點好像不行？

多方思量的結果，我雕出了一尊看似童話故事中開花爺爺的神像。

接著，我把臥處那棵大樹多挖掉一部分，築起一間簡陋的神社，供奉那兩尊木雕神像。

「感謝神明！」

祈求了半晌後，我的目標改變了。

現在得守護田地。

確認一下現狀。

我有充當臥處的大樹、水井、火、廁所，以及圍住這些的圓木柵欄與壕溝，再外圈則是田地，以五十公尺見方劃分一塊，共十二塊。感覺就像在四乘四的方格內以中間的四格作為居住空間，外圍則是田地的感覺。

然後，所有田地都長出了小小的嫩芽，我要妥善保護好它們才行。

首先，我在現有的田地外圍上柵欄，不准任何傢伙靠近。如果有野獸呢？就用這「萬能農具」讓牠化為肥料。呼呼呼呼呼！

我懷著亢奮的情緒造出包圍田地的圓木柵欄，也挖了壕溝，還將較靠近田地的森林給剷平了。

雖說這樣一來，要取得木材會變得比較麻煩，但考量動物可能從樹上跳過來，這也是莫可奈何的。

另外，我姑且在四個邊上留了出入口，並準備好跨越壕溝用的木板。

上述作業耗費了五天左右。

這段期間，小嫩芽急速成長，侵入田地的獠牙兔有六頭，幼犬尺寸的老鼠一隻，全成了田裡肥料。

我沒想過要把牠們留下來吃，因為食物方面已有巨大野豬。

那是一種正面看起來高約兩公尺，寬度也差不多，全長則有四公尺左右的野豬。

我都快被嚇死了，然而因為牠逼近田地，我只好豁出去。

我以「萬能農具」的鋤頭將野豬斬首，豬身則吃得津津有味。

如今的我感到無比充實，真幸福。總之對付野獸也不成問題了。

但威脅農田的不只野獸，鳥跟害蟲也是。

跟兔子、老鼠與野豬不同，我還沒看過體型奇大的品種，不過鳥跟害蟲是確實存在的。之所以尚未侵襲田地，只是因為我的田暫時還沒有出手的價值。然而等作物逐漸成熟，那些傢伙就會來了。我得趕快想出對策才……咦？

話說回來，現在這些苗究竟會長出什麼？一塊田裡是一個品種，每塊田種植的品種都不同。

希望是能吃的，我很需要糧食作物。倘若是觀賞用植物，我絕對會當場跪下去。另外，某些作物說不定需要搭起支架吧？只憑過往的憧憬就想從事農業，實際上我的相關知識也太欠缺了，當初躺在醫院時要是鑽研一下就好了……

現在後悔也沒用。盡力而為吧。

首先要製作稻草人。正當我在思索時，田地那邊傳來了野獸的聲音。

感覺是狗。

好像有狗在拚命虛張聲勢。

我手持「萬能農具」的鋤頭，接近聲音來源。

在包圍田地的圓木柵欄與壕溝對側出現了好大的狗，是全身漆黑的狗，尺寸絕對屬於大型犬，頭頂高度差不多到我胸口這麼高，要是站起來肯定比我還高。

如此龐大的黑狗正朝著我吠叫。

怎麼回事？很不可思議地，我感覺不到對方的敵意。

黑狗背後還有另一隻同樣大小的黑狗。仔細一瞧，兩隻都傷痕累累。

我將最近的入口打開，壕溝也架上木板。

原本狂吠的狗沉默了，還瞪著我，感覺有點恐怖。

我舉著「萬能農具」的鋤頭，心情自然而然平靜了下來。

冷靜下來後，我仔細觀察那兩隻狗，發現後面那隻是母的，因為牠大著肚子。這麼說來前面這隻是公的嘍？看樣子應該是夫婦吧。

呃……我不忍心趕牠們走，況且母狗看似步履蹣跚，公的則不時擔心地望向背後，並不忘瞪著我。

狗是農家的好夥伴。

小時候我也曾想要養狗，卻無法如願。

我一邊想著把狗當成夥伴的理由，一邊放下「萬能農具」的鋤頭。

狗或許也理解了吧？只見牠不再瞪我。雖然不知道牠們能不能聽懂我的話，總之我還是先以手勢把那兩隻招進柵欄內側。

6 狗兒們

兩隻狗跟在我後面亦步亦趨，還滿聽話的嘛。

我們直接通過了包圍臥處的內側壕溝與柵欄。我招呼牠們往篝火去，牠們卻不靠近。

野獸果然還是會怕火嗎？結果是我誤會了。

牠們逕自走向被我打倒的野豬軀體。由於野豬很大，我只切下目前需要的部分，其他則放著沒動。

看來是肚子餓了吧？應該沒錯。慢著慢著，豬肉可比兔肉好吃多了，不能全部給你們。

我迅速將「萬能農具」化為菜刀，開始分割豬肉。確保大腿的部分，再來是里肌與腰內肉。至於肋骨嘛……在「萬能農具」的菜刀前面完全不成障礙。

我將自己需要的肉用大葉子包住，搬到樹幹內的臥處。這大葉子是我在開墾田外圍土地時發現的。然後剩餘的肉跟骨頭就分給狗兒們。

牠們以驚人的氣勢狂吃起豬肉。本來想切成方便食用的小塊，看來根本沒必要。

總之，透過剛才的作業，我理解到自己需要桌子。

仔細想想，我到目前為止都是席地生活。應該早點察覺的。

我把尺寸合適的圓木縱向剖開為二，變成半圓形後，為了不讓桌子晃動，將半圓的頂點略為削平，做成野趣橫生的長桌。也順便做了圓板凳。感覺文明程度陡然上升。

在我作業途中，狗兒們依然貪食著豬肉。也吃太多了吧。我甚至懷疑牠們吃下的分量超過自己的身體大小。算了，至少比浪費掉好。

我將正大快朵頤的狗兒們擱在一邊，思考建造小屋的事。待田裡收成後，就需要保存的場所了。與其說是小屋，不如說更像倉庫吧。

我打算以設置廁所的感覺進行。只要握有「萬能農具」，就算相關知識貧乏，依舊能勉強完成。

不過生手要造出高腳屋還是很困難就是了。

結果，我真的只能建造出跟廁所幾乎一模一樣的小屋。

差別只在面積與地板。

面積約是八個榻榻米左右。由於預定用來儲存作物，我希望空間能大一點。四個角的柱子也使用了相當粗的木材，強度不成問題。

地面沒有安上木板，直接採用原本的地表。考量到要儲存作物，地面保持通風應該會比較涼爽吧。但若是從衛生觀點來看，有木頭地板還是會比較好？

等等我還想製作棚架，以便存放農作物。

好了。正當我要去拿棚架所需的木材時，狗兒們已經吃完飯了，豬肉只剩下乾乾淨淨的骨架。你們的胃究竟是怎麼回事啊？我不禁納悶起來。就在這時，母狗發出了痛苦的哀號。是吃太飽了嗎？

我慌忙想靠過去，卻遭公狗低吼擋下。

我暗想著「現在不是這種時候了吧」，母狗卻開始原地打轉，再次發出哀號。究竟怎麼了？難不成牠要生小狗？咦？在野外生嗎？在這種地方生產真的行嗎？不妥吧。

生產的場所……

位在樹幹裡的臥處？那裡存放了肉跟一些小道具，可能會引發麻煩。

既然如此，我只好將兩隻狗引向剛建好的倉庫。總比露天生產要好吧。

母狗似乎也有同感，乖乖進入倉庫，並開始在角落打轉。公狗則不安地看著伴侶。

生產……生產……不行，我一點相關知識都沒有。

總而言之，天色越來越暗了。

太陽下山後，氣溫會迅速下降，於是我在倉庫裡生起火來。

我輕輕挖開房間中央一帶的地面，做出宛如簡易火爐的造型。先鋪上一層灰，再在那上頭架木柴、點火。

煙從採光窗裊裊飄出。這裡沒有門，不至於被煙嗆到吧。

再來是……飲用水。

我當場把木頭削成類似大水桶的道具，在裡面裝滿水。

母狗立刻牛飲起來，看來我的判斷大致沒錯。

接下來……如果在這裡生產，小狗會掉到地上，直接落地不太好吧？

但我沒有毛毯之類的奢侈品。

早知如此，之前就應該把兔子或豬的毛皮保留起來。

根據我以前看的電視節目，小馬是在稻草上出生的，然而這附近也沒有稻草這種好東西。

進森林割些草回來或許可以，但天已經黑了。倘若只是單純耕地就算了，割草收集這種工作要在黑暗的森林進行未免太過困難。

沒有其他辦法了嗎？正當我這麼想時，母狗做出了挖掘地面的動作。

……

我試著將「萬能農具」化為鏟子。圓鍬跟鏟子的差別好像在於有沒有讓人踩腳施力的部分，但就我自己的感覺，鏟子是單手拿的工具，圓鍬則需要雙手才扛得動。算了，這不是重點。

我在倉庫的角落用鏟子挖土。本來這片土地已經用鋤頭耕過，所以比較柔軟，地表以鏟子鬆過後就變得更柔軟了。

我在倉庫角落鬆出一個榻榻米左右面積的土地。

母狗彷彿理解我在做什麼，立刻在變柔軟的地面挖坑，做出能固定前腳與身體的生產用地。

剩下只能守候了……我這個剛碰面的傢伙如果一直在旁邊看，會給牠們帶來不必要的壓力吧？之後的事就交給公狗負責，我離開倉庫。

太陽完全下山了，與臥處附近的篝火及倉庫洩漏的光線一比，四周顯得更加昏暗。

要是能平安生產就好了……

這種情況下我實在睡不著，只好藉著臥處旁的篝火亮光製作小道具。

順帶一提，夜裡的豬骸骨看起來相當嚇人，我便用鋤頭耕掉，把它變肥料了。

7 與狗兒們的生活

早晨。

倉庫裡誕下了四個新生命，是跟公狗和母狗一樣全黑的小狗。

母狗想必很辛苦吧，但感覺似乎很快就生完了。或許是以前電視之類的看太多，但這也是沒辦法的事，畢竟躺在病床上時，我只能看電視。

無論如何，母子均安真是太好了。

那麼，來吃早飯吧。先向牠們送上生產的賀禮。

我決定把昨天保留的豬肉上好部分給狗吃。我一呼喚公狗過來，並把肉遞過去，牠就乖乖拿去母狗那邊了。難不成牠怕老婆嗎？不不，對女性親切是再平常不過的男性行為，更何況是剛生產完的女性，這是理所當然的。

我往倉庫裡的水桶重新灌滿水，並替篝火添加柴薪。雖然有點煩惱是不是該把火熄了，但如果火會帶來困擾，牠們照理說應該會做出某些反應吧？至少在早晨期間一切安然無事，我判斷繼續燒沒問題。

不過要是讓剛出生的小狗燙著就糟了。我將土堆環繞在篝火周圍，這樣更有地火爐的感覺了。

接著，我才享用自己的早餐，以及上廁所。

話說回來，這兩隻狗身上傷痕累累，真的沒問題嗎？我觀察公狗的身體，的確滿是傷口，但已經開始癒合。昨天明明還是遠遠看也覺得很嚴重的程度，是治癒能力比較強嗎？反正只要牠覺得沒問題就好了……況且動作也滿靈活的。

「我要出去覓食。這裡交給你了。」

我對公狗這麼說道，隨即走向森林。

由於把豬肉分給牠們，存糧的計畫改變了。雖然還有兔肉，但儲存方式只是烤過而已，無論數量或安心感都不足。即使我憑著「萬能農具」勉強撐過去，那兩隻狗該怎麼辦？

不過，既然牠們能活到來我這裡生小孩，或許有辦法應付吧……等一下。

儘管我打算把那兩隻……包含生下的小狗一共六隻全部豢養起來，但對方同意嗎？牠們搞不好只是為了生產才投靠我，等小狗養大了就會離去吧？

如此一來就有點寂寞了。小狗很可愛，能給我留一隻嗎？或許不行吧。不對不對，等等，我又不能肯定牠們一定會離開。

總之，先設法讓牠們覺得我家是個好地方吧。

然後如果可以，我想拜託牠們幫忙守護田地。

為了達成計畫，我得先確保糧食，讓牠們見識見識我身為主人的毅力才行。

小狗生下後過了十天。

兩隻狗與小狗崽們完全違背了我的擔憂，就是一副想給我養的模樣。

希望這是因為我有好好對待牠們的結果。

令我吃驚的事，其一。

兩隻成犬能輕鬆跳越我打造的圓木柵欄與壕溝。雖然兩者合計距離有三公尺左右，但牠們一跳就有五、六公尺遠。

剛來的那天之所以沒用跳的，是因為受傷嗎？還是擔心懷有身孕的母狗呢？

兩隻成犬擅自行動，跑進森林狩獵兔子之類的動物了。

牠們並沒有直接吃掉，而是叼到我面前，應該算是承認我這個主人吧？還是說是來命令我剝掉毛皮呢？無論如何，牠們在儲糧這件事上幫了大忙。

另外，我因為有些不安心，又把壕溝加深加寬了。

結果那兩隻成犬依舊輕而易舉地一躍而過。

令我吃驚的事，其二。

就是小狗們的成長速度。小狗崽的身軀急遽長大。起初還是小隻可愛的模樣，但過了七天就斷奶，跟雙親一樣可以吃肉了。

仔細一瞧，牠們已經開始長牙，獠牙狀的犬齒也冒了出來。不過整體仍舊維持可愛的感覺就是了。

令我吃驚的事，其三。

狗兒們無論親子都守護著我的田地。更正確地說是當牠們發現奇怪的蟲子時，會吠叫提醒我。真可靠呢。

此外，我有些擔心狗群的排泄問題，不過只要指定地點，牠們就會自己跑去那邊上廁所，真是太好了。這些狗的智力搞不好很高喔。

於是我在小狗誕下的十天裡都在進行確保糧食、建設新倉庫的工作。

確保糧食是因為吃飯的嘴變多了。倉庫則是因為一開始那間完全被狗群當成巢穴，乾脆轉職成狗屋。

拜「萬能農具」之賜，確保糧食這件事並不難辦。

而二度建造倉庫則由於經驗累積，我都想自豪比上次蓋得更堅固了。

……

乾脆搬進來住不是更好嗎？拿樹幹做的臥處就是個洞穴，而且因為在樹裡，存在著無法用火的缺點。應該把之前睡覺的地方當倉庫，把新倉庫當臥處才對。經過一番考慮，我決定搬家。

我在新倉庫的地面鋪設木板……不能直接放在本來的地面嗎？廁所的木板可是很硬的喔。

首先等間隔排列加工成角材的木頭，再放上木板，感覺像是沒有空隙的巨大棧板。然而因為沒有釘子，每次走動木板都會錯動。

我花了點力氣用「萬能農具」做出木釘，固定木板。暫時就先這樣吧。

再來是觀察田地的狀況，同時努力確保木材及製作小道具。
尤其是小道具……我的重點放在盤子和杯子上。
之前我自己用的杯盤，現在都變成狗群在用了。
這部分跟最初製作的相比，我的技術也大幅進步，都有自信可以拿出來賣了。
但我並不滿足於此，繼續挑戰木作。
在此之前，我只會削製木材進行加工，這樣完成的物品存在著稍重的缺點。盤子跟杯子重一點是無妨，但裝水用的水桶要是太重就難用了。
儘管掛在「萬能農具」上會變輕，但什麼都依賴「萬能農具」也不好。要是我能組裝木材，就能朝輕量化邁進。最終目標是做出木桶。總之為了練習，我先嘗試製作方型酒盅。到底要怎麼做才能讓它不漏水呢？

其他工作還有像是確保葉子存量。
葉子主要是拿來上廁所擦屁股，以及鋪床。
一開始用來擦屁股的樹葉已經確定不會讓人起疹子，所以我保存了不少。只要進入森林，到處都能找到，並沒有費上多少力氣。
再者，因為沒辦法做稻草床墊，只好尋找適合鋪床的葉子。這部分比想像中需要的還要多，令人有些訝異。雖說它們一點也不重，但從能割取的地方要搬到住處可是相當辛苦。幸好成果讓我很滿意。

順帶一提，最先得到這種床的是小狗們。

畢竟在火源旁鋪草床總是教人害怕，我就把狗屋裡的篝火給熄了。原本那就是為了生產準備的，現在有草床應該就不會覺得冷了吧。

剩下就是看這種床有多耐用了。雖然草葉一旦枯萎，要不換新也不行，只是一想到又要大費周章割取，總覺得有點鬱悶。沒有其他解決方法了嗎？

田裡的嫩芽成長良好，收成期短的已經開始開花了。

順帶一提，現在我已經能預期田裡究竟會長出什麼。

胡蘿蔔、馬鈴薯、高麗菜、番茄、南瓜、小黃瓜、茄子、白蘿蔔、菠菜、玉米、西瓜、草莓。

都是我在堆田壟時想像的作物。所以說只要在堆田壟時許願，就能得到想要的作物嗎？

儘管我很想實驗，但總之先把眼前的作物收割完，再來擴大田地規模吧。

畢竟現在這些作物都還沒搞定嘛。

就連要不要灌溉我都無法確定。

況且我所知的作物是不會這麼快開花結果的。

也就是說，這搞不好是這世界獨有的作物。

因此我將一塊田地更加細分，分為只進行灌溉、在田壟周圍加上以「萬能農具」鋤頭耕出的肥料、灌溉和肥料都用，以及什麼都不做這四種。
日後再視收成情況研究怎麼做比較妥當吧。

所有作物共通的任務是驅蟲。
由於我不清楚農藥怎麼生產，一開始考慮用火燻，卻又擔心影響作物而沒有實行。
多方考量後，我決定讓「萬能農具」變成蟲子討厭的澆水器，拿它來對作物澆水。
最初我只是打算為作物灌溉，恰好發現蟲子討厭它。
往後只要發現有類似害蟲的傢伙，就靠「萬能農具」的澆水器驅除吧。
順帶一提，狗兒們完全不吃蟲子。看來牠們只愛獸肉。

8 為狗兒們取名字

我為狗命名了。
畢竟一直用公狗、母狗之類的來叫也很麻煩。
事實上，就連四隻小狗我也取了名字。
由於是黑色的小狗，就叫小黑一、小黑二、小黑三、小黑四。

小黑一好奇心旺盛而活潑。
小黑二小心翼翼，總是跟在小黑一身旁。
小黑三是四隻狗崽中力氣最大的，卻也是裡頭唯一的母狗。
小黑四我行我素，經常不跟其他三隻一起行動。
像這樣為四隻小狗取名後，我突然對成犬的稱呼浮現了想法。
直接叫小黑爸、小黑媽不就行了嗎？
但我叫過一次以後，牠們看似露出了非常悲傷的表情，我只好認真命名了。
候選名單……小黑／布拉克／史瓦茲／諾瓦／尼洛／阿黑／黑太郎／黑丸（註：前六個分別是日文、英文、德文、法文、義文、中文的「黑色」之意）。
我對自己缺乏命名天分這點感到有些無言，便直接把名字寫在地上，讓當事者來選了。
寫下的文字照理說應該是日文，結果卻轉換成陌生的文字，然而我卻能毫無障礙地閱讀，這大概也是神明所說的新手包影響吧？來到這裡後，我還沒跟任何人對話過，也沒寫過字，所以一直沒有注意到。
總而言之，先來決定名字。
選好小黑爸的名字後，再找成對的女生名字給小黑媽使用。

這時，我再度見識了狗群的高超智力。

似乎能看懂我寫的字，小黑爸一眼就看中了「史瓦茲」，小黑媽卻彷彿要阻止牠般，邊抗議邊壓著牠的頭去選「小黑」。

是沒辦法抵擋老婆的異議嗎？小黑爸很不甘願地把前腳按到「小黑」上了。

「這樣真的好嗎？」

我忍不住問了。儘管小黑爸沒辦法回話，但眼神好像在說「我不能對老婆說不」。

……今晚給牠吃豐盛一點吧。

小黑爸的名字就決定是小黑了。

那麼，小黑媽的名字該怎麼辦？

候選名單……小白／小雪／冰錐／霙。

當我還在思考時，小黑媽選了小雪。

因為是小黑的老婆，所以無視毛色選了跟白色有關的名字，幸好牠並不在意。

比起這點，總覺得小黑露出了「奇怪？命名水準比我那時好多了？」的表情看向我，希望只是錯覺。

總之，小黑媽的名字就決定是小雪了。

小黑、小雪、小黑一、小黑二、小黑三、小黑四。

感覺只有小雪特立獨行，就別深究這點吧。

小黑牠們的行動基本上都很自由，要去森林或看守田地都行。

只不過不知為何總是會有一隻留在我身邊，是輪班當保鑣嗎？

這也讓我工作時的寂寞減輕了點。

我在工作空檔用木頭試做了飛盤。

說起狗的玩具，當然就是這個了。

我將它當成小狗們的玩具，試著扔了出去，結果比預期更受歡迎——不只是小狗們，小黑跟小雪也爭先恐後地搶奪起來，超認真的。小狗們也不認輸。你們就不能保持和氣地玩耍嗎？

沒辦法，只好一隻做一個了，依序扔出去才解決了爭端。

儘管狗群的爭搶平息了，不過真希望牠們不要一看我有空就叼著飛盤過來啊。

因為狗群的體能很強，為了滿足牠們，我必須全力投擲才行……手腕痛死了。

9 狗？

四隻小狗誕生後三十天。

小狗們已經長得很大了，臉也越來越像小黑跟小雪。

此外，我有新的發現——小狗們的額頭開始冒出角。

其實只要觀察小黑跟小雪，就能發現額頭上有骨頭折斷的痕跡。

以前之所以沒留意，是因為除了小狗們以外，小黑跟小雪都只肯讓我摸背部而不給摸頭。直到小狗開始長角後，兩隻成犬才願意讓我摸頭……

折斷的痕跡看起來很痛。會長出新的來嗎？另外，牠們不是狗喔？

好吧，長角這種小事我就不深究了。這裡可是異世界，只是長角算得了什麼？頂多就是玩耍時要忍痛罷了。

由於角的形狀看起來跟礦石匕首差不多，拜託牠們不要用頭朝我這邊橫衝直撞啊。

田裡的作物生長迅速。

幾乎全都結實，草莓跟番茄也逐漸轉紅，看似可以收成了。至於胡蘿蔔跟馬鈴薯的葉子也繁茂蓬勃地生長，差不多快要能採收了吧。

透過在田裡區分栽培條件實驗的結果，我發現只要越細心照顧長得就越快。

也就是說灌溉加施肥長得最好，其次是只施肥。

再其次則是只灌溉，最差的是什麼都不做。

不過，就連什麼都不做的田地都有還可以的收穫。是這個世界的緣故？還是拜「萬能農具」之賜呢？

無論如何都收成了，眼下得直接面對另一個難題。

那就是成果太豐碩了。

雖說用「萬能農具」的鐮刀、小刀跟剪刀來採收並不會感到疲累，量卻大得讓我有些暈頭轉向，畢竟總不可能讓小黑牠們也來幫忙吧。啊，嗯，我知道你們很努力，不過把收成壓壞還直接吃掉，是想銷毀證據嗎？

只靠我一個人收穫，我並不討厭這樣。然而儘管不討厭……看來只能硬著頭皮上了。加油吧！

一塊田的收成要花上半天，十二塊田就得用掉六天，好不容易才收穫完。

起初，我打算以大樹幹充當糧食的儲存場所，不過因為裝不下，只好繼續堆入我住的地方。

問題一。

番茄熟透了，必須趕緊吃掉才行。

幸好小黑牠們很喜歡吃番茄，所以這還算好解決。

問題二。

草莓也一樣熟透了，必須趕緊吃掉才行。

狗兒們當中也有喜歡草莓的，最愛吃的是小雪跟小黑三。雌性很喜歡，雄性好像不中意。

我則是愉快地享用了。好甜啊。

問題三。

正如前述，有些作物在採收過程損傷了，必須趕緊吃掉才行。

問題四。

沒有調味料。

問題五。

沒有料理器具。

只仰賴第一級產業，還是無法過上充實的生活啊。

總之我需要鹽。手邊要是沒鹽，煮玉米就不會好吃。

還有，下次也來種稻吧。米飯只要煮過就可以吃了……不過還是需要料理器具。嘖，問題堆積如山。

收穫完畢後，我享用成果，同時著手製作料理器具。

首先，南瓜生吃令人難以下嚥。手邊沒有鐵板，所以我要做烤東西用的石板。

我用「萬能農具」切開大岩石，吊掛著搬回來，架成可以從下面加熱的模樣，乍看很像高度較矮的石桌。

「萬能農具」雖然能將岩石切割得很薄，但岩石還是會因為本身的重量而裂開，要掌握切割的極限不太容易。

另外，儘管完成了，卻很難調控燒烤食物時的溫度。這點目前依然難以突破吧。

接著是菜刀。

雖說有萬能農具，但我還是想要一把能將大塊肉切分以減輕重量的菜刀。

這也是石製品。我把尺寸合適的石頭削成菜刀形狀，只要削出刀刃的部分就算完成。

成品能輕鬆切開兔肉，應該沒問題吧。考量到備品，我預先做了三把。

最後是鍋子。

這也是運用大岩石削切而成的，畢竟用木頭做會自燃嘛。

雖然有「萬能農具」幫忙，做起來還算簡單……但重量太重了。我一開始沒考慮這個問題。應該要找黏土來製作陶鍋才對。

總而言之，鍋子也完成了。

儘管我也做了還不賴的石鍋蓋，但一想到要打開時搞不好會被燙到就放棄使用了。鍋蓋改用木製。

小黑牠們還以為我在做新飛盤而亢奮起來，讓我有些困擾。

閒話 小黑

我沒有名字。

是一隻在森林裡徘徊，每天不斷重複著狩獵的生物。

我是這樣活過來的，也覺得自己以後會這樣活下去。

然而我遭遇了衝擊的相遇——那是個跟我長得一模一樣的女性。

我才在想對方是個好女性，就被攻擊了。不明就裡的我只好展開反擊，卻一籌莫展。向來對戰鬥力有自信的我依舊不敵對方。

我做了會死的覺悟，但女性在對我露出耀武揚威的表情後，命令我跟她一起走。我無法違抗。

雖說至今為止我都是一個人生活，但現在變成兩個人了。只要男女湊在一塊，該做的事就都做了，女性的肚子也因此大了起來。

嗯……想不到我也成家了。感覺並不壞。

我們就這樣繼續過日子。即將臨盆時卻遇到了最凶惡的敵人。

格鬥熊。

隱居在森林裡的傢伙們是這麼說的，牠是森林之王。

牠擁有與巨大身軀相襯的蠻力。儘管整體的移動速度遲鈍，手腳的動作卻很俐落，本來應該是看到就立刻落跑的對手。但由於冷不防遭遇對方，身邊又有懷孕的女性，我不能逃。

我為了保護女性而站到格鬥熊面前。好恐怖。我瞬間理解不可能打贏對方，但我不能逃，非得爭取逃跑的時間不可。

正當我如此盤算，向前踏步的瞬間——

格鬥熊用手臂將周邊的樹掃倒，迸裂的碎片朝我跟女性襲來。

我護住女性，女性則護住自己的肚子。

避無可避的我吃了一記攻擊便被擊飛了。對方擁有壓倒性的實力，剛才那一擊就讓我全身快散掉，女性也受傷了。我已經做好最後的覺悟。

然而，格鬥熊卻像是在訕笑我的覺悟一樣，無視了我們。

不知是覺得好玩，還是已經填飽肚子？總之牠放了我們一馬。

氣死我了！雖然很氣，我卻莫可奈何。比起發怒，不如趁格鬥熊改變主意前趕快離去。我一邊守護女性，一邊離開現場。

那之後又過了幾天。

負傷的身體相當沉重，捕不到獵物。或許是知道我們身體狀況不佳，甚至有獵物來捉弄我們。

看我宰了你！

散發殺氣也不能改變什麼，只會讓肚子更餓。先不提我，女性什麼都不吃可不行，我擔心她肚子裡的孩子。

正想做點什麼的我們來到奇怪的地方。有樹橫倒著，在那前方還有壕溝。

壕溝先姑且不論，倒下的樹可是我身體健康時也無法損傷一分的硬木，又被稱為不倒的巨木。結果它卻倒了？而且還有許多根排列在一起？

我決定先試著吠叫看看。或許是因為肚子餓吧，聲音我比想像中還難為情。不過我並沒有白費力氣，樹的對面有人類出來了。

太好了。是個弱小的傢伙，也是我的獵物。

我這麼一想的瞬間，全身卻被一股討厭的預感所籠罩。這種威壓感比跟格鬥熊對峙時更強烈，而且是從眼前這傢伙發出的。

仔細想想，人類因為弱小，只會在森林外圍打轉而不會這麼深入。就算是比人類強大很多的森林隱居者，也不會在這種地方現身。

結果那傢伙卻出現在這裡。不能光從外表判斷他。

當下，我覺得自己陷入了極為惡劣的情勢。當人類拿起棒子的瞬間，我更加肯定了。

都是因為我亂吠叫，才會吸引這種傢伙過來。真是後悔莫及。

我背後的女性也有了覺悟，跟我並肩站著。既然如此，只好拚命到最後了。

我幻想著就算只有女性得救也好，但不可能那麼順利吧。我望向女性的臉，心想這就是最後一眼了，突然很想哭。

結果這並非最後一面。

人類招呼我跟女性進去。我雖然懷疑是陷阱，但馬上就否定了這個念頭，人類以我們為對手沒必要耍技倆。這樣一想，我不知為何連逃跑的念頭都沒了。

跟著人類進去後，我看到守門野豬。

守門野豬是一種很大的豬，也是跟我們爭奪森林霸權的種族，就連我跟女性都無法輕易打倒。

野豬就倒在地上。不，是變成肉了。我著實感受到眼前人類的強悍。

之後，人類把守門野豬送給我們，還做出讓女性生產的場所，甚至進入森林輕鬆狩獵獵物給我們，實在令人感激不盡，我也不奢望能對抗他。應該說，我跟女性都將人類視為主人了。

剛出生的孩子們我不敢肯定，但可以的話希望牠們也不要違逆主人。

「好乖好乖——」

現在只有一個問題。

主人把我們當狗來對待。但我和女性還有孩子們其實是一種被稱作地獄狼的種族……這樣沒問題嗎？

有點害怕被主人發現我們不是狗的那天。

10 重新確認

欠缺的物品太多了。儘管我早就知道這點，但再度有了自覺。

目前我最想要的是調味料，也就是鹽。雖然作物直接吃也很美味，但還是想吃點鹹的。況且考慮到料理跟保存，鹽實在不可或缺。然而周圍並沒有海。

由於臥處附近的地都耕平了，得以看到遠方。但四面都是山。

看來我現在的所在地是個盆地，因此海應該是無望了吧。這樣一來，剩下的希望就是岩鹽了。不過岩鹽有這麼容易找到嗎？

要是不去找，也沒有其他辦法了。

在那之前，我要把收穫完的田地重新耕耘一遍，以便栽種下回的作物。我相信只要用「萬能農具」堆田壟時，腦中想著希望得到的作物就可以了，因此我仔細思索這次要種什麼。

由於作物已經儲藏了相當的量，這回不那麼追求產值。比起產量，我更想實驗什麼可以種，什麼種不出來，所以田的一部分都被我拿來種果實類了。

果實類既容易保存，也不必急著採收。總之，就先試試蘋果、梨子、橘子、柳橙、柿子、桃子吧。

種果樹不必堆田壟，而是要假定自己在栽植樹苗。

我原本打算每種只種一棵，卻又擔心只有一棵樹會不會結不了果，於是就每種種四棵了。這樣需要用到兩塊田。假如一切順利，我會想種植更多。

接著，相當受小黑牠們歡迎的番茄種兩塊。另外一塊地則試種稻子。

水稻好像得先育苗，之後才能移到水田插秧……不過詳情我不太清楚，總之得多方實驗才行。對了，「萬能農具」能否挖出水田我也很擔心。目前我只能從水井取水，要蓄滿水會把我累死的。但我很想吃米飯啊。總之稻子只種一塊，至於水田就慢慢實驗吧。
還有，我需要食用油，所以得種油菜花。不過就算順利收成了，還得思考榨油的方法呢……
讓「萬能農具」變成榨油道具的造型？真的有那種道具嗎？算了，到時候再說吧。
提到榨油，我又想到也得種一塊甘蔗。鹽姑且不論，要是這個順利我就有砂糖了。
另外，我還試種了大豆及小麥。
田地還有空間，就拿剩下的來實驗水田吧。
因為如此所以這般，我耗費了兩天作業。

轉換一下心情。
我為了尋找新玩意兒而朝森林邁進。
前往森林時，小黑牠們當中的一隻依舊會隨我同行，有時視情況還不只一隻。
我對牠們的心意感到高興，但還是希望牠們以看守田地為重。
花了約十天，我朝四面八方深入森林，不過沒有什麼特別的發現。
無論往哪個方向前進都是森林，遇到的野獸也不脫獠牙兔、大老鼠、大野豬。至於三種遇到的比例是三十比八比一，看來這森林裡還是獠牙兔最多。
雖說也看到了大鼬鼠般的動物，但對方一見到我就逃跑了，沒辦法進行詳細觀察。
仔細想想，除了小黑牠們以外的野獸都會主動攻擊我，這種不願意接近的動物還挺新鮮的。

然而無法發現新玩意兒，不免讓人遺憾。

是因為我一定要在天黑前返回住處，不敢太過深入的緣故嗎？

要是能像遊戲畫地圖一樣，把走過的地都剷平，就不必重複探索了。然而那樣會讓臥處周圍的森林都消失，難以確保木材資源。

是不是該花幾天專心收集木材比較好呢？

我吃著只經過水煮的菠菜、白蘿蔔、胡蘿蔔，一邊思考。鹽，或是能替代的調味料都好。再探索十天吧，假使還是不行就努力確保木材。

順帶一提，在探索的這十天裡，稻子跟小麥都發芽了，果樹田裡也長出了小樹苗。

水果要是能平安無事收成就好了。

一邊耕地一邊探索途中，我稍微想了想。只要不耕地，不就不必考慮木材資源的問題了嗎？

也就是說，把「萬能農具」化作鋤頭以外的道具。

鋤頭之外方便移動的道具……獨輪手推車如何？可以做到嗎……成功了。

喔喔！如此一來，我就能以推手推車的速度前進，助益應該不小吧。

由於不必耕地，只要用推的，速度自然能加快。

可是，我發現一點。

我之所以不會在森林迷路，是因為邊耕地邊移動之故。一旦不耕地，我就會迷路。

要放棄手推車嗎？正當我陷入苦惱時，今天隨行的小黑四跳進了推車當中。一點也不重。

真不愧是「萬能農具」。只見小黑四搖著尾巴，這可不是新的玩具喔。

等等。對了！只要有小黑牠們在就不會迷路，畢竟小黑牠們可以單獨進入森林狩獵兔子，還能順利回來。喔喔！這真是個好主意。就靠牠們吧。

順帶一提，既然手推車可行，我也挑戰了是否有機會化作自行車、登山車，結果完全沒轍。

11 河川

利用手推車進行探索，一如預期地讓我迷失了方向。

不過多虧小黑牠們的協助，我依舊能返回臥處，這讓我的移動範圍大為擴展了。

就這樣，探索到第五天左右。

我發現了河川。

是有許多岩石轟隆滾撞的上游地帶，感覺很像河川的源頭，河寬大約五公尺左右吧？

我沿著上游方向走了一小段路，發現從巨大岩壁流瀉而下的瀑布。

雖說是瀑布，卻非垂直流下的瀑布，感覺比較像是從傾斜六十度左右的山崖順勢流下。

不過高度頗為可觀，大概有七、八公尺左右吧。

壯闊的風景真美。

我試著以單手接捧流下的水，沁脾冰涼，而且是潔淨的水。

要是這個能喝就好了……

今天陪著我的小黑正大口大口牛飲著，看來似乎沒問題。

我詢問喝完水的小黑該往哪個方向回到臥處。

小黑毫不遲疑，將頭轉到正確的方向。

於是我把「萬能農具」的手推車變為鋤頭，開始朝那個方向揮動。

為了打通一條瀑布到住所的道路。

總之趁太陽仍高掛時使用鋤頭，直到天色變暗再改成手推車回去。

只要問小黑，就能得知瀑布的方向，隔天可從臥處再開路過來。

由於同時還有其他許多事要忙，我花了約十五天才終於開通這條路。

瀑布位於臥處往西大概五公里左右的場所，相當遠呢。

包含瀑布在內的河川蜿蜒而下，整體而言是從北往南南西方向流瀉。倘若一直往下游走，會遇到什麼呢？

算了，這就之後再說吧。

之所以打通往瀑布的道路，是為了確保水源。目前飲水跟灌溉水都仰賴水井，但因為井水在低處，要打上來是很麻煩的。

不過瀑布的地勢就很高了。也就是說，只要好好利用瀑布的高度製作水道，就能獲得大量的水。包括灌溉用水、水田用水，以及洗澡用水。

關於澡堂的事很久以前我就在想了，但要從水井打上足夠泡澡的水非常辛苦，因此才擱置下來。

然而一下子要把水道拉到家裡會有難度。

儘管有小黑牠們守護，森林裡依舊充滿許多危險的動物。

假使讓水道橫越壕溝和圓木柵欄，野獸就可能順著水道入侵。

所以，我得在環繞田地的圓木柵欄與壕溝外製作大型蓄水池。

水池面積約為四塊田左右，也就是一百乘一百公尺，裡頭則是越往中間越深的倒金字塔狀。話雖如此，最深處也才差不多五公尺。

由於這同樣也是跟其他工作並行，花了十天左右。

接著要在地面挖掘排水用的水道。

這項作業只要往河川下游方向挖掘就行，並不困難，不過還是要花點時間就是了。

數日後，我挖通了。

我在蓄水池跟水道間隔了一扇木門。再來只剩下進水的水道……這該怎麼建造啊？

倘若不從瀑布上方引水，水就會流不動。

也就是說非得製作夠高的裝置才行。

方案一，以木材加工。

優點：應該會比較好做。

缺點：容易損毀。

這行不通嘛。

就算能用「萬能農具」加工木材，組裝仍舊得靠自己。

況且就算要做木製水道，我也缺乏固定在地面所需的釘子跟繩索。

看來這個方案已經可以認定無法執行了吧。

方案二，以石材加工。

優點：不易損毀。

缺點：難以製作。

這個方案也有難點。

雖說只要把岩石排列好，並挖出水流的通道就行了……

但要從瀑布一路排列岩石到蓄水池，就現實狀況來說極為困難。畢竟那裡在耕拓之前可是森林，耕拓後則被夷為平地，根本沒有大岩石可用。

我目前充當石材使用的岩石，真要說起來都是高度不到一公尺的石頭，要用這種玩意兒排列出五公里的距離，還要維持水道高度，實在太過嚴苛了。

方案三…………土？

用土堆出並夯實如何？

只要用「萬能農具」的鐵鎚敲打，泥土就會變得像水泥一樣硬。

就是這個了！

泥土隨處皆是，之前挖排水道時就有多出來的土了。

我覺得是個絕佳的方案。

於是加以實行。

漫長的事業就此展開。

12 開始建設水道

建築水道的作業進度極為緩慢。

我從蓄水池往瀑布沿路堆上泥土，再用鐵鎚夯實。

雖說用「萬能農具」不會疲累，但人力只有我一個而已。

何況我還得照料田地。約十天下來，進度只有五百公尺左右。

也就是十分之一的距離。此外，越往瀑布的方向前進，所堆積的泥土量就越多，可不能天真地估算再九十天就能完工了。

是否該日以繼夜趕工呢？不過要是我熬夜作業，小黑牠們會擔心吧。

這段時間，先前栽種的番茄、油菜花、甘蔗都可以收成了。

因此我決定暫停水道工程，專心收穫農作物。

小黑牠們一如往常地喜歡番茄，吃得非常盡興。

油菜花是從籽榨油的，首先必須把籽收集起來保存。

至於榨油就等到日後再說。

我試著咬了口甘蔗，青草味與甜味在口中擴散開來。

不過，我可是好久沒吃到甜的，不禁飆了幾滴眼淚出來。

見我用力啃著甘蔗，小黑牠們也露出想吃的眼神，我就試著給牠們了。

結果只有小雪跟小黑三喜歡，其他隻感覺普通，跟草莓的情況一樣。

收割甘蔗後，我也一樣將它們儲藏起來。

至於小麥和大豆，我事先沒想好脫殼的問題，感覺有些困擾。

但不能坐視不管。

總之先全數收割起來，日後再想辦法吧。

還有稻子……我本來打算好好栽培秧苗，卻因為去森林找鹽並將重點放在建設水道，導致成了半放置的狀態。

也沒好好進行水田的實驗。

說起來，我本來是為了水田才挖掘蓄水池、建設水道的才對啊……

因此，我以為自己搞砸了，結果並不然。

秧苗還是直接成長，結成稻穗。

所以就算是旱田也能種出稻米，用不用水田只會影響收成量？

抑或是品種不同呢？我對於自己天真地嚮往農業，卻一點知識也沒有感到非常懊悔。

無論如何，稻子也全部收割了。

水果的部分，果樹本身都已經長得很高大，但還沒到結果的程度，大概還要等一段時間吧。只是這種成長速度依然脫離了我的常識。

這時我察覺到一件事。
難不成我也能種杉樹或檜木?
這樣就不需要擔心木材了?
不必急，之後慢慢實驗吧。

收穫完畢後，這回我只種了兩塊田的番茄，其他都空著。
就算我想大幅擴張農地，只憑一個人的力量也是有限的。
首先得完成水道，將蓄水池灌滿。
於是我再度回頭建設水道。
不停埋頭苦幹。
光只做這個感到很無趣，因此為了轉換心情，我偶爾也會去森林探索。
我不可能放棄岩鹽。然而岩鹽就是結晶化的鹽。
在水邊感覺不會出現呢，所以我主要是往跟河川相反的方向找。
不過除了轉換心情外，一無所獲。
就這樣過了三十天。
自忖那兩塊番茄田差不多可收成時，我感覺到了——
氣溫正明顯下滑。

變冷了？季節……嗚哇啊啊！我根本沒考慮入冬的可能性啊！

因為作物成長速度太快，害我一時大意。

世界是有季節的。

異世界想必也不例外吧。

我來這裡幾天了？收穫兩次，馬上就要第三次，從開墾田地到收穫為止約需要四十～五十天。假設是四十天好了，所以我已經生活了一百二十天？從開始種植作物後已經過了四個月嗎？

假設我來這裡的時候是春季——因為我是五月死的。

季節長短一致的話，現在就是九月，或者該認定進入十月了？如果這裡的天候跟地球類似，那也差不多該變冷了。推估最少會冷九十天左右，應該不至於差太遠？在這段期間，我能跟之前一樣取得糧食嗎？會不會因為降雪而動彈不得？

不妙。

現在不是建水道的時候了。我慌忙開始栽種田地。

以耐保存的馬鈴薯、地瓜、白蘿蔔、胡蘿蔔為主。

此外，對抗冬天的寒冷需要火，燒火需要柴薪。

本來柴薪必須等砍下的木材乾燥後才能派上用場，但使用「萬能農具」砍下的木材會馬上變成柴薪。真是感激不盡。

我在一開始棲身、現在成為倉庫的大樹幹裡儲藏了大量柴薪。

13 預備過冬與新的居民

我把冬天可能來臨的這點忘個精光。

明明誇口說要從事農業，真不該如此失態。

我不想找藉口，但生長速度超乎我常識的作物，以及毫無季節感的森林都嚴重干擾我的判斷。

天氣也是，下雨大到無法活動的天數至今為止只有二～三天，其他降雨都只是黎明時短暫下了一些而已。

好吧，我完全疏忽了。

倘若只有我一個人也就算了，不過還得考慮到小黑牠們，努力確保糧食才行。

為儲存肉類，我挖了充當冰箱的地下室。

只要放在地底下就能維持一定的低溫。要是我早點挖就好了。

另外我也跟小黑牠們一塊狩獵兔子。

刻意去打獵時反而很難遭遇獵物。

我連一隻都沒打到，幸好小黑牠們的成果相當不錯，所以我主要是在處理放血跟內臟。

放血。捕到獵物以後，需要進行清除血液的作業。一旦血流乾淨了，肉的血腥味就會減輕。想通要放血這點並實際執行後的兔肉滋味，完全不輸給美味的野豬肉。

總之我盡量將血處理乾淨。

至於內臟……我覺得在許多層面上都很可怕，就扔掉了。

小黑牠們則露出「咦？要扔掉喔？」的表情。然而內臟很容易腐敗，如果我要吃一定得妥善處理過才行。

畢竟某些部位可能會有糞便，或是沾了胃液……

看過消化到一半的大蟲子跟顏色詭異的青蛙後，我就完全不想花處理的力氣去吃內臟了。

在之前的世界吃燒烤內臟時，所用的食材完全是出自草食動物嘛……肉食跟雜食動物的內臟最好還是不要勉強嘗試比較好。

啊……不過這對小黑牠們而言搞不好是珍貴的營養來源？

也沒聽說野生動物進食會刻意避開內臟……不如說牠們會優先吃內臟吧。

我動員之前世界的知識，將消化器官以外的內臟都留給小黑牠們吃。

這位於心臟附近，像石頭一樣的玩意兒又該怎麼辦？

是類似膽結石的東西嗎？然而不只是兔子，連野豬也有。是這個世界動物共通擁有的部位？這種東西能吃嗎？

總之先放到小黑牠們面前試試。結果牠們看似很高興地喀哩喀哩咬碎吞掉了。

這好吃嗎？

反正內臟一類就是小黑牠們專屬的了。此外還必須是狩獵當天的新鮮內臟，隔夜可不行。

話說回來，小黑一、小黑二、小黑三、小黑四儘管跟小黑、小雪相比要小一圈，但我覺得已經是了不起的成犬了。

牠們的額上冒出如匕首般的角，也從中心微微散發赤紅的光輝。

無論如何，肉類的收集就交給小黑牠們，我專心進行輔助就好。正當我這樣盤算時，小黑牠們把大隻的野豬引向我這邊。

是想讓我狩獵嗎？

因為我很可靠？或是刻意要讓給什麼也獵不到的我嗎……？

不管了，反正不能讓牠侵入田地，我於是用鋤頭將牠斬首。

接著直接進行放血與處理內臟。

倘若只有我一個人，這些肉就足夠過冬了，可惜小黑牠們的食量遠遠超乎想像。

看來還需要好幾隻豬吧。

草類也需要收集。

擦屁股的不必說，更重要的是拿來鋪床用。

一想到冬季有多寒冷，我便覺得囤多一點比較好。

實際上，鋪床的草只要睡十天左右就會變得破破爛爛……

至於擦屁股的草只是擺在旁邊不管，仍能常保青綠就是了。

好好儲藏的話可以保存很長一段時間。

比較辛苦的反而是割下之後的運送。

我曾實驗過讓小黑牠們幫忙運輸，但考量得先把草綁在小黑牠們身上，陪牠們一起移動，再自己個人把草解下來，不如讓我獨自來搬還比較快。

小黑牠們努力去打獵就夠了。

還有冬衣的問題。

小黑牠們有天生的毛皮，但我只有一套村民般的上下衣。

這種裝扮可不能過冬。

於是我盯上了兔子與野豬的毛皮。

我努力地把皮剝下來，但之後該怎麼處理？
好像還要鞣製加工，具體的步驟是？
以前讀過的野外求生漫畫似乎說要用牙齒咬軟……噁。
我也曾在電視節目看過，先徹底清洗，再用某種物質溶解毛皮殘留的脂肪，最後乾燥並加以延展……
我拿兔子毛皮來進行實驗。
浪費了四隻兔子的毛皮後，我決定放棄。
行不通。
生手在缺乏工具的狀態下想利用毛皮是不可能的。
看來冬天我只能像冬眠一樣完全躲在屋內了。
我仔細整頓作為住家的小屋，進行防寒措施。
將原本的採光窗改成開閉式……其實就是準備了一塊跟採光窗一樣大的蓋子嵌入窗裡。
壁板也改為雙層，在兩層間塞入草阻隔風吹。
原本的門只是找了塊適當大小的木板豎著，不過我努力改裝成真正的門了。
難題在於鉸鏈的部分。
我沒有金屬零件跟釘子等玩意兒，只好乖乖放棄，改成直接在門跟柱子上加工連接的方式。
這或許不太耐用，但至少能撐到冬天結束吧。

由於裝上了真正的門，瞬間就有住家的氣氛了。
嗯，這就叫文明。
住家的防寒對策大致上就這樣吧。
當非得出門移動不可時，我只好仰賴「萬能農具」了。

上廁所的時候怎麼辦？會很冷吧。
於是我也在廁所添加了防寒措施。

在進行諸多作業時，出外狩獵的小黑四把我叫過去。
又有野豬了嗎？
我這麼猜想並跟隨小黑四的腳步，目的地是蓋到一半的水道附近。
水道被弄壞了嗎？
內心懷抱著些許不安的我繼續前進，發現小黑三也在那邊等。
在小黑三附近有個就算遠遠看也能注意到的黑色扁平物體。
是黑色的坐墊嗎？正當我這麼想，突然察覺那是很大的蜘蛛。
巨無霸！
牠的身體是兩個榻榻米左右大小的正方形。

結果不是圓的，而是四角形的坐墊呢。
腿有八條，左右各四的樣子。
倘若拚命向左右伸展，這隻蜘蛛可以達到六個榻榻米這麼大。
我對蜘蛛的種類不是很懂，但腿應該沒有這麼長吧？
這隻蜘蛛很明顯的特徵是不只身體，就連腿上也覆蓋著毛。
牠在小黑三面前乖乖地待著。
這是要我怎麼處理啊？
跟野豬的情況不同，看起來不像是要我狩獵……
把我帶來的小黑四則彷彿完成重要任務般，一副有些滿足的模樣。
呃……
見我略顯困惑，小黑三便像是對蜘蛛說話一樣吠叫起來。
以此為信號，蜘蛛從自己的屁股吐出絲，並靠前腿靈巧地編織著。
怎麼回事？

過了約五分鐘，蜘蛛把自己的絲織成閃閃發亮的布。
布的尺碼為五十公分見方。是手帕嗎？
蜘蛛將其對摺再對摺後擱在小黑三面前，小黑三則叼著它來到我這邊。

是貢品嗎？

我檢查小黑三拿來的布，觸感比我身上的衣服要高級多了。

甚至還加上像是蜘蛛圖案的刺繡。

小黑四輕輕咬著我的長褲下襬，然後回頭看蜘蛛。

「難不成……蜘蛛可以幫我織衣服？」

我似乎說出了正確答案，小黑四開心地叫了幾聲。

「原來如此。」

我並不討厭蜘蛛，蜘蛛是益蟲，只要不是毒蜘蛛就沒什麼問題。這傢伙應該沒毒吧？希望沒有。

有道是有施有得，無論動物或昆蟲都一樣，單方面壓榨或奉獻給對方都不合理，必須互相幫忙才行。

於是我決定讓蜘蛛跟我們一塊生活。

棲所就是我一開始睡覺的那棵大樹上。

牠好像什麼都吃，不過最喜歡馬鈴薯。

……蜘蛛會吃馬鈴薯，大概因為是異世界的蜘蛛吧？

然後牠會幫我織布。而且不只織布，也能進一步加工成衣服。

好厲害！

牠會觀察我，悉心測量適合的尺寸。

這隻蜘蛛的智力或許很高吧。

要是提出需求，牠也能做出窗簾等物品，讓我裝在採光窗及門的內側上，這對防寒很有幫助。

此外，這隻蜘蛛的強大之處不光是如此。

這隻蜘蛛竟然也能接手我所放棄的鞣製毛皮工作。牠擁有相關知識，技藝比我高明太多，甚至還可以把鞣製過的毛皮跟自己的布組合成有設計感的衣服。關於服裝的品味牠絕對比我好，我已經離不開牠了。

我幫牠取了名字，根據第一印象命名為座布團（註：為日文的「坐墊」之意）。牠就是我的新同居人了。

14 座布團

我記得蜘蛛好像不會叫，異世界似乎也是如此。然而異世界的蜘蛛可以透過道具來發聲。

鏘、鏘！

我朝木頭互敲的聲響方向回頭望去，結果又來了一次快節奏的三連敲。

是南邊嗎？

座布團住在我最早棲身的大樹幹上。由於周圍的地我都耕過了，那裡是地勢最高之處，巨木又比田裡栽植的果樹大了一倍以上，因此從那裡應該能清楚地觀察到四周。
出現異常之際，牠會敲木頭通知我，就連方向也設定好了。
之前我曾對牠說北邊是一下、東邊是兩下、南邊是三下、西邊是四下，看來牠記得很清楚。
真是優秀。
順帶一提，如果是西南邊，牠就會先敲三下再敲四下。
我照著座布團指示的方向前進，結果只見小黑二正將野獸驅趕過來。
還是第一次看到這麼大隻的傢伙，到底是什麼玩意兒，鼬鼠嗎？跟以前看過的獵物不同呢，還是狸貓？不過狸貓有這麼凶惡的前爪嗎？無論如何，牠正被小黑二追著跑，渾身充滿敵意。
牠的前爪朝我猛撲過來。
我可不能被打倒，於是迅速舉起「萬能農具」的鋤頭。
只要拿著「萬能農具」，我就能極度冷靜，感覺連體能都變強了。
我靈活閃避牠的前爪，並將鋤頭砍進牠的脖子。
小黑二發出讚賞的嘶吼，為了要我褒獎牠追趕獵物而把頭靠過來，我也摸了摸牠。
雖說沒有野豬那麼大，但我還是取得了不錯的肉。
我將野獸的屍身用「萬能農具」吊掛到住處後，座布團也下來幫忙肢解。有牠以絲線將屍體吊起，不管是放血、處理內臟，或是剝皮作業都輕鬆多了。

座布團剝皮的技巧比我熟練許多，只見牠取走毛皮後快速返回樹上。樹上現在應該存有大量的毛皮吧？

不過，真的越來越冷了。

要不是有座布團幫我做新衣服，搞不好會很危險呢。

另外，我也拜託牠製作大袋子。

只要往裡面塞進鋪床用的草，就變成我的床墊了。

再多準備一個袋子當棉被，晚上我就能暖暖地入睡。

正當我思考著要不要將田裡那些耐保存的作物，像是馬鈴薯、地瓜、白蘿蔔、胡蘿蔔採收起來時，開始飄雪了。這個地方的天候比我想像中還要冷嗎？

我慌忙完成收穫作業。

把收成的作物放進地下室後，還得考量果樹是否有必要進行防寒措施……結果我想不出好點子。這回就放著不管吧，對不起。

小黑牠們似乎也理解冬天來了，漸漸不再去森林，幾乎都躲在充當狗屋的第一間倉庫裡。

順帶一提，我在狗屋裡也進行了各種防寒措施。

雖說不能生火，但至少能充分活用座布團做的布來防風。

小黑牠們擠在一塊睡覺的模樣感覺很可愛又很溫馨。

這下過冬的準備工作應該就差不多了。

總而言之，冬季我就躲在臥處，努力削木頭或石頭做小道具吧。

目前我還做不出不會漏水的方形酒盅。

難道說光用木材是做不出方形酒盅的嗎？

搞不好還需要黏著劑之類的東西？

我再想一想好了。

另外，我還想著要把收成的小麥跟玉米磨成粉，所以得試著製作研缽跟石臼。

由於還有其他想要的道具，我就算在冬天也不會閒著吧。

Farming life in another world.

Chapter, 2

Presented by
Kinosuke Naito
Illustration by
Yasumo

〔第二章〕

同居人

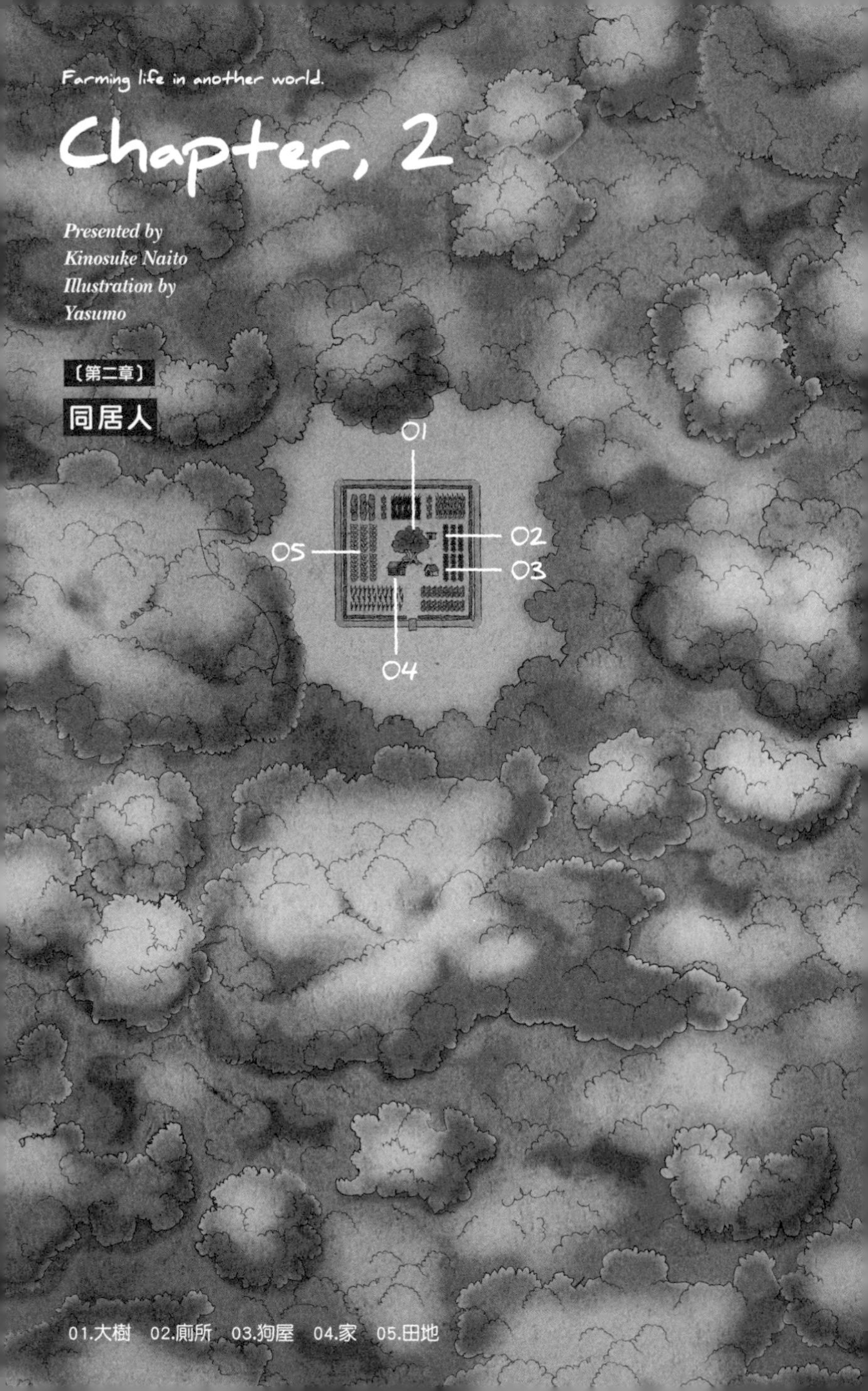

01.大樹　02.廁所　03.狗屋　04.家　05.田地

1 降冬降臨

真正的冬天來臨了。

降雪雖然還沒積起來，但吹襲的風實在很冷。

座布團多半都躲在樹頂，幾乎不現身，小黑牠們基本上也躲在狗屋裡，或是待在我所生的篝火附近。

由於事前有準備，過冬並沒有特別辛苦，真要說起來只有上廁所比較麻煩。

廁所跟住處有一段距離，所以我一天當中必須離開屋內好幾次才行。

移動時感覺超冷的。

我在住處窩了大概三十天左右，雪逐漸薄薄積了一層。

現在這樣應該還不打緊，但如果積得更多就必須去剷雪了。

又過了十天。

雪似乎再拚命也只能積上一或兩公分，沒多久就融解了。

我稍微放下心來。

總之，先來製作類似石臼的道具吧，不實際使用看看是無法確定算不算完成的。不必著急，慢慢實驗吧。

再過了三十天。

吹襲的風停了，轉為普通的冷天。天氣感覺不錯，是不是快迎來春天了呢？

兩天後。

我被猛烈的暴風雪嚇到，雪積了非常深

春天好像還很遠啊。

十天後。

體感溫度上升了

雖說在太陽照不到的地方仍有未融的雪，但我猜春天的腳步近了

五天後。

嗯，天氣變得暖和而舒適，小黑牠們也開始出發往森林了。

儘管似乎沒發現獵物，但現在差不多已經算是春天了吧。

三天後。

好久不見蹤影的座布團現身了，

走近久違的牠，我嚇了一大跳。

在座布團周圍有許多拳頭大的小蜘蛛。

呃，是生孩子了嗎？所以牠是母的？不過公的在哪啊？

雖然搞不太懂為什麼，總之小蜘蛛們也跟座布團一樣享用著馬鈴薯。

同居人增加了。

嗯，入春了呢。

2 春光乍洩

小黑一、小黑二、小黑三、小黑四的角冷不防掉了下來。

我被嚇到了，結果發現原本角的位置又冒出一個小的角。

同樣地，小黑跟小雪的額上也開始長角了。
既然每年都會換角一次，我就安心了，尤其小黑跟小雪的角以前折斷過，讓我更感到欣慰。
我回收小黑一牠們掉落的角，裝飾在狗屋裡作為紀念。
角就像充滿設計感的匕首，造型相當美觀。今後這種紀念品也會繼續增加吧？
總之，我得再度展開行動了。
首先是田地。
冬季消耗了大量的作物。另外，我也趁著冬天想出很多點子。
既然沒有調味料，不如就栽植一些味道濃烈的作物吧。
好比大蒜、洋蔥、青蔥。
據說這些植物不能給狗吃，所以我禁止小黑牠們接觸。不過為了豐富我的飲食生活，還是得努力種植。
另外是茶葉。這個我也應該早點想到才對。
再來就是按照既定計畫，在空著的田地上分別種植兩塊番茄和馬鈴薯。
由於果樹也用掉了兩塊田，還剩下兩塊。
苦惱過後，我決定種植高麗菜跟菠菜。綠色蔬菜是很重要的。
農田耕種完畢，緊接著得檢查田地外圍圓木柵欄和壕溝的情況。

儘管擔心冬天有沒有發生什麼意外，幸好圓木柵欄並無異樣。

至於壕溝方面，有一隻獠牙兔掉在裡面摔死了。牠是打算進行突擊嗎？

一想到有衛生疑慮，還是不要吃好了。我雙手合十後，將牠化為肥料。

同樣的，我也檢查了蓄水池跟排水道。

水道姑且不論，蓄水池裡積了點水倒是令我驚訝。

不過是說既然下雪了，雪融化以後自然會累積一些水吧？

由於我用「萬能農具」的鐵鎚敲過蓄水池底部，水不會流失到土裡。

這水會變質嗎？

儘管想排水，但通往排水口的位置比累積的水位要高出許多。

既然沒辦法處理就只能放著了，應該不會引發問題吧。

長時間中斷的瀑布引水工程再度展開了。

久違的工作令人感到愉快，但距離竣工似乎還很遙遠。越靠近瀑布，堆積的土量就越多，水道角度會不會出問題也令我惶惶不安。不過要修正也得等堆到瀑布那邊再說。好好加油吧。

感覺像是在打造萬里長城。這讓我察覺到一件事。

水道會變成阻斷森林的障壁吧？倘若不在某處開個通行用的孔洞，被擋路的動物不會試圖破壞嗎？

至少我自己要去水道的另一端就會很不方便了。

反正等水道完工以後再挖洞吧。現在還不必著急。

但既然想到了，為轉換心情，我還是先開了幾處通行用的孔洞。

男生最喜歡鑽隧道了。

3 小黑一牠們的旅程

寒意全散、天氣回暖而和煦的某一天。

小黑一、小黑二、小黑三、小黑四露出嚴肅的表情，並排在我面前。

突然這樣是要幹嘛？

牠們額上的角已完全換完了，變得比之前更加雄偉。

擔任代表的小黑一吼了一聲後，四隻便朝不同方向衝了出去。

咦？怎麼了？真奇怪。

見我有些動搖，小黑跟小雪靠過來用身體磨蹭我。

呃……

我望向小黑和小雪，牠們像是要表演給我看似的依偎在一塊。

啊。

我懂了。

小黑一牠們出去尋找伴侶了

啊～啊～啊……原來如此，可以理解。不過總覺得有點寂寞。啊嗚嗚。

從小黑一牠們不再回來的翌日起，小黑跟小雪又開始努力起來。

努力幹什麼我就不說了。

不過，牠們辦事時在意我觀感這點還是令人感謝，但也更加教我心痛。

我也想要老婆。

由於小黑一牠們不在，我身邊隨時有一隻狗陪伴的慣例也取消了。

雖然小黑或小雪想繼續這個慣例陪我，但在我說希望牠們去狩獵後就演變成這樣了。

守護田地這件事轉由座布團的孩子們負責。

牠們把絲線弄得像套索一樣，獵捕或驅走試圖靠近田地的鳥兒。

此外，牠們能把附在作物上的害蟲直接吃掉這點也令我相當感激。

至於缺點則是我進入田地時務必要留意腳底下才行。

雖說牠們有拳頭般的大小，一不當心還是會踩到的。

真希望牠們別在地上爬，盡量在高處移動比較好。

我一這麼想，便見牠們在田地上方五公尺左右架起絲線靈活地移動，當下面有狀況時才會像高空彈跳般一躍而下。

好厲害！

另外，我對座布團的孩子之多感到有些驚訝。

為數有百隻以上呢。

我放棄幫座布團的孩子一一命名了。

我的活動內容包括照顧田地與收成、處理小黑牠們狩得的獵物，以及建築水道。

雖然也想尋找岩鹽，但小黑一牠們不在就別勉強了。

總之先來建設水道。

除了水田之類需要之外，我更想泡澡。

尤其當座布團織出觸感接近毛巾的布後，我更渴望好好洗澡了。

座布團來此之前，我因為沒有布，只能以樹葉擦拭身體。

然而託座布團加入之福，我得以改用布擦拭身體，也讓我對澡堂的欲求更強烈了。

努力建設水道吧。

我拚了老命。

小黑一牠們離去後大約六十天。我完成了一半左右的長度。

途中，座布團的孩子們經過蛻殼，從拳頭大變成約莫雜誌的大小，也有力量來幫忙蓋水道了。

牠們主要是幫忙運土。

把我用鏟子或圓鍬翻鬆的土以大片葉子包裹好再送過來。

儘管一趟的運量並不多，但靠著驚人的蜘蛛海戰術，總運量便很可觀了。

而且在此之前我都得自己鬆土、裝盛、搬運、夯實，一項項輪著來，感覺實在手忙腳亂。

不過現在有了座布團的孩子們協助，我只要專心做一件事，可說是大大節省了力氣。

一如無法為座布團的孩子們取名感到很抱歉般，我也同等地感謝牠們。

只是這些座布團的孩子們……

跟座布團長得不像呢。

牠們的腿相當短，儘管全身都有著毛的這點是一樣的，但不知為何模樣差很多，看起來像是不同品種。

是因為還在發育途中嗎？

多蛻殼幾次以後，或許就會變大了？

也可能單純只是長得像我從沒見過的公蜘蛛吧。

總之，為了讓前來協助的座布團孩子們可以好好享用馬鈴薯，耕田的部分我也得好好加油。

建築水道與照顧田地。

由於兩者都不能偏廢，讓我吃足了苦頭。正當我暗自想著這件事時，小黑二從南邊回家了，還帶著一隻比自己體型稍大、全身漆黑的狗。

牠順利找到伴侶了嗎？而且還特地返回這裡。

我眼眶有點泛淚。

小黑二的伴侶一開始也想威嚇我，不過在小黑二與小黑、小雪，外加座布團介入之後就恢復冷靜了。

是被說服了嗎？

謝謝你們。

總之小黑二平安無事就好。

乍看之下，牠身上沒什麼明顯的傷口。

跟伴侶的感情似乎也很好。

之後只要讓新來的狗順利融入這裡就好了。

然而名字該怎麼辦呢？

因為是小黑二的另一半，所以就叫小黑二老婆？

這名字也未免太糟了。

不然，因為是母的，就叫小雪二？

但小黑三也是母的耶。

等小黑三也把伴侶帶回來時，不就全亂掉了？

更何況小雪的肚子裡又懷上孩子了。

儘管腹部還沒有明顯變大，但小黑那麼努力辦事，勢必會有孩子的。

真煩惱啊。

苦惱了幾天後，小黑三真的從西邊回來了。牠找了一隻跟自己體型差不多，有著漆黑毛皮，額上長著角的伴侶。我一邊感激小黑三能平安無事地歸來，一邊對小黑三的伴侶渾身是傷感到訝異。

由於腳步看起來還滿穩的，應該沒什麼大礙吧……？

見我以一副「發生了什麼事」的擔憂模樣望向牠，小黑三的伴侶露出了領悟的表情，像是在回答我「沒事沒事啦」。

該不會是被小黑三打的吧？

「我很中意你這小子，當我的老公吧。」

所以說是小黑三主動追求並發動攻勢嗎？不不，想必是小黑三的愛慕者眾多，為了爭奪牠才會打架受傷吧。嗯，這個推論比較合理。小黑三的伴侶也宛如在附和我的想法，點了點頭。

加油吧！

然後又過了幾天，小黑一也帶著伴侶回來了。同一天的下午則是小黑四帶著伴侶回家。
所有人都回來了呢。
小黑一的模樣威風凜凜，其伴侶一看就知道很迷戀牠。
彷彿想對我炫耀自己的伴侶般，我只好摸摸小黑一的頭。
小黑四則傷痕累累，散發出跟小黑三伴侶相同的氛圍
是被伴侶打的嗎？
不對。
是為了爭奪伴侶而進行男子漢間的戰鬥，終於打敗了競爭者吧。
希望大家都能建立幸福的家庭。

大家都回來讓我相當高興，不過命名這件事可就麻煩了。
嗯……
就跟座布團的孩子一樣，或許還是放棄比較好？
畢竟以後牠們也會各自生產吧。
一想到每對夫妻都能生下三～五隻，結果似乎會變得非常壯觀。
考慮到糧食問題，非得計畫擴大田地才行。
努力嘗試各種手段吧。我的鬥志也為之一新。

4 小黑牠們的伴侶

小黑一的伴侶叫愛莉絲。
小黑二的伴侶叫伊莉絲。
小黑三的伴侶叫烏諾。
小黑四的伴侶叫耶莉絲。
名字取好了。
為避免搞錯，我採用五十音的順序命名。
小黑三的伴侶之所以不叫烏莉絲而叫烏諾，是因為只有牠是公的。
順帶一提，新成員裡跟我最親近的也是烏諾。
烏諾一跑來跟我玩，小黑三就會銜著牠的脖子把牠拖走，這時烏諾會露出認命的眼神。我實在無言以對。
加油吧！
過了幾天後，新成員們也展開跟小黑牠們一樣的生活。

只不過第二代各自有了伴侶後，似乎就不太想進入小黑和小雪的狗屋，小黑一牠們與伴侶都睡在外頭。

因此我的第一件工作就是替牠們建造新的小屋。

考量今後要擴大田地……

我在往河川的反方向規劃出四乘四，共十六塊田地左右的大空間，同樣以圓木柵欄跟壕溝圍住。

想到日後小狗崽會越來越多，這樣的空間規模想必不可或缺吧。

原本新舊用地間的圓木柵欄依然保留，壕溝則填平了。如果繼續留著壕溝，總覺得兩邊會有疏離感。

一旦有「萬能農具」在手，簡簡單單就能填平或挖壕溝，我於是賣力地完成了這項工作。

再來則是建造每對夫妻居住的小屋。

由於小黑和小雪住的地方一開始打算當倉庫，面積相當大。但如果是小黑一牠們，只要夫妻加小狗能住就夠了，不必蓋太大。

話雖如此，小黑一牠們的體型也很大呢。

果然還是需要四點五個榻榻米左右的空間才行吧。

此外，因為我也可能走進去……高度就不能太矮了。

我先蓋了一棟試水溫，結果小黑一牠們爭先恐後地想進去，應該沒問題吧。

要是為此打架就麻煩了，我便以建造小屋為最優先事項。

日後，狗屋的需求想必還會增加。屆時再說吧。

附帶的工作則是為了小黑一牠們的飲水，我在新區也挖了水井。

水道工程尚在進行當中，但距離完工恐怕還很久，要把第一口水井的水送來這裡又太累人了。

為了讓小黑一牠們能自行飲用，我以平緩的斜度向下挖掘。

跟第一口水井一樣，深度十公尺左右就出水了，我這才鬆了口氣。

至於作為小黑一牠們的廁所，我挖了淺坑，再加上掩蔽用的屏風。

等累積到某個程度就直接掩埋，再換一個新地點。

說起屏風，其實是我曾不小心撞見小黑上大號，氣氛頓時很尷尬，才會特地設置的。

不過除了冬天跟夜裡，小黑牠們都是去森林解決，所以不會搞得很髒才對……

就當成是給剛出生的小狗崽用的吧。

這塊規劃給新狗兒們的區域，以後就稱為犬區了。

我試著問小黑和小雪要不要搬去犬區，結果被拒絕了。

嗯，牠們留下也比較不寂寞，我感到相當欣慰……

但我可沒忘了座布團你們喔。

愛莉絲、伊莉絲、烏諾、耶莉絲這些新成員好像也喜歡吃番茄。

或許同一種族都是如此吧。

有一次我不小心讓耶莉絲吃了手裡的洋蔥，害我著急萬分，結果似乎沒什麼特別的症狀產生。聽說狗不能吃洋蔥一類的植物，難道因為是在異世界所以沒關係嗎？

不，不能太大意，還是盡量別讓牠們吃到比較好。

雖然我如此警惕自己，但耶莉絲似乎滿喜歡洋蔥，害我有些苦惱。

新成員們也很喜愛飛盤，到了入迷的程度。

手臂好痠喔。喝點茶轉換心情吧。

茶樹的成長速度之快令我疏忽了，畢竟茶葉是摘取嫩芽製作而成的。

而且我也忘了茶葉必須炒青才能沖來喝。

因此第一次泡的茶，感覺只有葉子掉進熱水裡的味道。

關於摘嫩芽這點，茶葉的生長速度很快，所以變成得定期採收。

至於炒青的技巧嘛……我不知道火候該怎麼控制，只好以試誤法反覆實驗了。

成果算是經常飲用也能接受的味道，只要不跟之前的世界比較就好。

即使如此我也寧願喝茶，至少比熱水好喝。

這種泡茶方式的缺點在於缺乏濾茶器等道具，只能直接將茶葉扔進杯中，無法飲盡茶水。

下個冬季就來製作茶具好了。

5 擴大田地

由於吃飯的口數又變多，我只好繼續擴大田地。距離水道竣工遙遙無期。不諱言若只是要有得吃，現況其實十分充裕。但一想到過冬問題，從現在就得多方設想才行。況且一旦接近生產期，狗兒們的食量也會變大。當初遇到小黑和小雪時，光是兩隻狗就能把一頭大豬吃個精光。準備充足一點不會有損失的。

一如目前位於田地南邊的犬區，我又開墾了四乘四共十六塊田地的廣大農地。這裡就命名為新田區吧。

以工作內容來說，我只要先開墾田地，日後再定期以鋤頭耕耘田壟之間，偶爾再灌溉一下就行了。

至於驅除害蟲則有座布團的孩子們大展身手。

對了對了，座布團的孩子們跟小黑一牠們的伴侶關係也很好。

看到愛莉絲背上馱著幾隻座布團的孩子，我嚇了一跳。牠好像是在協助座布團的孩子們移動吧。

我一瞬間誤以為愛莉絲要被吃掉這點，可不能洩漏出去。

本來的舊田區域目前仍維持農地的功能，不過這裡主要是作為我的實驗田。

假如我的腦中沒想著特定作物就耕作，最後會長出什麼呢？在已經耕植過的地方再度播種或植苗，會變成怎樣？我有很多想實驗的課題。

至於新田區依然種植著一如往常的作物們。果樹雖說尚未結果，但都已經開花了。今年就算不行，明年應該還是可以期待收成吧。

座布團的孩子們也來幫忙我採收。

一定得連根割下或整棵拔起來的根莖類蔬菜牠們沒辦法，但像是番茄、茄子和小黃瓜等等，牠們都能好好收成。

甚至還會細心放在我所準備的箱子或盆子裡。

至於偶爾會偷吃這點我就不追究了，還是很感謝牠們。

眼見座布團的孩子們正幫忙收成，小黑牠們也想助我一臂之力……

然而只能用嘴的狗兒無法好好採收，我甚至懷疑有大半作物都被牠們吃掉了，後來甚至光明正大地吃了起來。

我當然要責罵牠們。被斥責後乖乖反省的小黑牠們模樣還滿可愛的。

水道工程毫無進展。

畢竟我為了建設犬區跟新田區耗費大量時間，再加上小雪牠們快要生產，這也是原因之一。

隨著小雪牠們的肚子越來越顯眼，母狗群只得被迫減少出門狩獵的次數。

取而代之地，公狗們狩獵得更加拚命了。但一如我預期，接近生產期的母狗群食欲變得極為旺盛。

無論怎麼狩獵都趕不上食物被吃掉的速度。

座布團那邊多出一大堆毛皮，就連我住處的床都能鋪上毛皮了。

總而言之，處理捕獲的獵物花了不少時間。

小黑牠們本來都是直接吃下肚，然而習慣放血的滋味後，都一定要我處理過才肯吃了。

看到肚子變大的母狗群露出懇求的表情，我實在不忍心拒絕。

我像是個職業屠夫，不斷處理著公狗群們捕獲的獵物。

嬰兒潮來了。

由耶莉絲打頭陣，順利誕下四隻小狗崽。當我還在慶幸時，愛莉絲也開始生產了。

緊接著，小黑三、小雪、伊莉絲紛紛生產，一口氣變得很熱鬧。

在此之前，大家都是聚在我的住所周圍進食，但因為這回小雪是在第一間狗屋，其他母狗則是在犬區自己的小屋生產，地點分散就暫時無法一塊用餐了。

所以我必須準備兩處吃東西的場所。

比起生肉，小黑牠們更喜歡烤過的肉，真教人意外。

明明給人一種貪食生肉的印象……

倒不如說是因為我們初次相遇時，牠們狂嗑豬肉的緣故吧。

或許是由於有孩子後得繃緊神經，烏諾開始有種威風凜凜的感覺。

我本來以為只是錯覺，結果那傢伙竟單獨狩獵了巨大野豬。好強啊！

不過是說雖然狩獵了野豬，牠卻因為自己搬不動，只好叫我幫忙，感覺還滿滑稽的。

我為了轉換心情而跑去河邊釣魚，因為突然很想吃魚。

結果我察覺到一項事實——

「萬能農具」無法化為釣竿的形狀。為什麼呢？難道說釣竿不在農具的範疇嗎？要變成釣竿其實得用「萬能漁具」之類的才行？

儘管「萬能農具」不可能開口說話，但我隱約覺得它正在表達歉意，於是答了句不必在意。

它到目前為止已經幫了我超多忙，我不會因為這點小事而埋怨的。

況且就算沒有釣竿，我還是可以用鋤頭跟圓鍬做出捕魚陷阱嘛。

陷阱順利做出來了。唯一的問題是沒抓到半條魚。

敗因在於魚比我預期中更有活力。

異世界的魚似乎被抓到沒水的地方也不會乖乖束手就擒，真有男子氣概。不過因為有違常識，我感到有些不解。此外，有些魚還長著尖牙，感覺有點恐怖。

幾天後，我改良了陷阱，捕獲數條三十公分等級的魚。

我立刻來品嘗滋味……有夠難吃，土味很重。

之前捉魚時，見小黑牠們絲毫不感興趣，我就覺得很奇怪，原來是這麼回事啊。真遺憾。

6 預備過冬與全裸少女？

過著持續為生活奮鬥的日子，不知不覺又來到帶著幾分涼意的時期了。

小黑和小黑一們的孩子雖然仍留有可愛的樣貌，卻也長大到能出門狩獵獠牙兔的程度。

冬季即將再度降臨，讓我感到有些憂鬱。

果樹目前尚未結果，要期待明年了。

存糧數目相當可觀，都到了得增設地下室的程度，要說準備萬全也不為過。

等目前還在栽種中的作物都收成後就更不用擔心了。
再來要反省一下。我沒有完成水道，鹽也毫無著落。
我這樣不會有問題嗎？感覺來到這世界後就沒攝取過鹽分啊……
食物的種類只有狩獵到的動物及農作物，再來是魚。難不成能從動物的肉補充鹽分嗎？
我不太確定，畢竟肉都是烤過的，況且我也不想吃生肉。
雖然要是感覺到身體狀況變差就來不及了，但眼下我也沒有彌補的辦法。
把鹽作為明年最優先的目標吧。接著是建設水道。不過說實話……我超想要老婆的。
晚上獨自睡覺，總覺得很寂寞。
看到小黑牠們一家和樂融融的模樣，我更孤單了。
見我感慨萬千，座布團主動上前來安慰我。謝謝妳。

至於我趁著冬季要做的事嘛……
今年我也打算利用木材跟石材做出各式各樣的道具，得先收集材料。
努力到現在，我已經能大致組裝出不會漏水的方形酒盅了。
儘管很久以前就開發出在黏接處用樹脂補強的技巧，但我現在要挑戰的是不靠樹脂，純用木材組裝出不會漏水的方形酒盅。
木材的接合角度必須多用點巧思，雕出溝槽並塞入連接用的楔子，如此一來便能防止漏水。不過雖然成功防止漏水，一旦放大酒忠體積就會因為水壓而被撐壞，所以接合部位內側需要更巧妙的切割技巧才能改善。

搞定了。

成品目前拿來作為犬區的飲水區容器使用。這麼一來，距離澡堂又更進一步了。

既然果樹也長得不錯，我認真思考起種植檜木的可能性。那是浴缸要用的。

小黑一的孩子們，我只幫其中一隻取名字，因為數量實在太多，再加上靠長相很難分辨。我也想過要請座布團製作充當名牌的領巾……

至於小黑的新孩子，我替四隻都取了名。

小黑五、小黑六、小黑七、小黑八。

小黑五、小黑六是公的；小黑七、小黑八是母的。

並非我偏心，單純只是小黑家離我的臥處近，接觸的機會較多而已。

唯一有名字的第三代，是因為耶莉絲跟小黑四所生的孩子裡，出現了一隻全白小狗。

這隻狗很輕鬆就能認出來，所以我才取了名字。

吹雪。

儘管是沿用了為小雪命名時的構想，但我覺得很適合。而且吹雪也是母的。

正當小狗崽們額上逐漸長出明顯的角時——

座布團通知我北方出現了異樣。

緊急程度似乎比平時來得更高。有種討厭的預感。

彷彿印證了我的臆測般，小黑牠們散發殺氣，一起朝北方衝了出去，我都被嚇到了。

就連小狗崽們也一樣。

怎麼了？難道說有危險的傢伙來了嗎？

我取出「萬能農具」，追隨小黑牠們的腳步。

抵達小黑牠們所在的場所後，一名全裸的少女映入我的眼簾。

看上去像是國中年紀，有著一頭醒目銀髮與姣好容貌。

那副容貌強烈主張著將來她一定會長成大美人。

然而她被小黑牠們攻擊得傷痕累累，只得倚著大樹與牠們進行對峙。

小黑牠們會先衝出一隻，引開少女的注意力，再由另一隻從別的角度展開襲擊。

——打帶跑戰術。

每受到損傷，少女的身體就會變小。

不對，應該說是變年幼？原先看似國中生的體型，現在變得跟小學生一樣。

就算與少女為敵，小黑牠們的體型明顯占了優勢，為什麼不大家一起衝上去？不對不對，先等等，我幹嘛在這邊冷靜評估戰局啊？

我拍手告知小黑牠們我已經到了，但小黑牠們仍維持警戒狀態。

與此同時，被包圍的少女也注意到我的存在。

「救、救救我。」

語言相通。我這才想起自己好久沒聽別人說話了。

「好吧。」

我從小黑牠們之間穿過去，來到少女面前。

7 野蠻？

來到少女面前的我，命令小黑牠們稍微往後退。總之為了遮掩少女的身體，我脫下上衣給她蓋著。

或許是因此而鬆了口氣，少女靠近我腳邊。

「放心吧。」

我這麼說的同時，少女卻冷不防咬住我的脖子，開始吸血。

她的模樣急速成長。

剛才還是小學生的外表，現在又變成國中生體型了。

傷痕累累的身體也一口氣恢復成光滑無痕的身軀。

「咦？咦？咦？」

無論是自己被吸血還是眼前少女的變化，都讓我驚訝得無法動彈，結果是小黑以身體撞擊的方式強迫少女跟我分開。

隨後，其他狗兒又開始圍攻少女。

「等一下，不是，不要攻擊，住手！」

吹雪一個猛力突擊，把少女整個人撞飛到半空中。眼見她還沒落地，又被其他狗撞得飛起來。

少女在空中試圖調整身體重心，然而其他高高躍起的狗卻從上方將她撞向地面。這根本是圍毆嘛。

見到眼前的景象，我終於恢復冷靜。

「啊……住手住手！」

我命令小黑牠們待命。

儘管小黑牠們聽從了我的指示，但隨時可以進攻的姿勢並沒有解除。

被小黑牠們痛擊的少女再度渾身是傷，體型也變回小學生的樣子。

不，好像更年幼了。

「妳這傢伙，要與我為敵嗎？」

「不、不是啦，你誤會了。讓這些傢伙退下吧！」

「妳剛才明明吸我的血，卻說沒有要與我為敵？」

眼前的少女是吸血鬼吧。

長相是人類卻得吸血的生物，除此之外我想不出別的了。

「吸你的血我向你道歉，因為不吸的話我就要被消滅了。」

「意思是吸血能讓妳恢復嗎？」

「對。」

所以小黑牠們才沒有一擁而上。假使一時大意，就會被吸血了。

「被吸血的我會受到什麼影響嗎？」

不是常有被吸血鬼吸過血後，自己也變成低階吸血鬼之類的軼話嗎……

「……多、多少會有些被魅惑的效果啦……不過對你失靈了。」

「我會不會也變成吸血鬼……或是不死怪物啊？」

「不會。要是把吸血對象變成那樣，以後不就沒血可吸了嗎？」

「……原來如此。也就是說根據現狀……我不會出現任何副作用。」

「嗯，吸血只是我的恢復手段而已。闖、闖入你的土地如果犯法，我向你道歉，拜託放我一馬吧。」

…………

我思索了一會。

「總之，妳要再吸一點嗎？」

聽到我的提議，少女跟小黑牠們都顯得有些驚訝。

「可、可以嗎？」

「我不介意。妳並不想與我為敵吧。」

「嗯，是沒錯……」

少女雖然有點靦腆，但還是咬住了我的脖子。

她啾嚕啾嚕地吸吮著。

她的身體迅速成長，立刻變回國中生左右的體型，身上傷口也一點痕跡都不剩了。真是不可思議的光景。

「呼……」

少女露出心滿意足的表情，我則檢查一下自己的身體。

感覺被吸了不少血，卻毫無影響。

在之前那個世界時，我曾有抽血的經驗，也明白健康急遽惡化是什麼感覺，現在卻一點也不覺得缺血。

「再吸一點如何？」

我建議她繼續吸。

「咦？」

「我沒事，不要緊。」

「謝、謝謝。」
於是少女再度吸血。
體型從國中生變成高中生的樣子。果然，我一點也不覺得自己缺血。
看來應該沒問題。
「妳還能再吸嗎？」
「是、是可以啦……」
少女又開始吸。
她的體格從高中生變成了大學生。
「呼……我再也吸不下了。」
少女一副很撐的樣子……不對，她已經不是少女了。
成熟而美麗的女性正待在我身旁。
我之所以被吸了那麼多血還沒事，想必是託了來到這個世界時，神明贈送的特別禮物之福。
「健康的肉體」。
剛才她也說了魅惑對我無效，或許是出自同一個原因吧。
先不提這些。
在我眼前，有一位美麗的女子。
我命令小黑牠們解散，並招待對方進入我家。

「咦、咦、咦？你做什麼，等等……咦？」

我的行為算野蠻嗎？同居人又增加了。

8 露

身為吸血鬼的她，全名是露露西．露。

儘管我對她的稱呼變更了許多次，最後還是叫露了。順帶一提，她對我的稱呼則從「淫獸」、「禽獸」、「你這傢伙」、「村長」一路變化，現在是「老爺」。

由於我接納了露，小黑牠們也比照辦理。但結果我還是疏忽了一件事——露一看到座布團跟牠的孩子們就昏過去了。

即使是吸血鬼，依然是個女生，看到這麼多大蜘蛛不被嚇死才怪。

甦醒後的她聽了我的解釋，才總算跟牠們和睦相處。然而當座布團從背後冒出來時，她還是會被嚇到。

露並非光靠吸血維生，她跟我一樣也要吃飯，尤其喜愛番茄。由於跟小黑牠們一樣，我還以為會吵架，結果他們卻因為擁有共同喜好而急遽親密了起來。座布團則似乎在向我強調馬鈴薯也很好吃，因此我做了一陣子的馬鈴薯跟番茄料理。結果發現了震撼性的事實。

事情開端是露吃了我煮的料理後冒出一句話：

「不加鹽嗎？」

「沒有鹽。我找了很久呢。」

「……咦？」

我想我這輩子都不會忘記露當下的表情吧。

在露的帶領下，我們進入井裡——是最早那口斜斜往下挖的水井。我原本以為要前往深處，結果在入口附近就止步了。只見她隨意敲了壁面幾下後，隨即切下一塊牆壁。

這附近的地層很硬。並非堅固，而是硬，因此切下來的牆壁就跟岩石一樣。

露把這塊牆帶回去，放進鍋中加水煮。

「這樣煮就能取得鹽了。」

…………

「把煮過的水表層舀出來，盡量使其乾燥，最後就會剩下鹽嘍。」

…………

沒什麼好懊悔的。我終於取得心心念念著的鹽，應該要高興才對。

接下來幾天，我只要有空就去煮鹽。料理終於有鹹味了。

據說這帶地層裡含有的並非岩鹽，而是土鹽。

深度就在地表大約五十公分下方。不過有這種鹼土，森林是怎麼長出來的？

我問了露。似乎是這裡的森林植物比較特別。

順帶一提，我的農田能長作物都是拜「萬能農具」之賜。最好的證明就是耕過的田土裡並沒有鹽分。我不禁又對巨木裡的神社虔誠祭拜起來。

岔題一下。

我順便調查了蓄水池，裡面竟然也有鹽層。

嘖……距離這麼近啊。

因為我用「萬能農具」的鐵鎚敲打過，鹽層才沒被蓄水池的水溶解吧。不過為小心起見，我還是從別處運來泥土覆蓋鹽層，重新敲打夯實。

露好像可以用自己的魔力製造身上的衣服。

初次邂逅時的她之所以全裸，是因為身受重傷，魔力拿來維持衣服未免太浪費了。

魔力，是魔力啊！

我目睹露用魔法生火的景象，內心有些感動。

言歸正傳。露雖然能用魔力製造服裝，如今卻穿著座布團生產的衣服。
據說是因為座布團織的衣服比這個世界的貴族衣料品質還要好，露非常喜愛。
順帶一提，露的身體可以自由變小，白天她都一直維持國中生的模樣。
只有在晚上會變成熟而已。至於白天變小的用意……就是希望我克制一下吧。
我覺得自己已經很節制了……看來還得多忍耐一點。

好啦，就算有了新的同居人，還是得準備過冬。
若不認真點會很麻煩的。不過今年打從春天起就推動諸多計畫，即使增加一個人也不會因此改變。
倒不如說幫忙收穫的人手變多了，讓我很高興。
露主要是幫忙採收座布團孩子們無法處理的根莖類蔬菜。
「居然要叫我下田嗎……」
起初，露似乎對農務很抗拒，但過了兩、三天她就不在意了。
說不定她的適應能力很強呢。

無論是飯後或日落前——
只要一有空，我就會纏著露教我魔法。
好不容易搞懂了魔法的理論跟原理，要實踐卻很困難。

據露表示，我可能完全沒有魔法天賦。真遺憾。

然而就算是沒天賦的人類，只要花費十年、二十年學習，還是有機會生出一點小火的。

唔……努力與報酬根本不成比例嘛。

同時我也了解，露的魔法可說是千變萬化。

「哼哼，怎麼樣呀？」

「好厲害啊！」

據她表示，來此之前她可是一位相當有名的魔法師。總之就是她努力鑽研過，所以大部分魔法都能使用。

「你有什麼要求就說說看吧。」

「這個嘛……那麼，我想要燈。」

「燈……這簡直是基本中的基本嘛。」

「我希望夜裡廁所能有照明，黑漆漆的很不方便呢。」

「的確是這樣……好，我知道了。」

露的燈能維持不錯的亮度。

「還可以更亮就是了。」

「這樣已經很夠了。能持續多久時間呢？」

「呃……要是在入夜前點亮，使用到黎明左右都沒問題吧。」

「喔喔！好棒啊！」

此外，生篝火會引來蟲子，魔法的光不會有蟲靠近，真是太方便了。

「我還會更厲害的魔法喔……」

「那早上生火也可以拜託妳的魔法嗎？」

「呃，不是那種雕蟲小技啦……但我會幫忙就是了。」

冬季來臨。

在春天到來前，我還有好多事需要努力打拚。

9 冬日轉瞬即逝，春光降臨

今年的冬天感覺比較短，是因為有露的緣故嗎？總之，春天又來了。今年的目標是完成水道。好好加油吧！

先來進行今年第一次的農務。

我一如往常地耕田，並在北邊增加果樹區作為今年新布局的栽植工作。

以大小五十公尺見方的一塊田為基準，規劃出四乘四共十六塊田地。

雖說最早種的果樹到現在都還沒收成，但持續生長的情況相當不錯，我判斷應該沒問題。

況且果樹並不像其他作物那麼需要照料。

對付害蟲有座布團的孩子們幫忙，我只有一開始比較辛苦而已。

座布團的孩子們也長大了，我猜牠們應該會找這附近的樹木當新棲所吧。

我想栽種的樹有蘋果、梨子、橘子、柳橙、柿子、桃子這些第一期實驗的品種。

另外再加上葡萄、鳳梨、香蕉、櫻桃、栗子。

以及大量茶樹。

現在有露跟我一塊消費茶葉，減少的速度比預想中還要快。日後要採茶雖然會比較費力，但那又是另一回事了。

小黑牠們則四散進入森林，開始狩獵。

今年捕獲的第一隻獵物是巨大野豬。一如往常，牠們因為搬不動，得叫我去幫忙。

假如牠們是野生的狗，就能當場吃掉野豬，不成問題了。是說肉的累積速度感覺相當不賴，照這種獵捕的氣勢，附近森林裡的動物該不會絕跡吧？某種程度上或許該讓獵物休養生息比較好？我有點煩惱。

正當我陷入苦惱時，小黑牠們又開始換角了。我拾起掉落的角，放在各自的狗屋裡當裝飾。

等小黑一牠們的小孩也換過角，就會出門找伴侶了吧。

希望牠們也能平安歸來……

同時我心想，要是照這種速度繁衍下去怎麼得了？

算、算了，船到橋頭自然直。

總之，當我已經做好小黑一牠們的孩子也會出門找伴侶的心理準備，一邊生活時，座布團的孩子們突然在我跟露充當棲所的小屋前聚集起來。

怎麼了？看這氣氛？難不成……

只見座布團的孩子們對我揚起一條腿，當作臨別的招呼，然後便從屁股吐絲乘風而去，一隻隻飛走了。

你們也要出門尋找伴侶嗎？

…………

也太突然了。

我才剛為你們開闢新的果樹區呢。跟小黑牠們不同，我總覺得這些孩子不會再回來，忍不住流下淚。

座布團來到正在哭泣的我面前，掀起一條腳表示不要緊。在牠後方還有幾隻沒出去旅行的小蜘蛛們。

你們……

這樣啊，你們願意留下嗎？

此外……在更後頭，還有無數隻僅拳頭大小的小蜘蛛。

……原來如此，這就是春天啊。

那群小蜘蛛出遠門後沒多久，一如我預期，小黑一牠們的孩子也出發尋找伴侶了。

但我沒猜到的是，有幾隻並沒有離去而留了下來。

仔細觀察，留下來的傢伙們都已經向內發展，成雙成對了。原來如此。

由於小黑的第二批孩子，也就是小黑五、小黑六、小黑七、小黑八全數都出去，合理判斷牠們是為了避免近親血緣的問題。小黑牠們還真是聰明呢。

第三代唯一得到名字的耶莉絲之女——吹雪，擄獲了愛莉絲某個兒子的愛情，也成為留下成員之一。

儘管愛莉絲的兒子被修理得很慘，不過，那個……好吧，希望你們好好相處。

我為了這些新婚夫妻，以及將來會回來的第三代們，每天不間斷地在犬區建造新的小屋。

然而考慮到日後的狗兒數量，獨棟房屋已經趕不上繁殖速度了

因此我嘗試建造大型的長屋式建築。

完成後感覺很像馬廄。我認為蓋得還不差就是了。應該吧？
估算出門尋找伴侶的第三代數量，我又多蓋了好幾棟。

由於天氣愈發溫暖，我換上了座布團製作的新衣服。
牠的服裝品味依然遠勝於我。
為了答謝牠編織衣服，我試過送牠許多跟時尚設計有關的道具當作回禮，結果牠最中意木製的假人模特兒。

假人模特兒啊……
我按照自己跟露的體型打造，並將它們交給座布團。之後的衣服也要拜託妳了。
順帶一提，我早就做了許多木頭衣架，對收納衣服很有幫助。

留下來沒出門遠行的座布團孩子們，儘管還做不出複雜的造型，但已經能織出類似袋子的東西。
得到這些袋子後，我往裡頭塞滿草充當坐墊，結果之後座布團的孩子們織出了更適合當坐墊的形狀。

露很喜歡這些坐墊。
畢竟以前她總是坐在木頭或石頭上，現在能有軟綿綿的東西可以坐自然更好。
由於露說想做個馬桶用的坐墊，他們於是努力了一番，但O字形中間開孔的尺寸很難掌握。

於是我建議以U字形取代O字形。她欣然接受了。

座布團的孩子們也對我投來極度感動的目光。

賣弄前一個世界的知識，我感到很羞愧。

之後我又得意忘形地做了類似沙發的物品。

比起這個不是應該先搞定床嗎？露如此表示。

原來如此，是邀我晚上辦事吧？看來我得加油了。

閒話　露

我名叫露露西・露。

種族是吸血鬼。

親近的人，會充滿愛意地稱我為吸血公主（vampire princess）。

敵對的人，也會充滿敵意痛斥我吸血公主（vampire princess）。

只有一個人，是天使族的舊識，會用姓氏來叫我。那傢伙就別算進去了。

她只是單純的冤家。

好了。我目前正陷入危機。

至於是什麼危機呢？就是我被地獄狼包圍了。

如果要對不清楚的人解釋地獄狼哪裡可怕……

首先就以我自身為例吧。我覺得自己還滿強的喔。

在人類的國家裡，我幾乎算是無敵了。

為了逮住我，還曾經動員過一個國家的軍隊。

啊，我並沒有做什麼壞事唷。

只是王公貴族被我的美貌所迷惑，才會這麼做……

抱歉，這是騙人的。

貴族們是為了我所擁有的藥學知識才會大動干戈的。

我都已經明確拒絕了耶。

因為缺乏貴重的材料而無法製藥。

儘管知道對方也有苦衷，但因為老是被糾纏不休，我才得搬家……結果演變成大騷動，甚至有人出錢懸賞我。雖然都被我逃掉就是了。

離題了。

總之，請記得要抓我得用上一國的軍隊。

然而就連這樣的我也不想與之為敵、即使開打也只能險勝的對手——正是眼前的地獄狼。

數量甚至有一、二……十隻以上呢。

其中有兩隻跟其他隻相比體型更為雄偉，我猜應該是父母吧？體型明顯較小的是孩子嗎？好像是個和樂融融的家庭耶。

對我來說是絕望的處境就是了。

因此，最有利的手段就是開溜。

然而我卻辦不到。

因為稍遠處還有十隻左右的惡魔蜘蛛在監視這裡。

惡魔蜘蛛是許多不同尺寸與品種的蜘蛛類怪物總稱。

儘管那十隻惡魔蜘蛛分別都只有拳頭大小……卻是不能輕忽的對手。

話說回來，這是搞什麼？

是地獄狼群把我驅趕向惡魔蜘蛛的埋伏嗎？

惡魔蜘蛛竟然會跟地獄狼合作獵捕我？

我真的絕望了。

吸血鬼雖說不會老死，但並非殺不死，也是有可能被消滅的。

已經幾百年沒遇過了吧？這種瀕臨死亡的感覺……

我已經做好覺悟。與我對峙的是地獄狼群。儘管惡魔蜘蛛那邊看似更容易闖過去，但想必已經布下絲線陷阱了吧。這種狀態下要是被絲線陷阱封鎖行動就玩完了，還是以稍有勝算的地獄狼群作為對手吧。

先打倒其中一隻，趁其他隻害怕時再找機會逃跑。

說是作戰策略也太慚愧了，不過我只剩這步棋。

結論。

作戰策略失敗了。

打不贏打不贏。沒用沒用沒用。

畢竟這群地獄狼可是聯手攻擊我嘛。

牠們彼此掩護，我根本沒辦法單獨鎖定其中一隻嘛。

啊～思考退化了。

每被攻擊一次，構成我的魔力就會減低，最後會逐漸無法維持身體。

由於衣服也是魔力製造的，我現在是全裸狀態。
儘管要感到害羞才對，但每被攻擊一下，我的體型就會越來越小，豐滿的胸部也消失了。
現在……應該是六歲左右吧？啊，這下剩五歲左右了。
已經沒救了，完蛋了。只要再被攻擊一、兩下，我就會無法好好思考。
我會直接這樣被消滅吧。
幸運的是，因為無法維持思考能力，最後一瞬間我並不會感受到將死的恐懼。
漫長的吸血鬼人生到此為止。

正當我徹底放棄時，希望現身了。
人類？
為什麼這種地方會有人類？不管了，只要能幫我就好。
我主動向人類攀談。
人類點點頭，來到我身邊。
地獄狼群怎麼不攻擊了？
為什麼呢？算了，比起這點……我無法克制自身本能。
構成身體的魔力大量消失，我急需補充魔力。
明明是好心借我上衣的人類，我卻咬向他的脖子。

吸血。

無論任何生物的血液中都蘊含著魔力。
吸血鬼則是一種能從血液裡取得魔力的種族。
只要有魔力就能恢復體力，傷口也會癒合……體型更會回復以往。
結果我又遭到地獄狼攻擊，被迫與人類拉開距離。

我恐慌了。

「等一下，不是，不要攻擊，住手！」
我向地獄狼群解釋。
真的是恐慌到極點了。
地獄狼群根本不可能聽我的話啊。
傷口癒合的身體再度受傷，又變小了。
地獄狼群之所以住手，不是因為聽了我的話，而是人類制止牠們。
「妳這傢伙，要與我為敵嗎？」

然而暫時停手的地獄狼群並未放鬆戒備。
牠們隨時都能朝我撲過來。
「不、不是啦，你誤會了。讓這些傢伙退下吧！」
「妳剛才明明吸我的血，卻說沒有要與我為敵？」
「吸你的血我向你道歉，因為不吸的話我就要被消滅了。」
真的很抱歉。的確，無論是誰，一旦突然被吸血都會認定是敵對行為吧，畢竟血液跟魔力都被搶走了。

「意思是吸血能讓妳恢復嗎？」
「對。」
「被吸血的我會受到什麼影響嗎？」
…………？
他不知道吸血鬼的事嗎？
我以為自己也是算個名人……啊，得趕緊說明才行。
「……多、多少會有些被魅惑的效果啦……不過對你失靈了。」
真的，為什麼會失效呢？
「我會不會也變成吸血鬼……或是不死怪物啊？」

「不會。要是把吸血對象變成那樣，以後不就沒血可吸了嗎？」
都是往昔流行的故事害的，導致許多人都有這樣的誤解。
「……原來如此。也就是說根據現狀……我不會出現任何副作用。」
「嗯，吸血只是我的恢復手段而已。闖、闖入你的土地如果犯法，我向你道歉，拜託放我一馬吧。」
死亡森林——這是誰都不願靠近的地方，說真的根本是不該跨進半步的場所。
我太小看這裡了。
原以為這裡會有珍貴的藥草，真是大錯特錯。
我暗忖著該怎樣才能取得這個人類的寬恕。
擅自吸血這點我也感到非常抱歉。然而無論怎麼看，這群地獄狼都是聽從這個人類的指揮。
這麼說起來，那些惡魔蜘蛛也是嗎？
仔細一瞧，他所穿的衣服不就是用惡魔蜘蛛的絲線編織而成的嗎？超高級品耶？
難不成這個人類是這座死亡森林的主人？那麼我非得謝罪不可了。
正當我不知該如何是好時，對方主動拋出令我難以置信的提議：
「總之，妳要再吸一點嗎？」
「可、可以嗎？」
「我不介意。妳並不想與我為敵吧。」

我說不出話，因為實在太開心了！他要給我血、給我魔力！於是我乖乖遵從他的建議，吸起血來。

傷口再次癒合，體型也恢復成原本的大小。

思考能力也一口氣恢復正常，同時產生了不能得寸進尺吸太多的自制念頭。

我應該要克制才對。然而他卻要我不必客氣，繼續給我更多血。

這樣好嗎？血跟魔力一下子失去太多可是會有死亡風險的喔？我盡量自制了，不過還是吸了不少。要是個普通人類，現在就算昏過去也不奇怪。

但他看起來好像沒事。既然沒事的話……

嗝！

現在的我比剛進森林所擁有的魔力量還多，身體處於絕佳狀態，消失的胸部也復活了。羞恥心回歸崗位，我於是用魔力製造衣服穿上。

見我穿上衣服，他似乎感到相當遺憾，真是個坦率的人。不，也可能是吸血終於發揮魅惑效果了？

他好像想邀請我到他家裡。

他家是棟普通的小木屋，裡面各式家具意外地齊全，面積雖然不大，住起來感覺還滿舒適的。

雙方進行自我介紹。

緊接著，他對我低下頭。真沒想到我竟然會在這裡遭受熱烈的求婚。說真的，我很高興。

畢竟根本沒有男人敢對身為吸血鬼的我求婚嘛。

沒錯，我是吸血鬼，跟人類截然不同。

我鄭重對他說明這點。結果他如此回答：

「沒關係。」

他名叫火樂，是我現在的老爺。如果有人要說我太容易被把，我也不介意。

不過，唔，那個……我是不在意被他把到啦。但為了不讓他認為我是個輕浮的女子，一開始我也嘗試過各種抵抗手段。

況且夜晚辦事太激烈，我也曾罵過他禽獸……但我並不討厭被他人索求這點。

只是，連續幾天這樣搞誰受得了？儘管這代表他的愛就是了。

講實在的，應該讓他多娶幾房妻子才好。

雖然要說我沒有獨占欲是騙人的，但一般偉人不是都有三妻四妾嗎？

讓我一個人養小孩的話……是說，真的能生出來嗎？一旦懷孕就困擾了，畢竟幸福是會被分享出去的嘛。

現在的我感到很幸福。

10 生有翅膀的女性

就在小黑一們的孩子差不多該回來的時期，座布團警告北方出現異樣，情況跟上次露來時很類似。
小黑牠們全都衝向北方，我跟露也連忙追趕上去。
難不成又有全裸幼女要闖進來吧？我有露就夠嘍。
我一邊暗自想著，並抵達小黑牠們所在之處。只見那裡有個正遭到小黑牠們恫嚇的天使。
天使。
她有著一頭金髮外加俏麗的五官，外表看起來像個大學生。
胸部強烈主張著自己的存在，顯示主人毫無疑問很有女人味。
她穿著全白的洋裝，背後展開巨大的白色翅膀。
跟露那時不同，小黑牠們或許是判斷不用怕被吸血，紛紛咬住對方的四肢與翅膀，將其拽倒在地。
看到這慘烈的光景，我忍不住遏止了。
「住手住手住手！」
真的跟露那時候很像耶。

叫小黑牠們退開後，見到我出現的天使或許是知道自己得救了，於是嚎啕大哭起來。

這樣的舉動掀起我的保護欲。但我已經有露了。

我本來想把這件事交給露處理，但天使一看見露便激動起來。

「妳竟然在這裡呀！露露西！」

如此激烈的反應讓小黑牠們又撲上去圍毆。對小黑牠們而言，露已經是同伴、是家人了——體認到這點的我雖然感到高興，但還是得再度遏止。

「嗚嗚……謝謝你。」

這種全身沾滿血和泥土的畫面真是讓人看不下去。

正當我想設法治療對方時，天使卻自行解決了。

是魔法吧。只見她用恢復魔法治療傷口並止血，然後又用不知道什麼魔法把全身上下跟衣服弄乾淨。

是洗淨魔法嗎？

正當我覺得很方便時，露開始努力強調這招她也會。

原來如此。

下回能麻煩她清理一下廁所下方累積的排泄物嗎？

這件事遲早有一天得處理，我卻遲遲不想動手……呃，誰會對這種事有幹勁嘛。

得找個好時機拜託她。總之現在絕對不是時候。

「露露西，妳是故意躲在這裡的嗎？」

露跟天使好像認識。

看上去似乎相互敵對就是了。

「發生了許多事啦。妳還好嗎？想必很痛吧。」

「還可以……這已經不是痛不痛的問題了。」

「我懂。我也曾被圍毆過呢。」

「妳也是嗎？」

「嗯。牠們完全沒有手下留情，魔法也很難見效，還會被躲開。」

「我還以為自己死定了。」

「平安無事是最重要的。現在妳不用擔心了。」

然而她們現在好像不再敵對了。

身為同病相憐的夥伴，她們產生了一種莫名的認同感。

「那時是我不對，所以別在這裡吵架了。」

「妳居然道歉了……好吧，那我也不跟妳在這邊吵了。」

「謝謝妳。那麼我來介紹一下，這位是我的老爺。」

露急忙介紹起我。

「咦？啊，嗯……呃，我叫火樂。」

總覺得已經好久沒有意識到自己的名字，我不由得吞吞吐吐。

「你真是客氣。我叫蒂雅，誠如你所見是個天使族。」

天使族……

原來還有這種種族啊。

「我是追露露西追到這裡來的……」

「追她？」

「沒錯。因為露露西在街上胡來，變成懸賞對象了。」

我望向露。

「啊哈哈……當時我做得有些太過分了。」

「才不是『有些』呢。雖然沒有人受害，但貴族可是顏面盡失喔。」

「啊哈哈。」

露補充說明：

「我當初之所以來這，也是為了從蒂雅手下逃脫。」

逃脫？

我已經對露的性格有某種程度的瞭解……逃跑一點都不像她會做的事。

她回答我的疑問：

「按照屬性相剋的概念，她比我強一點點。」

「露露西小姐，妳真的變了呢，以前妳是絕對不會承認自己比較弱的。」

「呵呵……因為我確實感受到自己的軟弱了嘛。」

「啊……原來如此。的確，那種自戀的感覺都消失了。」

蒂雅跟露一齊望向在稍遠處圍繞我們的小黑牠們。

「那個數量實在太犯規了。」

「嗯。」

嗯，只要這兩人不在這裡打起來，我當然很歡迎蒂雅造訪。

「總之，妳願意來舍下參觀嗎？儘管是很簡陋的小屋……但站在這裡說話畢竟不太好……」

「對呀，還請妳務必賞光。」

露出乎意料地熱情邀約對方。

「……是嗎？既然如此，要是不會打攪到你們，便請讓我同行吧。」

我命令小黑牠們解散，帶著蒂雅跟露一同前往棲身的小屋。

進去小屋後，不知為何在露的引導下，三人開始努力地辦起事來。

「我、我被騙了！妳這個惡毒的吸血鬼！」

「我一個人身體撐不住的。拜託，陪我一起吧！」

「哪個笨蛋要陪妳啊？放開我！」

「其實我只要有露就夠了……」

「不是說了我的身體撐不住嗎？好，就趁現在！」
「呃，就算妳要我出手……」
總之不知道為什麼又多了一位同居人。

11 同居人又增加了

與蒂雅開始同居過了十天。
露所體驗過的事蒂雅也全都來了一遍，現在總算冷靜下來了。
難道只要是女性，看到座布團就會昏倒嗎？
我覺得牠明明沒那麼恐怖啊。
「身體的確會撐不住呢。」
「就說吧。妳能加入真是幫了我大忙。」
急遽變得親密的兩人正開心地享用小黃瓜與番茄。
蒂雅似乎很喜歡小黃瓜，發出喀哩喀哩的聲響大口啃著。不過啃小黃瓜的模樣總覺得跟她可愛的外貌不太搭就是了。

「妳還可以變幼逃避義務，我卻辦不到，非得想點對策不可……首先就來增加陪侍的對象吧。」

「你應該也清楚老爺的個性吧。就算想增加對象，去擄獲人類可不是什麼好主意，我猜他會為此大發脾氣的。」

「妳有什麼點子嗎？」

「妳說得對。不過放心吧，只要不是強搶民女就好了。」

「嗯，在來這裡之前我曾稍微看過幾個。讓我暫時請假一陣子吧。」

「……妳要是想趁機落跑，我會出去追殺妳的。」

「我才不會逃跑，因為這裡有我的老爺在啊。」

蒂雅也曾用各種不同的叫法稱呼我，最後決定跟露一樣用「老爺」。

蒂雅出去辦事幾天後，小黑一們的孩子陸續回來了。

其中有幾隻全身傷痕累累。

嗯，加油！

初來乍到的狗對我跟露展現警戒心，但在小黑牠們介入後就化解了。

看起來並沒有產生嚴重的爭端。

回來的孩子當中有一隻比較特殊。

不知為何，牠竟然帶了三個伴侶回來。

三個耶……

牠是伊莉絲所生的公狗。

帶回來的三隻伴侶是母狗。

儘管牠看起來有點軟弱，身上卻沒有明顯的傷勢。

跟帶回來的三隻母狗感情似乎也不錯。

原本以為狗兒是一夫一妻制……是我誤會了嗎？

算了，只要不吵架就無所謂。

另外，繼吹雪之後，牠是第二隻被取名的第三代。

——正行。

這個名字出自之前的世界裡某部有大量女角的戀愛喜劇戰鬥漫畫男主角。

直到最後一集他依舊沒有決定真命天女是誰，結局甚至讓所有登場的女角都懷孕，在網路上掀起一陣熱議。

傳說的後宮男——正行。

我是不怎麼羨慕他啦。不過多少還是想過著類似的生活。

等等？

我不是也同時對露跟蒂雅出手了嗎⋯⋯

就當作沒這回事吧。

小黑一們的孩子全員平安歸來後，人口密度感覺瞬間暴增。
而我事先預備的長屋評價似乎還不錯。
嗯，畢竟總比露天睡覺要好得多嘛。
接著，第三代也開始繁殖了。
牠們一起前往周邊的森林狩獵，再紛紛叼著獵物回來。
我光是為了放血跟處理內臟就忙得半死。
此外，過程中牠們還打倒了幾隻大野豬，叫我過去幫忙搬運。
由於我也得照料田地，每天都過得非常辛苦。就在這時，蒂雅回來了。
還帶著七位身著戰鬥服的女性。

「我叫莉亞。」

莉亞、莉絲、莉莉、莉芙、莉柯特、莉婕、莉塔。

自我介紹著的七位女性全都屬於同一種族，耳朵很長。

「精靈？」

「正確來說是高等精靈……不過叫精靈也行。」

高等精靈？跟精靈差在哪裡呢？

「我們是受到蒂雅小姐推薦而造訪這裡的。拜託您，請務必讓我們在此定居。」

「呃……」

我一望向蒂雅，她便將手擱在我的雙肩上，把臉湊過來。

「就讓我來說明她們悲慘的過去吧。」

她們這群高等精靈原本在北邊很遠的某個聚落生活，大約二百年前卻捲入了人類的戰爭，導致居所被摧毀。

當時一族精靈四分五裂，只能過著邊流浪邊尋找棲地的生活。

「之前我們一直過著在森林裡流浪的生活。」

「只要找不到定居的場所，我們這族就無法繁衍後代。」

「拜託您了。」

七人紛紛低頭懇求。儘管她們並沒有低頭的風俗，但好像是蒂雅事先教了她們這種乞求的動作，感覺得出她們有些不習慣。此外，一口氣被七名女性低頭拜託也讓我有點嚇到，畢竟以前我從來沒有這種經驗嘛。

「要把我們作為勞力使喚也沒問題，拜託您。」

「我也覺得這樣不錯呢。聽說高等精靈種族很優秀，外表也好看。妳們幾位應該還很年輕吧？」

蒂雅強力推薦，露也表示贊同。

「最年長的是我，四百歲多一點。」

「我是最小的，三百歲左右。」

年紀上似乎是莉亞居首，莉塔居末，但我分不出差在哪裡。她們每個看起來都像是婀娜多姿的大學生？甚至要說是高中生也沒問題。或許因為是精靈，各個都很漂亮，或是該說偏可愛吧。

總而言之，她們想定居在此……說真的，我很高興能增加勞力。

「雖說這裡已經有各種居民了，但只要大家不吵架就沒問題。」

因此我做出了許可的表示。

「感謝您。」

「我們會拚命努力的。」

「以後還請多多指教。」

七位女性歡聲雷動。

結果她們看到座布團後就昏倒了，看到小黑牠們又昏倒了一次。

這還是第一次有人看到小黑牠們會昏倒呢。大概是怕狗吧？

隨後，為了確保這七人有地方睡覺，我又開始建造起小屋。

由於她們說比起一人一間，七個人能同住的屋子更好，我便蓋了較大的小屋。

說起來，較大的小屋還能叫小屋嗎？就是普通的房子了吧。

住得下七人的房子畢竟無法在一天內完成，所以莉亞她們暫時睡在自己帶來的帳篷裡。至於房屋的建地在聽取莉亞她們的意願後，選在蓄水池預定地的南邊，也就是新田區西邊處。從我的臥處看去則是西南方。

因為距離有點遠，我向她們確認「真的沒問題嗎？」結果她們表示務必蓋在這裡才好。為什麼呢？

要是把西南區跟田地一樣劃分為四乘四共十六塊，她們指定的建地算是位於正中稍微偏北處。

周圍什麼都沒有，孤伶伶的房子感覺挺寂寞的。

不過既然出自她們的意願，可以的話我希望能盡量達成，便從善如流將那塊土地做為建設預定地。

之後為了圈出西南區的土地，我先做出圓木柵欄與壕溝。至於跟新田區接壤的壕溝嘛……稍加思考後我決定保留。畢竟是人住的地方，防禦強化一點比較好。

水井跟廁所也選好位置後就開始動工了。考量到日後需要，我也順便做了地下室跟垃圾場。

方。

雖說所有垃圾都能用「萬能農具」化為肥料，但她們沒有這種能力，因此還是需要有丟垃圾的地方。

儘管挖掘作業跟砍樹是我的專長，但木材準備好之後的建設就靠她們七人努力。不，應該說這方面她們比我強大、靈巧得多。關於圓木加工與組裝的技巧，有許多可以向她們學習之處。

感覺我這半吊子隨便出手會妨礙作業，因此就全權交給她們負責了。我只有在她們拜託的時候幫忙挖洞、強固地面，或是收集木材。

耗時約十天，豪華的木屋完工了。而且還是我曾放棄過的高腳屋，兩層樓建築。

雖然不免有些嫉妒，但我也學到了她們建築的訣竅。呼呼呼。

我作為臥處的小屋或許也該重新蓋一棟了。

這棟木屋是東西橫長的長方形，甫進玄關就是大廳兼飯廳的空間，應該是大家共同工作、吃飯的地方吧。

雖說是室內，但房間中央有可以點火圍爐的設計，感覺像是沒有埋入地板的地火爐？之類的東西。

大廳左右都有門，依我猜測應該是廚房跟澡堂，結果兩側都是倉庫。

大廳左右有樓梯通往二樓。二樓是大廳左右倉庫的上方，大廳的部分只有連接上方左右房間的通道，因此空間感覺非常寬敞。

來到二樓其中一側，只見房門以等間隔排列，似乎是七人各自的房間。

每個房間的造型都很細長，裡頭擺著床跟小衣櫃，以及桌椅各一。

這些室內家具全都是我做的，拜「萬能農具」之賜。雖說她們的加工技術比我更精湛，但要比速度便遠遠不敵「萬能農具」了。好吧，假使她們不中意這些家具，之後也可以自己重做啦。

每一側有四個房間，所以左右兩側共計八個房間。其中一個房間暫時留空。

加上座布團跟牠的孩子們所生產的棉被、坐墊及窗簾等紡織品後，莉亞她們睡覺的地方應該沒問題了吧。嗯，太好了。

在等待木屋完工的這段期間，她們也漸漸適應了這裡的生活。

莊稼的滋味尤其讓她們感動。

七人喜歡的農作物有南瓜、白蘿蔔、茄子，此外不知為何還包括大蒜。為避免影響形象，希望她們還是別狂吃大蒜啊。她們偶爾會跟小黑牠們一起出外狩獵，展現射箭技巧。由小黑牠們並不討厭七人同行的這點來看，她們的打獵技巧應該相當不賴。

她們也能跟座布團及其孩子們討論衣服的問題，讓我感到安心。

「還有什麼問題儘管對我說。」

「知道了，村長。」

順帶一提，她們稱呼我為「村長」。儘管我起初很不情願，但還是被迫接受了。因為一開始她們可是叫我「陛下」或「領主大人」呢，相比之下「村長」還好一點。

要把「村長大人」裡的「大人」拿掉，也費了我好一番唇舌。

幫莉亞她們蓋房子的工作結束、我再度返回例行性工作的翌日晚上，莉亞她們當中的數人闖入了我的住處。

「妳、妳們想幹嘛？」

聽到我的質疑，莉亞她們以「這還有什麼好問」的態度答道：

「繁殖。」

「為了我們的種族，拜託您。」

「蒂雅小姐當初說只要來這裡定居就能繁衍後代……我會加油的。」

我想向露跟蒂雅求助，卻完全沒用。這時我才搞懂精靈們之所以想把房子蓋在西南區正中央的理由——因為今後她們想在那邊增加一族的人數。

縱使進行抵抗依舊徒勞無功，要罵我意志力薄弱我也無所謂了。

之後——

在只有女性們參與的討論下決定採取輪班制，我根本沒有發言的餘地。

見我抱膝頹坐在地，小黑二跟伊莉絲所生的正行跑來身邊安慰我。

謝謝你。

閒話　莉亞

我名為莉亞，是崇高的高等精靈一族。但崇高這點也是很久以前的事了。

我們居住的村落受戰火波及而遭到放逐，如今一族只能在死亡森林裡四處流浪。

「莉亞，今天的營地該怎麼辦？」

聽到妹妹的問題，我下達指示。死亡森林為許多人所畏懼，是一座拒絕訪客進入的森林，那是因為棲息在此的怪物、怪獸都強得犯規。總的來說，普通人在裡頭不消一小時就會化為屍體。我們之所以沒那麼慘，是因為我們有幸在森林裡發掘暫時的安全地帶。然而這些安全地帶既沒有標記，也不會永遠固定在同一個場所。其實所謂的安全地帶，就是森林裡居住的怪物們勢力範圍有所重疊之處罷了。怪物或怪獸們覺得在這種地方獵食會引發領土糾紛，為了避免麻煩不會任意在此出手，除非牠們肚子非常餓。

這樣的「安全」並非絕對，畢竟還是會有無視勢力範圍亂闖的愚蠢怪物跟怪獸。另外，當原本擁有勢力範圍的怪物因為某種理由而被打倒時，安全地帶也會立刻瓦解。我們的生活正是建立在這種脆弱的安全地帶上。因為一直待在同一處很容易被盯上，我們得頻繁地移動，也無法保證每天都能找到東西吃。

逃入森林時，一族還有三十多人，但現在只剩下七人了。要是數目再這樣減少下去，我非常擔心種族遲早會滅絕，這樣下去是不行的。

肚子餓的時候就連思考也會變得悲觀。我想吃點什麼……但已經沒有存糧，必須趕緊出門打獵才行。

「莉亞，有客人。」

咦？死亡森林可是罕有客人造訪。雖說稀罕，倒也不是完全沒有，某些人能輕易通過我們所懼怕的死亡森林。眼前這位客人便是如此。

天使族。

那是即使長期生活在死亡森林的我也聽過的知名種族。而在這個種族裡可冠上「當代最強」名號的，正是這位客人。

「我在追一個吸血鬼，妳們有看到嗎？」

對客人的質問，我們回答「不知道」。並非欺騙她，因為我們真的沒看到，當然也沒有其他答案。

天使族似乎也不怎麼期待，表情看起來一點都不遺憾。

「是嗎？我了解了。天也差不多要黑了，請讓我在這裡住一晚吧。」

在森林裡要互相協助，我們自然不會拒絕對方。不過，我多少懷有能從這樣的客人手中獲得糧食的期待就是了。

「就麻煩妳們做點料理吧。至於食材……殺人兔可以嗎？」

我點了點頭。然而眼前這位客人無論怎麼看都是兩手空空。我還在懷疑她要從哪裡變出食材，結果只見她忽然輕飄飄飛進森林裡，解決了幾隻殺人兔帶回來。

真不愧是能單槍匹馬進入森林的強者，如此輕鬆就入手了對我們來說需要小心翼翼狩捕的獵物。雖然不能否認我很嫉妒，但今天能託她的福吃到食物仍讓我誠心喜悅。

翌日，客人一大早就動身了，朝著我們不敢接近的森林中心出發。

儘管我有警告她那裡可是有著許多難纏的怪物與怪獸，但她應該不會理我吧。算了，倘若運氣好，以後或許還有機會碰面。

雖然不敢保證那是十年後或百年後的事，但身為高等精靈的我們向來無涉於壽命這個議題。

呵呵，屆時我們能不能繼續在森林裡活下來才是主要的問題吧。

結果我們一個月之後就重逢了。

說。

看來她好像在尋找我們。是有什麼東西忘了帶走嗎？不，並非遺失了物品。客人是有話要對我們說。

據她表示，我們有機會獲得定居的場所。

天下沒有白吃的午餐──我馬上想起這句話。但客人欺騙我們又有什麼好處呢？況且她還說，如果我們不願意就早點拒絕，她得去找別人。

我對目前這種生活毫不留戀。假使真的能有定居地，我絕對會歡天喜地地搬過去。然而客人說是「有機會」，代表仍非百分之百確定。此外，定居並不是對方來拜託我們的，所以我們得去乞求對方。也就是說，我們得提出對等的條件。

這並不奇怪。要取得定居地本來就不是一件容易的事。話雖如此，目前我們手邊的財產只有過去打獵所得到的獸骨跟毛皮而已。

再來就是自己的身體了。

我並不怕死，卻無法忍耐奴隸的待遇。如果願意當奴隸，我們就不會躲在森林苟且偷生了。就算要離開森林……也必須限制在只犧牲我一個人的範圍內。

儘管我們人數不多，但我依舊是一族之長。

下定決心後，我向族人傳達這項消息。族人沒有任何異議，大家似乎都認為在這裡的生活已經到達極限了。
當然，我們也想過最糟糕的情況……就是犧牲者是除了我以外的其他族人。我們請客人帶路。

我目睹了難以置信的光景。
死亡森林的正中央居然有住宅與田地……
雖是簡陋的小屋，卻仍是不折不扣的房子。與之相比，田地的規模就完善得多了。真是異樣的光景。
住宅與田地。
死亡森林照理說不可能出現這些東西，畢竟這裡的土地非常堅硬，幾乎不可能耕動。就算耕得動好了，又能種出什麼呢？
況且死亡森林的樹木也硬得誇張，某些種類甚至比鐵還硬。要砍伐那些樹來建造住宅云云，得耗費多大的勞力啊？

對方向我們介紹達成這些成就的男子。
他名叫火樂，原本獨自在這座森林裡生活，打造那棟房子跟田地的人就是他。另外，他還娶了幫我們帶路的天使族客人，以及那位天使族客人在尋找的吸血鬼為妻。光是這些事蹟就已經很離譜了……
然而還不只如此。

他飼養了許多我們絕不想遭遇的怪獸——地獄狼，以及一碰到八成就死定的惡魔蜘蛛，關係甚至非常親密。

……會昏倒實在不能怪我啊。

我們拜託他讓我們定居在此，拜託的方式則是低頭躬身。

天使族的客人說這個動作最要緊。不對，不該繼續稱呼她為客人，她是火樂大人的妻子——蒂雅大人。

火樂大人聽進了我們的願望，也沒要求對等的條件。我雖然曾暗示他，但他表示什麼都不用。

這真是高貴無比的情操。我竟然還想過要獻身，真是慚愧，一思及此就讓人面紅耳赤。同族的其他人想必也是如此。大家反省後重新振作，卻有些怒上心頭。

難道我們的身體毫無魅力嗎？

高等精靈的確是身體曲線不甚明顯的種族，卻很自豪擁有完全能彌補身材弱點的美貌喔？正因如此，之前我們才會害怕被當成奴隸對待。結果現在這是怎麼回事……我們被無視了。

他先是幫我們建起住家來了？雖然還是很感謝他啦。

我先拜見了火樂大人工作的情況……結果嚇了一大跳。森林裡的樹瞬間就被他砍倒。

簡直就是眨眼間的工夫。是魔法嗎？不，感覺不太像……咦？這些樹……是被稱為不倒的巨木吧？可是比鐵還要硬的樹喔。

……

我決定不繼續深究了。呃……首先要乾燥砍下來的木頭……不用嗎？看來他不需要進行這道程序。好吧，我決定之後不管看到什麼都不再驚訝了。

那麼，接著得將砍倒的樹削成圓木，再利用圓木組裝成房子。是說削成圓木後也需要加工吧。不知道靠我們手邊的工具得花上多少時間……

結果這些全讓火樂大人一手包辦了。

我們唯一的任務就是組裝，務必要全力以赴。儘管我們的身材看似纖瘦，其實還滿有力的，手邊也有滑輪這種道具，能利用繩索搬運木材。好吧，其實滑輪是火樂大人準備的，至於繩索則是座布團大人提供。我們只是拿來運用罷了。

我們曾試圖搬出各種理由，像是為了在這裡安心定居下來、為了報恩，或是要支付糧食的費用……但說穿了，我們想要男人的種。

幸運的是，已登上妻子寶座的吸血鬼露和天使族蒂雅都認可了這件事。這方面如果不先談妥，以後可是會起爭執的。由於好久沒吃這麼飽了，各方面的慾望也漸漸勃發。哼哼哼，我可不會讓這條大魚白白溜走。大家都很清楚先後順序吧？我排第一喔。有意見嗎？既然如此，就來一決先後吧，妳們隨時都能放馬過來喔？我可不會手下留情。大家都明白就好，今後別想忤逆姊姊我，我一定會讓大家都輪到的。喔……他好像來了。全體整隊！

「火樂大人，還請您多多指教。」

不要急，默默把他逼到死角吧。

順利搞定他了。不，應該說被他搞定才對？真希望能一輩子接受他的照顧啊。

13 對精靈的認識

時間稍微倒轉一下。莉亞她們剛來時曾發生過令我有些驚訝的事。

「咦？妳們也會用火烤肉嗎？」

「是啊。難道說這裡不能用火嗎？」

「不，倒不是這樣……但精靈照理說是在森林中跟自然和平共存的種族，應該會討厭火吧？」

「哈哈哈！不用火該怎麼生存呢？」

「就說是跟自然和平共存……」

「比方說？」

「咦？呃……日出而作，日落而息；食物只吃樹上的果實；很愛護森林，不願砍傷樹木；身上絕不攜帶鐵器。」

「那個……村長大人。」

「都已經說過好多遍，不要叫我村長大人了……怎麼了嗎？」

「請不要小覷大自然。在森林中過上您所說的那種生活，馬上就會死掉了，連一天都撐不下去。」

「呃、嗯，說得也是。」

聽到莉亞這種非常現實的回答，我只能點頭附和，同時心目中的精靈形象也破滅了。

雖然這件事我很久以前就放棄了……

「妳們會採礦跟鍛造？」

「是的，因此採礦工作方面就由我們負責。至於建設鍛造場……主要是製造熔爐這點要拜託您了。只要有熔爐，就能用鐵打造各種物品喔。」

「這太教人高興了……不過鍛造啊……」

「怎麼了嗎？」

「呃，是說……妳們真的會鍛造嗎？」

「是的，好比說匕首跟柴刀。尤其是箭鏃，如果不自己打造，根本沒有取得管道呢。」

……看來矮人沒有出場的機會了。不，這裡的矮人也不見得符合我的認知就是了。

依照莉亞她們的指示，我開始建造熔爐，還學會了很多知識。畢竟她們過了二百年的流浪生活，大部分的事都能自理，唯一辦不到的只有定居跟繁殖。

由於定居需要確保穩定的糧食來源，所以很困難；至於繁殖如果沒有定居地，一旦懷孕就得冒著相當的風險。然而縱使有定居地，要是沒男人也束手無策。據說她們好像會從別處「調度」男性過來，詳情我沒問過就是了。

事實上，我不正是那個被她們「調度」的男性嗎？

莉亞她們在收成上是巨大無比的戰力，尤其擅長處理被我擱置著的小麥。

「要這麼做啊……原來如此。」

之前我以為麥穗已經完全乾燥而將它們收割儲藏，不過這個階段就收起來似乎太快了。

之後小麥得進一步乾燥並脫殼、製粉。聽她們說稻子也是類似的流程。

莉亞她們替我保存的小麥脫殼、製粉，並在完成後立刻用篝火烤起麵包。

「想要製作麵包，這個是不可或缺的喔。」

莉芙給我看了個她慎重保管的小壺子，裡頭的玩意兒好像是水果發酵後的產物。根據在前一個世界的記憶……麵包沒有酵母菌似乎就不會膨脹，這個想必就是了吧。

「妳們明明無法定居卻知道這麼多知識，身上還帶著許多寶貝呢。」

「這些都是我們在流浪前就擁有的。」

原來如此。

「能夠耕田我很開心。可以讓我擁有自己的田嗎？」

「我是沒意見……不過妳有想栽培的種子或禾苗嗎？」

「有，是在流浪時收集到的果實。」

「這樣啊。那就請妳種在不會影響其他作物的地方吧。」

「不會影響其他作物的，只會種在住家後院，一開始種一小塊就好。一旦您覺得不妥請立刻告訴我。」

「我懂了。」

「萬能農具」儘管便利，但仍舊會局限於我的想像力。考量到萬一的狀況，能靠自己的力量務農才是最理想的。作為擺脫「萬能農具」的第一步，希望她好好加油。

雖然我知道莉亞她們是很有用的戰力，然而就連建設水道她們也來幫忙了。

再加上座布團的孩子們也出馬，工作效率變得極佳。依照這種速度，今年內……不，太趕了。畢竟這個季節除了建設莉亞她們的住處外，還有許多瑣事要做嘛。

順帶一提，今年又到了小黑牠們的生產期。現在我已經無法掌握誰是誰的孩子了。

儘管小黑牠們很聰明，只要問一聲就會把自己的孩子帶來，但我根本區分不出那些小狗崽。

除非是像吹雪那樣有明顯特徵我才有辦法……然而基本上牠們都黑漆漆的。

真要說起個人特徵是額上的角。儘管能從角的形狀、角深處的發光方式與顏色來判斷……

不過剛出生的小狗沒有角。

而且要是用角來識別，一到了換角的季節就麻煩了。

由於小黑牠們很聰明，一旦被我叫錯名字就會不高興。此外，那些還沒被我取名字的傢伙，也都為了得到名字而拚命。呃，我的記憶也是有極限的好嗎？

總之，吃飯的口數又增加了。加油吧！

我在新田區南側再度擴大了田地，現在新田區共有四乘八共三十二塊田地。由於每塊田地都是大約五十公尺見方，新田區的總農田面積是二百乘四百公尺。

面積合計為八萬平方公尺。記得一公頃就是一萬平方公尺吧……等於是八公頃了。

我不清楚這樣的面積對農家而言算大還是小。但因為我是靠「萬能農具」栽種的，每年都可以收成三到四次。

我、露、蒂雅、莉亞、莉絲、莉莉、莉芙、莉柯特、莉婕、莉塔。

小黑牠們……有上百頭以上。

啊，因為用隻計算同樣屬於家族成員的小黑牠們有點怪，有時我會用「頭」作為量詞。

但畢竟我從牠們還是小狗崽的時候就認識了，所以一直不習慣稱作「頭」，一不小心就會用隻當單位。

至於座布團呢？

牠擁有數不清的孩子們。

……同居人一口氣增加這麼多，收穫量會夠才怪。

另外，我現在超擔心森林裡的動物會被我們屠殺殆盡。

要是能找出小黑牠們除了番茄以外還喜歡什麼農作物，我就要大量種植它。

開始感受到秋天的涼意時，我試種的果樹終於長出水果了。雖說仍稱不上大豐收，產量倒也相當不錯。

蘋果、梨子、橘子、柳橙、柿子、桃子。

我還在想哪個比較受歡迎，結果每一種都大獲好評。

小黑牠們吃掉桃子後，會靈巧地留下裡頭硬邦邦的果核。至於橘子我本來想留到冬天閉關時吃，沒想到卻被蒂雅猛嗑到連手都變黃的程度，照那種消耗速度根本撐不到冬天吧。而莉亞她們主要吃的則是蘋果跟梨子。

當我把蘋果切成兔子造型或其他好看的切雕，她們反而捨不得吃，為難了起來。

露似乎最為中意桃子，彷彿在跟小黑牠們較量誰比較會吃。如果可以的話，我希望她能用成熟的模樣吃。

用國中生的體型吃會激起我強烈的保護欲啦。

我也拿了收成的一部分果實給座布團跟孩子們。

今天能有這些水果，都是託了座布團牠們的福。

目前暫時只有第一批實驗的果樹有了成果。不過到了後年，果樹區照理說也會出現大量收穫才對。

大家都喜歡實在再好不過了。

順帶一提，我喜歡柿子。比起那些軟嫩多汁的水果，柿子硬而脆的口感更符合我的喜好。收成的柿子吃起來都是如此，我很開心。

14 異世界一定少不了的黑白棋與西洋棋

蒂雅的翅膀並非裝飾品，而是真的能飛的。不過她在那身潔白的洋裝下穿著小褲褲。

然而就算她飛起來，我也看不到小褲褲，這是什麼原理？角度？還是技巧問題？

雖然我很清楚不可能像動畫或漫畫一樣，隨便就有小褲褲可看啦……

不，我可沒有覺得遺憾喔。

蒂雅飛行的速度頗為可觀，但因為這樣做會很累，她並不會頻繁飛行。

飛到田地附近則容易被座布團跟孩子們的絲線勾纏，她出糗過三次以後就更不想飛了。

她背後的翅膀能收納自如，隨便她想展開或收進去。由於我不懂其原理，也就不追究了。反正在異世界，只要用「魔法」兩字就能搞定一切

同樣地，露也可以飛。

她的話似乎沒翅膀也能飛。只是露說過飛行並非她的強項，似乎真是如此。她會趁我不注意的時候偷偷練習。

對了，她跟蒂雅同樣給座布團牠們的絲線添過好幾次麻煩呢。

料理方面，露、蒂雅和莉亞她們的手藝都差不多，基本上只會烤跟煮而已。然而這裡種出來的作物，滋味就是比起其他地方出產的好上太多，所以誰也沒抱怨過食物，反而還常受到誇獎。

我當然開心。不過這都是拜「萬能農具」之賜，我再度對著巨木神社雙手合十。

動。

儘管沒有強迫旁人跟我有一樣的信仰，不過看我經常雙手合十的露她們，也不敢對神社有失禮的舉動。

這麼說來，這個世界的宗教觀又是如何呢？蒂雅會比較了解嗎？畢竟她說自己是天使族嘛。嗯，等有空再去問吧。

除了烤跟煮之外，我還知道蒸、炸、烤的變形——炒，以及煮的變形——燙。只可惜我的廚具跟調味料不足，再加上沒有牛奶與雞蛋可用，能做的料理就少很多了……

說了這麼多，重點其實在於——我負責下廚的次數也太多了吧？

雖然不在意，但我身邊明明有那麼多女性，為什麼誰也不肯向我學啊？

說個題外話。我發現自己的錯誤了。

胡椒可是植物喔。

所以其實能用「萬能農具」來種植。雖然現在開始或許已經太晚了，總之明年希望能收成胡椒。其他還有檸檬、山葵、芝麻、辣椒、薑、橄欖等。

仔細想想，調味料都是植物嘛。

冬季——

我窩在棲身的小屋裡削切木頭跟石頭，做著家庭手工。因為露跟蒂雅也同住一個屋簷下，總覺得有點狹小，畢竟一開始我只認為會是自己一個人住啊。明年春天應該要建造新的臥處了。

露跟蒂雅似乎在為某種我不懂的魔法做準備，乍看之下是跟製作藥草有關。她們好像趁夏、秋收集好材料，一直保存在地下室裡。

就連她們也覺得目前這間小屋太狹小了，央求我蓋新家與充當研究室的房子。

我們現在正在討論該怎麼隔間才好。

莉亞她們也躲在自己的木屋裡過冬。由於糧食與柴薪在入冬前就已經分配好，理論上並不成問題，我也說過一旦有問題，她們可以馬上來找我。

莉亞她們冬天都在忙著用草或稻草做小道具，看來是在量產籃子跟提包。因為我做的木盆跟木箱都很重，她們的產品說起來真是幫了大忙。

小黑牠們完全處於在小屋悠哉度日的模式。而座布團在冬眠，根本不見蹤影。

幸好冬眠前牠為大家做了許多毛巾材質的布匹，派得上用場的機會很多。

呃，那個，辦完事以後總會搞得髒兮兮的嘛。

好了，雖然是冬天……但總不能整天默默地做著家庭手工吧？我需要一點娛樂。

現在有露、蒂雅，以及莉亞她們，感覺能進行的活動變多了。提及異世界轉生作品的王道就是黑白棋了，我做出來以後感覺廣受好評，尤其在莉亞她們之間掀起了一股流行。

同樣地，我也做了西洋棋，它則是在露、蒂雅，以及小黑牠們當中受到歡迎。想不到小黑牠們居然懂得下西洋棋呢。黑白棋的規則牠們雖然也能理解，但用嘴巴很難翻面，所以牠們不愛。因此用嘴好操作的西洋棋較受青睞。

反正西洋棋只要能分辨棋種就ＯＫ了。我還做了方便用嘴咬住的形狀與尺寸專供小黑牠們使用，時不時能看到好幾頭圍在一塊廝殺。

看這樣子……牠們的棋藝大概比我還強吧。

為了保持威嚴，我還是不要找牠們挑戰比較好吧？儘管小黑牠們很聰明，搞不好會故意讓我，只是真的被讓了會我大受打擊。

和露與蒂雅下菜雞互啄的西洋棋比較適合我。

啊，慢著，露，別找小黑挑戰啊！妳會被痛扁一頓的，在精神層面上。

之後她整整垂頭喪氣了三天左右。

在冬季，遇到天氣好的時候，我會為了轉換心情，出門檢查圓木柵欄與壕溝。冬天少了座布團牠們的巡邏，千萬不能大意。就連小黑牠們都可以跳過圓木柵欄跟壕溝了，要不要幫莉亞她們的住家也建起環繞的高牆呢？雖說在森林遇上獵物的話就有新鮮的肉可吃了，但要遇到獵物也不容易，真的只是讓我出來轉換心情而已。

我集中少許積雪，堆起了雪人。而蒂雅望向雪人的雙眼閃閃發光。

之後只要一有空閒，蒂雅就開始堆雪人。為了避免她的手凍傷，我只好拿多餘的布製成手套。

15 史萊姆到來的春天

春天來了。

今年的目標是完成水道。

以及建造棲身的新房子。

還有清理之前我一直假裝沒看到的廁所下，那些大量的排泄物。

我現在懂得什麼叫積沙成塔了。雖然找過露跟蒂雅商量是否能用魔法解決，但好像很困難，不過可以使其發酵分解。

但若以魔法進行發酵會變得超級臭，讓人根本無法接近。

真讓人苦惱。

臭氣已經衝上馬桶了，得趕緊找出對策才行。這時我所得到的提議是史萊姆。

「因為史萊姆能消化吸收那種東西，發展到一定規模的市鎮都會加以利用喔。」

原來如此，還有那種生物啊。

史萊姆。

在奇幻世界中史萊姆並不稀奇，但其凶暴程度會視作品而有所不同。有些只能當勇者一開始的訓練對象；但有些在迷宮裡會瞬殺冒險者，那種我可不想靠近。

然而這個世界的史萊姆好像是方便的下水道清潔工。

「妳說的史萊姆要去哪裡抓啊？」

「沼澤或池塘附近應該有……」

「抓得到嗎？」

「包在我身上，十天就抓回來給你們看。」

見蒂雅自信滿滿地如此表示，任務就交給她了。

「那就麻煩妳了。」

於是這十天我先放棄目前的廁所，把臭味四溢的洞口封住，並在其他地點建造新廁所。要再忍受那種臭味十天實在太困難了。

廁所只要挖個洞就行，建築物則直接沿用所以很簡單。總算能暫時放心了。

蒂雅帶回來的史萊姆很小，一隻只有一個拳頭大。

「這是平均尺寸嗎？」

「因為是野生品種才會長這樣。」

根據我的印象，史萊姆應該比這個大一點，眼前這傢伙感覺就像顆柔軟的棒球。

「牠們吃屍體跟排泄物，所以又被稱為森林的清道夫、平原的清道夫、迷宮的清道夫等。」

這些史萊姆被裝進壺中，一共帶回了十幾隻。

「放下去就不用管了嗎？」

「基本上是那樣……不過……」

蒂雅欲言又止。

「怎麼了嗎？」

「說不定會被小黑們或座布團們吃掉……我在抓的時候才想到這點。」

出門抓史萊姆之前可能是廁所太臭，影響到蒂雅的思考能力吧。

「唔……」

好吧，我先把小黑跟座布團叫過來。

「你們吃不吃這個？」

對於我的質問，小黑跟座布團都表示ＮＯ。

比較像是「這裡有其他美食，何必吃史萊姆呢？」的感覺。

史萊姆很難吃嗎？但食物畢竟是食物，還是得告誡牠們不能吃。

「那麼，牠們也是這裡的新居民了，大家要好好相處。另外，回去也把這件事傳達給你們的孩子們吧。」

小黑跟座布團都表示理解。嗯，好聰明啊。

蒂雅帶回的史萊姆共十七隻。

新廁所跟莉亞她們的廁所各放兩隻、在犬區指定為小黑牠們如廁的地方也放了三隻。我把封閉的舊廁所洞口打開後，將剩下的十隻全都扔了進去。

打開洞口所傳出的臭味讓我有種強烈的罪惡感。但我更愛惜自己的嗅覺，只能有勞牠們了。

史萊姆也是有害處的。

知道廁所下方有史萊姆後，要去上的時候就得鼓足勇氣才行。

其他人好像都不介意，只有我費了一番工夫才習慣這件事。

今年座布團的孩子們同樣要出發旅行，我好寂寞。幸好還是有留下來的孩子，也有新出生的孩子，再加上我已經有某種程度的心理準備，所以今年沒有哭。

最早出生並留下來的那批，現在已經有座布團四分之一那麼大了。

儘管並不算小，但要追上座布團還差得遠呢。

…………

一瞬間，我想著牠們究竟要長多大才會開始生孩子？

應該要考慮擴大北邊的果樹區了吧？

小黑牠們又開始換角了，要將所有角都撿拾起來多少有點辛苦。

儘管一樣想當裝飾，但照這種繁殖速度下去會越來越不可行。沒辦法，只好全都收進儲存糧食的地下室。

一長出新角，小狗就要出門找伴侶了，所以在那之前我要讓牠們盡情地玩耍。

飛盤好嗎……但我一擲出去勢必會引發激烈的爭奪戰，還是算了。此時，我想到用木頭加工並裹上獸皮做成球，結果這玩具的評價相當不錯。

這下就算我不在場，牠們也能好好玩了。我做了二～三十顆給牠們。決定好收納場所後，牠們晚上都會乖乖放回去，真聰明。

另外，我也用粗木做了練習狩獵用的巨大野豬木雕，但根本撐不到一天就破破爛爛了。

腿是不是雕太粗了啊？雕完野豬後，小黑主動來到我面前轉了轉，我稍微想了一下牠的意圖後靈光一閃。是要我做牠的木雕吧？

我試著雕了。這座雕像著重在牠的野性上。

成品相當不錯，小黑似乎也很滿意。

問題在於……該放哪比較好呢？

結果我把木雕放在巨木裡的神社附近，像是狛犬（註：擺在日本神社前的成對神獸裝飾，造型類似獅子也類似犬，一隻張口、一隻閉口）一樣。狛犬都是成對的，我也該雕尊小雪。然而不知道為何，我本來想雕成一般的模樣，成品卻感覺比小黑更加狂野。

是因為我的技術更純熟了吧。

小黑跑來看自己的雕像，結果卻被小雪的雕像嚇了一跳，模樣有點好笑。

我一邊建設水道，一邊思考魚究竟要怎樣拿來吃。

要是能去掉那很重的土味就好了，結果莉亞她們還真的知道解決之道。其實只要把魚放進乾淨的水裡幾天，土味就會消失。這跟讓貝類吐沙的原理很像？

總之先試試再說。

我將大塊岩石削成水槽，並往裡頭注入河水……

「河水之外的水不行嗎？」

雖然河川的水是可以飲用啦……

「用河水就夠了。重點其實在於要讓魚斷食一段時間。」

「原來如此。」

喔！

是白肉魚，能嘗到魚的滋味真教人欣喜。幸好之前已經取得鹽了。

以後我就定期捕魚丟進水槽裡吧。食物種類當然是越豐富越好嘍。

小黑的後代……是孫子還是曾孫？為了尋找伴侶也出門旅行了。

雖然走掉不少隻，卻比預期的要少。

去年出生的小狗崽有一半左右都留了下來。

此外，在牠們出發旅行前沒多久，我總算親眼目睹——

母狗搞定公狗的方法。

首先是進行求愛，倘若公狗不答應，就以武力強迫對方。當好幾隻母狗同時看上一隻公狗時，母狗間會相互協調或以武力解決。然而母狗們在協調或打鬥途中，也會合力防止公狗趁機逃走。看樣子還是母狗比公狗來得強壯呢。

至於公狗那邊基本上是被動的。雖然這樣說，卻也不能躺著不動，他們必須靠狩獵展現自己的強大。公狗倘若遇到自己喜歡的母狗求愛，會立刻成為伴侶。
然而假使公狗不喜歡對方，雙方就會打架，一旦公狗打贏就可以等其他對象……不過打贏的機率好像不高。也有極少數情況是公狗主動求愛，這種狀況如果母狗ＯＫ，牠們馬上就會成為伴侶；但要是母狗拒絕便得打上一場。原來如此。
不過就我的觀察……牠們即使打架也不會嚴重到死傷的程度，剛換的角也沒有因此折斷過。既然如此……當初我遇到小黑跟小雪時，牠們的傷勢怎麼會那麼嚴重？
況且小雪那時已經懷孕，不可能是求愛引發的戰鬥吧。一定是在成為伴侶、辦完事以後，遭受其他生物襲擊導致的。
根據截至目前為止我所看到的戰鬥情況，小黑跟小雪那兩頭應該算非常強。雖說也有到這裡以後才磨練出來的部分，卻仍無法忽視應該有某種足以把牠們的角給折斷的強悍生物存在，甚至將牠們打得落荒而逃。
我的生活一直有小黑跟座布團的孩子們圍繞，感覺相當悠閒舒適，但還是得隨時提高警覺，謹慎點才好。

關於蕈類。
自從踏進這座森林後，我有一樣東西從沒碰過，就是蕈類。

我心中對蕈類的印象只有兩個，美味和有毒。縱使是認識的蕈類品種，我依舊非得提防外表很像的冒牌貨不可。況且我在森林見到的全是顏色與形狀陌生的蕈類。

我一點都不想吃那些蕈類，看到就用「萬能農具」剷平了。

也就是說我徹底放棄了蕈類。蕈類可不是在田裡能種出來的作物喔。

然而這樣的我有天卻靈機一動，契機是看到我砍倒作為木材的樹幹上長出了蕈類。既然用「萬能農具」的鋤頭耕過泥土就能化為良田、長出作物……

那對樹幹使用「萬能農具」的某種工具，會不會使其變成段木，得以量產蕈類呢？松茸我不敢奢望，但至少想吃到香菇。

於是我對樹幹進行了各種實驗，希望能種出香菇。

結果——

在廢棄了大量木材後終於成功了。我也再度確認到一點。

使用「萬能農具」最重要的是想像力跟環境。只要對欲生產的作物抱持鮮明的想像力，並找對合適的生長環境就行了。

生長環境可以是田地，也可以是段木。胃口被養大後，我又試了姬菇。

照樣成功。

這時，我腦中想像著在之前那個世界的超市常見的鴻喜菇。

至於似乎是高級品的玉蕈離褶傘我根本沒看過，所以無法想像。

接著，我又想像起其他美味的蕈類，結果還是出現鴻喜菇。
沒用嗎？
我還以為可以試出松茸呢……
就在此時，我忽然想到松茸並非長在朽木上，而是從地面冒出來的。
於是我邊耕地邊想像著松茸，然而依舊失敗了。
條件大概還沒湊齊吧。
我曾聽說松茸比較容易長在赤松附近。
做為松茸必備的環境，或許我得先種出赤松才行。
總而言之，雖然得等上一段時間，我還是先種了幾株赤松幼苗。
呼呼呼，期待品嘗到松茸的那天吧。

17 新居民與水道完工與澡堂

某天又來了新的居民，這回是座布團的孩子引薦的。
只見座布團的孩子用絲線綁著大隻的蜜蜂過來。
這種大型蜜蜂全長約有三十公分左右。倘若牠沒被綁住，我一看到牠可能就會逃之夭夭或主動攻擊了。

從座布團孩子的肢體動作研判，牠們應該是要我飼養這種蜜蜂。

我仔細觀察被綁住的大蜜蜂，牠們的頭、脖子和腿上都有類似毛皮的玩意兒，看起來很氣派。蜜蜂或許對農作物的授粉有幫助也說不定。

「但牠應該不會襲擊大家吧？」

我再次確認，假如會造成大家困擾就得把牠趕走了。不過抓著蜜蜂的座布團孩子擺出不要緊的肢體動作；同樣地，被綁住的蜜蜂看起來好像也在強調自己沒問題。

「了解。那要養在哪裡呢？」

聽取蜜蜂的意願後，我在北邊的果樹區一角做了蜂巢用的小屋。雖說是小屋，但其實只是簡單弄了個能遮風避雨的地方，感覺像是我最早建造的那間廁所。

當我正在想著蜜蜂的食物該怎麼辦時，座布團的孩子拿了草莓遞給牠。

看來座布團的孩子連飼養工作都擔下了……不過那草莓是從哪拿來的？算了，就當作是點心，不要太追究吧。

在那之後，我又目睹了幾隻座布團的孩子輪流照顧蜜蜂的場面。

過了約十天，大型的圓蜂巢完成了，外表看起來像是放大一圈的胡蜂窩。由於體積太大所以做在地板上，看起來還滿像蟻窩的。

蜂巢裡頭有工蜂現身了。

工蜂的尺寸倒是跟我所認知的蜜蜂尺寸差不多，不免讓人感到有些意外。

正當我以為只有女王蜂特別大時，飛出了比女王蜂小一些，但比工蜂來得大的十五公分級蜜蜂，負責守護巢穴。是兵隊蜂吧。希望牠們別跟座布團的孩子打架……

總之，蜂巢就交給座布團的孩子們照顧了。一旦有什麼事，牠們會通知我吧。

順帶一提，露跟蒂雅看到蜂巢後流露出期待蜂蜜的喜悅表情，一旁的莉亞她們卻繃著一張臉，是很怕蜜蜂嗎？

水道完工了。終於啊！

由於是盛土夯實，再從中挖出水道的緣故，寬度並不大。即使如此，水還是順利地流通了，途中也沒有漏水，完全進入了蓄水池。

望著這幅景象，眼淚都要奪眶而出了。嗚嗚……真是太好了。

而為了感謝眾人至今為止的協助，今天的料理就奢侈一點吧！

好，水道也搞定了。當蓄水池有存水後，能做的事便一口氣增加。

首先是我很久以前就想要的澡堂。在莉亞她們的協助下，我建造了澡堂小屋。

包括燒水處、泡澡間、洗浴間，還有就是更衣的場所。

燒水處是燒熱水的地方。目前沒辦法邊泡澡邊自動加熱，只能在別處先燒好熱水，再讓熱水流入浴池。因此澡堂小屋外頭得建造爐灶、設置專用的石窯，並做出在石窯燒好熱水後經直接流進泡澡間的水道。同時蓄水池那端也有水道連接到爐灶附近，這樣取水比較輕鬆。

泡澡間內建有浴槽，長三公尺，寬一公尺半，深一公尺，算是相當大。

浴槽底部有放水用的栓塞，並連接排水用的水道。排掉的水不會回到蓄水池，而是直接流入自蓄水池通往河川下游的排水道（由於這個只要挖溝就好，幾年前便已經完工）。

蒂雅提議將史萊姆放進排水系統處理汙水，我於是做了個排水池，安排汙水再流回河川前先通過它，在那裡進行水質淨化，畢竟環保可是很重要的。是說史萊姆也太方便了吧。

儘管我發現浴槽太大，無論是取水或燒水都很麻煩，但因為已經盼望大澡堂很久了，就沒有改變設計。

為了搭配這個大浴槽，我也建造了洗浴間和更衣室。泡澡時所見的景緻是很重要的，我便在從大浴槽看得到的牆上開了一面大窗，於是這間澡堂變得比我現在的臥處小屋奢華不少。這麼說起來，我也得新蓋一棟自己的住宅才行。不過現在先泡澡吧。

完成澡堂小屋、大致上的準備也結束後，我教導其他人使用這裡的方法。

因為她們根本不懂什麼叫泡澡，只會把布沾濕後擦拭身體。嗯，仔細想想，泡澡需要大量的水以及柴薪，在這裡可能是奢侈浪費的行為吧。

總之，得先讓大家學會怎麼使用才行。

由於光用講的很難表達清楚，莫可奈何下我只好親自示範。事到如今，已經沒有人看到我的裸體還會害臊了。我努力無視女性們的視線清洗身體，最後泡入浴槽。

「好舒服。」

我忍不住浮出淚花。寬敞的浴槽、溫暖的熱水——我在之前的世界從住院臥病後就無法泡澡了，這真是久違的滋味。

「啊啊～」

我不由自主地發出聲音。已經懶得再管身旁女性們的我，只是盡情享受著泡澡的樂趣。

見我這副模樣，女性們大概也理解到泡澡是很舒服的吧，所有人一口氣全下水了。

雖然並非不行，但我還是希望她們能有點羞恥心，現在說這個好像已經太遲就是了。啊，是出在脫衣服的方式吧？脫衣服的方式可是很重要的。

「要先在這裡把身體洗乾淨吧。」

「熱水原來是這種感覺……啊，好奢侈啊。」

「以前都以為自己已經洗乾淨了，結果比想像中還髒呢……」

「要洗頭髮的話，用這種草比較好喔。」

以莉亞為中心的高等精靈們取出不知何時準備好的草，開始搓起頭髮。那是類似洗髮精的草嗎？之後也借我用用吧。

「讓我坐在旁邊吧。失禮了。」

我是不介意沒錯，但也不用貼那麼緊吧？露跟蒂雅也不要刻意靠過來啦！泡澡就是要悠悠哉哉的，這不是努力辦事的地方……在摸哪裡啊？是誰的手！

我能悠閒享受澡堂的時間極為短暫。

18 澡堂的相關設施整備與更多高等精靈

在澡堂小屋完工與其他人的理解下，與澡堂相關的設備迅速地湊齊了。

澡堂小屋位於蓄水池西南邊。我本來比較想蓋在蓄水池東側，然而考量到排水問題便不得不往西靠去，加上蓄水池往後應該還會擴大，所以不能蓋在正西方，結果就選在莉亞她們的木屋所在地西南區的更西邊。

既然這樣，乾脆往西擴大西南區，順便涵蓋澡堂小屋在其範圍內吧。由於我不知為何習慣以五十公尺見方當作一塊田，四乘四共十六塊田則是一區的標準大小，便直接擴大成這個面積了。

話雖如此，因為只要搭建圓木柵欄與壕溝，幾天內就完成了。

接著，我要建造不會遮擋澡堂小屋周邊水道的壕溝與柵欄，畢竟人在泡澡時總是毫無防備，一旦出狀況就得盡量爭取防禦的時間。還有，我雖然喜愛開放的浴池，但開放過頭也有缺點。人就算再怎麼親密，相處時仍需注重禮儀。儘管現在說這個好像已經太遲了，但看到女性們毫不遮掩地使用澡堂，總是讓我湧起莫名的罪惡感，所以還是蓋了避免春光外洩的柵欄。

我盡量不讓柵欄擋住澡堂看出去的視野，但仍能多少阻礙外力入侵。

接著要考量的是取水。雖說已經從蓄水池拉了水道過來，距離水源並不遠，不過要燒水依舊得親自將水送到灶爐的石窯上才行，這工作是很累人的。

因此我做了汲水裝置。

那是一架掛著無數木桶的水車。想像成摩天輪的模樣或許會比較好理解。只要把摩天輪客艙換成汲水木桶就是水車了。水車自水道下方舀起水，轉到上面再倒出水來，要是能自動運轉就好了。但像我這種生手只能做出外觀近似的裝置，最後還是得用手轉動。縱使如此，依然比慢慢舀水要好得多。

然後是生產洗澡用具。

包含洗澡用的小凳子、小提桶等。雖說太過追求完美會變得沒完沒了，但眼見露、蒂雅跟莉亞她們歡天喜地使用澡堂小屋的模樣，我就停不下來。然而這時不趕緊踩煞車的話……當我正想著這點時，停手的契機來了。

小黑的子孫們回來了。由於牠們帶著伴侶，數量大為增加。而一想到日後的需求……我得先增建犬區的長屋才行。

今年大家也順利歸來了。不過新狗兒們當中並沒有像吹雪或正行那麼顯眼的傢伙。

順帶一提，儘管正行沒有出門，但不知道是誰的兩個女兒也加入了牠的後宮行列。牠那大徹大悟的臉孔已經變成一種風格了。

顯眼的……是另一件事。

五名女性高等精靈在小黑的子孫們引導下造訪此地，看起來像是受到牠們追趕，無路可逃下只好被迫帶來這邊。

在莉亞她們的保護之下，女性高等精靈邊哭邊說明了起來，之後便就在莉亞她們的勸說下定居下來了。

「我名叫菈法。」

菈法、菈莎、菈菈薩、菈露、菈米。

當初遇到莉亞她們時我就覺得奇怪了。據說她們的名字之所以很像，似乎是因為兩百年前從部落逃難時都是血緣親近的家族一塊行動的。

而聽完這番說明，我才首度體認到莉亞她們七人是姊妹或表姊妹。

菈法她們也同樣是姊妹或表姊妹的關係。

總而言之，就算暫時讓她們借住在莉亞她們的木屋裡，加了五個人也實在太多。我得趕緊蓋好菈法她們的住處才行，轉瞬間便忙碌不已。

看樣子我的住處更新得等到明年了。正當我暫時放棄這件事時，卻發現根本不成問題。

拜在森林中努力求生的五位高等精靈加入之賜，建設作業速度加快得遠超乎我的想像。

跟莉亞她們那棟幾乎一模一樣的木屋只花了五天就完工了。

接下來她們繼續搭建我的新房子，位置則選在我最早開墾的田地處。

雖然我也曾考慮將房子蓋在西南區，但實在不想遠離那棵巨木，況且座布團、小黑跟小雪也都住在附近。

關於新居，我主要負責木材的調度與加工，組裝之類的並不需要我出力。憑藉座布團製作的繩索，精靈們靈巧地搬運巨大木材，加以組裝。看來成屋應該也會跟莉亞她們的房子很像吧。

所謂術業有專攻，組裝木屋的事就交給莉亞她們去辦，我則依照她們的需求不停忙著運來木材並進行加工。

……………

然而交給她們全權負責似乎也不太好。等我驚覺不對時，已經冒出一棟豪宅了。

19 我的家

那是一棟地基穩固的大宅邸。這是怎麼回事啊?好像是我的新家。

咦?有必要蓋這麼大嗎?

「我想要自己的房間。」

「以前那間真的太窄了。」

「因為是村長的家,不氣派一點是不行的。」

一方面礙於眾人的堅持己見,再加上都已經竣工了,這也沒辦法。雖說這棟房子的面積很大,但工法基本上與之前的木屋相同,完全不使用釘子而直接以木造組合的方式搭建,所以再怎麼大仍有其極限在。

另外為了利於採光,房屋採取長方形的構造已是基本常識。假使建成正方形的大宅,正中央便完全不會有光線進駐。中世紀的宅邸多為ㄷ字型或口字型,主要也是考慮到這方面。

因此眼前這間屋子也是東西橫長的長方形,與之前如出一轍,只有出入口的玄關處稍微凸出來。我原以為這凸出來的部分是入口門廳,結果不是。

一踏入玄關,映入眼簾的便是廣闊的大廳,深度粗估約有十公尺,至於寬度嘛……大概是深度的三倍，所以是三十公尺左右？高度則因一、二樓挑高，約有七～八公尺。儘管像這麼寬敞的空間沒有幾根柱子支撐終究是不行的，但那些裝飾過的柱子都散發著高級感。

「我們想說這裡也可以當成集會場所。」

菈法自豪地這麼答道。

大廳最裡頭有一扇大門，打開以後赫然發現以前我住過的地方，現在成了類似中庭的設計。當然，座布團居住的巨木也一覽無遺，存在感強烈得讓人覺得新家是守護這棵大樹的關卡。

跟莉亞的木屋相仿，大廳的左右兩側都設有門扉與通往二樓的階梯。

一樓左側的門似乎是通往我的私人空間。

我還想著「右側不是離外頭的廁所比較近嗎？」結果家裡就有廁所了。

「都養了史萊姆，一定要好好利用啊。」

廁所光是在一樓就有三間。

兩間在大廳的樓梯旁，一間則設在我的私人空間內。

我的私人空間是由廁所、寢室、私人起居室與倉庫所構成的。

除了廁所之外，每一處都比之前住過的小屋要來得寬敞，害我有點嚇到。

「窗簾、床單等用品是座布團大人準備的。」

我一望向寢室的窗外，便見到座布團正在揮手，我於是也揮手回應牠。

大廳右側則是作為餐廳使用的房間，以及可在室內進行簡易料理的廚房。
廚房也有通往外頭的門扉，出去以後就是設置在野外的料理場了。
野外的料理場及通往該處的道路都做了屋頂，就算是雨天也不必擔心。
另外，廚房底下也挖了地下室，預定當成糧倉來使用。

爬上大廳兩端的樓梯，可以看到左邊並排著好幾個房間，這裡似乎已經被露跟蒂雅各占去一間了。
至於剩下空著的有什麼用途？還是別繼續深究吧。
從二樓左側沿著大廳挑高部分的走廊往右側走去後，會發現比左側的單人房大上一些的房間，好像打算作為工作場所跟倉庫來使用。無論哪個房間都有大小相同的窗戶，採光十分充足。
總之是很豪華的宅邸。
「接下來就請您試著過一次冬天，看看有沒有不滿或尚待改善之處。」
嗯，雖然我對房子這麼大感到驚訝，但之前就聽說要挖洞，還說要蓋地下室，又要準備夠粗的柱子，應該早就有預感才對。
只是我故意不去思考罷了。
說起來，這個新家跟之前臥處間的圓木柵欄都被拆除，壕溝也被填滿了。雖然我很明白這些設備都會被小黑牠們輕易跳過去，功用不大，然而消失後多少仍有點寂寞。
於是我把埋掉的部分壕溝拿來當成花壇，想實驗看看除了食用植物外能不能種點別的。
這裡應該種什麼讓我煩惱了一陣子，最後決定先選了薔薇（玫瑰）。

好了，大宅邸總算完工了。然而施工時大為活躍的可不只莉亞跟菈法她們而已。
要說誰才是最努力的，想必是蒂雅吧。
蒂雅用魔法召喚出魔像，對建設有著莫大貢獻。她能召喚的魔像數量是一到三十隻，數量越少就越大隻且越有力氣，也能進行精細的工作。倘若是呆板的重複性工作，她就會以召喚數量為重；要掌控細部作業時則限制魔像總數，這是她通常的使用模式。
順帶一提，剛來到此地被小黑們襲擊時，蒂雅也曾用過這招，但魔像一登場就被打爆了，根本撐不到我趕去現場。

再來，我還新發現了之前沒有自覺的一點。
那就是這一帶的森林木材硬度似乎非常堅固，因此作為建材使用可說是極為優秀，但也具備砍伐與加工非常困難的缺點就是了。只不過憑藉著手中的「萬能農具」，我覺得砍伐一點都不辛苦，加工也是如此。儘管看莉亞她們拚命不懈地切割木材，我以為應該也沒多硬吧，但實際上房子之所以能這麼快蓋好，好像都是因為我。

能派上用場真是太好了。

這棟房子住起來感覺不壞，於是我馬上就搬家了。

之前的小屋並沒有拆除，而是充當倉庫繼續利用。新家的大廳天花板上設置了類似警報器、會發出聲響的東西。那些警報器有絲線延伸至座布團居住的大樹頂端，直接由座布團來控制。

那是為了就算我待在房子裡，也能直接聽到座布團警告所下的工夫。今後牠敲打木頭的同時，警報器應該也會一起作響。真是太感謝了。

今年又增加了許多隻小狗崽。

已經到了無法清點數量的狀態。新生代當中有兩隻跟吹雪一樣全白的小狗，所以說是有一定誕生機率的隔代遺傳嗎？

等到能夠區分那兩隻後，我再來幫牠們取名字吧。

20 建設熱潮與周遭情勢？

繼建設住家後，又如火如荼地搭蓋了工作小屋、乾燥小屋，以及燻製小屋。

我是根據莉亞她們的知識，確定有必要增添加工農作物的場所才設置的。尤其她們堅持一定要有燻製小屋。透過燻製的手段，肉類就能長時間保存，所以我也贊成。

關於收成——

今年除了番茄跟馬鈴薯等這些固定的作物外，我還努力種植了能當成調味料的作物。

胡椒已經收成了，目前正在乾燥中。

檸檬尚未結果。山葵因為需要水田，現在還沒下文。

芝麻收成了、辣椒收成了、薑收成了，橄欖則還沒結實。

明年我準備栽種肉桂、丁香、肉荳蔻、小荳蔻、孜然、月桂葉等，將來想挑戰烹煮咖哩。

總而言之，調味料產量不必大，而是以豐富種類為目標努力吧。這都是為了增添料理的滋味。

常態性作物一如往常地豐收。小麥和稻子等需要乾燥與加工的作物，都靠莉亞她們的力量順利處理完畢了。真是感謝她們的協助。

隨著水道及澡堂竣工，因為需要簡易柵欄的建材，我想到了竹子……但竹子是靠地下莖生長的，一個處理不好會影響到田裡的其他作物，我只好挑選稍遠的森林一角進行試種。

面積約十公尺見方。總之先實驗看看。

竹林實驗是在菈法她們到來之前沒多久開始的。

快入冬的此時，我去探了一下情況，發現該處已經長成茂盛的竹林，竹子占據的地盤就只有我耕過的十公尺見方區域，除此之外什麼都沒長。果然只限於我耕過的土地嗎？

不過耕過的土地長得這麼快，實在讓人有點困擾，幸好我有先進行實驗。總之先砍下幾根竹子帶回去，充當竹材來運用吧。

簡單分開竹節做出來的竹杯，因為輕巧而大受好評。

冬季降臨。

新家住起來還不賴。小黑牠們之所以偶爾會過來玩，也是因為裡面夠寬敞吧。只見狗兒在大廳正中央設置的火盆附近盡情下著西洋棋，看起來比我還優雅。

莉亞她們今年冬天好像打算生產鐵器。她們使用我做出來之後一直都沒有好好派上用場的熔爐，為鐵塊進行加工。幫不上忙讓我覺得有點於心不安。

既然如此，我只好在料理方面下工夫了。調味料的力量真偉大，除了輪到看守熔爐以外，無論多忙的人只要吃飯時間一到都會準時集合。見大家這麼捧場，我越來越想要味噌跟醬油，另外也想要乳製品和雞蛋。

一定得設法弄到手才行……話雖如此，方法也只有一個吧。

去其他地方買。

在此之前，我對外面的世界都不感興趣，但我很清楚露、蒂雅和莉亞她們就是從外面來的。

既然有其他地方的居民，想必也有其他市鎮跟村莊，那邊有養牛或雞的可能性很高。要設法從外地進貨嗎？說不定直接購買牛跟雞自己飼養會比較好吧。

算了，這些事之後再想也行啦……

話說回來，我擅自在這裡開墾……會不會侵犯到某人的領地啊？

「露。」

「什麼事？」

「這地方……該不會是某人的領地吧？」

「這地方……是指這塊土地嗎？」

「對啊。」

「我不認為這裡屬於任何人的領地……不過以勢力範圍來說應該在魔王的勢力範圍內。」

「魔王？」

「嗯。」

「……………所謂魔王，是我所知道的魔王嗎？」

「是這樣沒錯……有什麼問題嗎？」

「呃……妳說的那個魔王，會不會對我擅自在這裡耕地蓋房子有意見？」

「你在擔心這種事嗎？放心，雖說是勢力範圍卻也稱不上領地，所以對方不會來徵稅。況且老爺開發這裡時，對方曾進行支援嗎？」

「不，完全沒有。」

「那就更沒有問題了。既然開發這塊土地的是老爺，這裡就是老爺的領地喔。」

「……確定嗎？」

「確定喔。」

這樣啊。

不過魔王……聽起來就是很可怕的存在吧？我有些忐忑不安……幸好煮飯時就漸漸忘了這件事。害怕根本沒見過面的魔王實在沒什麼意義。

先來處理眼前的問題吧。

女性又增加五人。菈法她們跟莉亞她們一樣外表看似窈窕的大學生，甚至可說像高中生，每一位都很漂亮。雖然可能會被誤會我是在抱怨……總之我正在自己的內心深處與「節操」抗衡。重點在於……心理建設，我布下了無數道心理建設。撐住啊，我！

Farming life in another world.

Chapter, 3

Presented by
Kinosuke Naito
Illustration by
Yasumo

〔第三章〕

外界議論紛紛

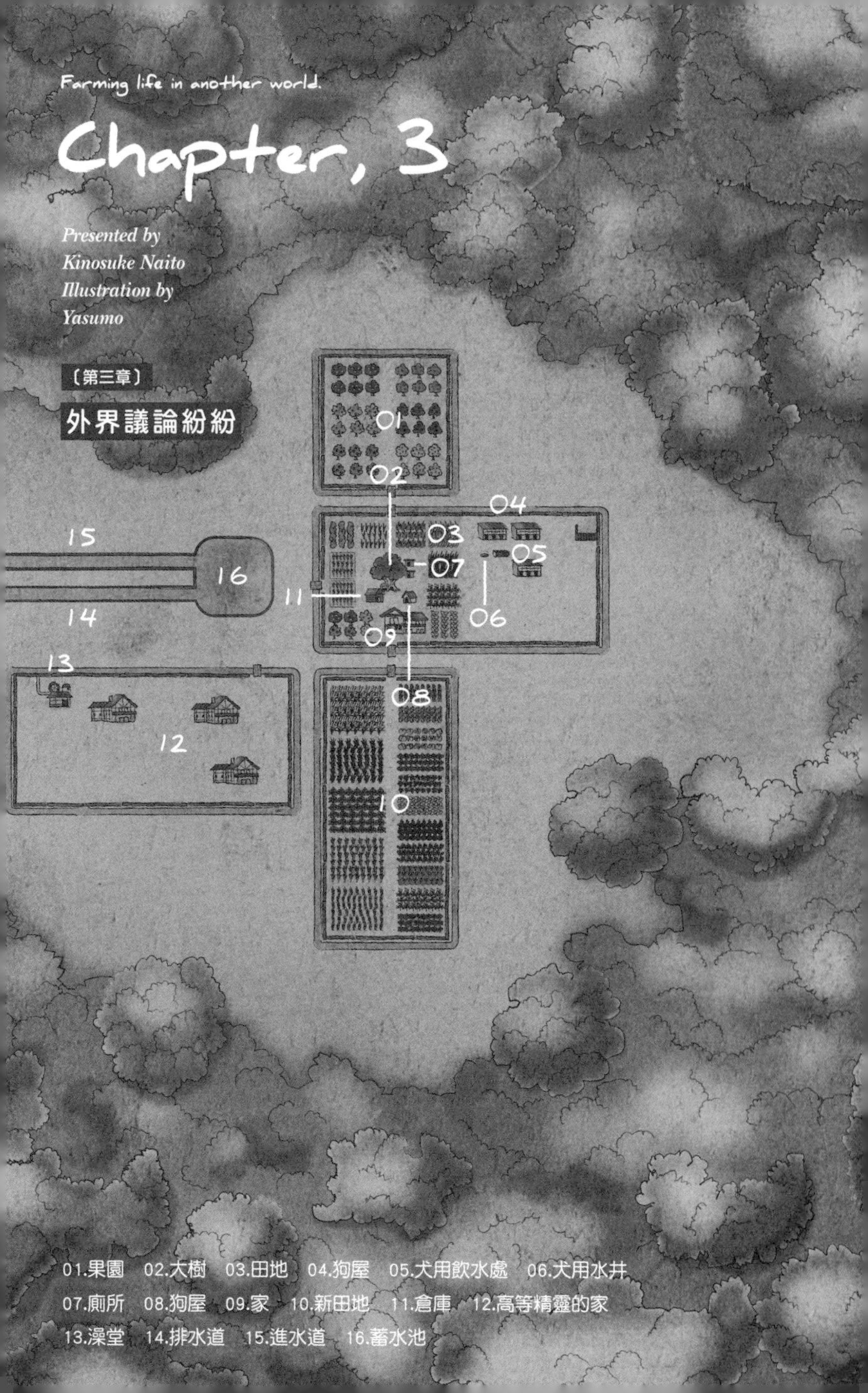

01.果園　02.大樹　03.田地　04.狗屋　05.犬用飲水處　06.犬用水井
07.廁所　08.狗屋　09.家　10.新田地　11.倉庫　12.高等精靈的家
13.澡堂　14.排水道　15.進水道　16.蓄水池

1 飛龍來襲的春天

春天在一陣忙碌中造訪了。

根據我的印象，這個冬天好像一直都在做料理，事實也是如此。我覺得自己的廚藝應該精進很多了，希望不是錯覺。由於露她們無論吃什麼都說很好吃，我根本無從判斷實際情況……如果難吃拜託請直接說出來啊。

「就是因為好吃才會說好吃啊。有什麼不滿嗎？」

「露啊，我做了那麼多種料理，妳覺得有可能每種都很好吃嗎？我擔心妳們是不是在對我說客套話啊。」

「要有自信喔，真的是因為很好吃才這麼說的。要是覺得不好吃，我也會誠實地表達意見。」

「謝謝妳，蒂雅。」

「等一下！為什麼我說的你不相信，蒂雅說的你就相信啊？」

「因為蒂雅吃了第二碗嘛。」

「那我也要再來一碗！」

緊急事態突然發生。

從座布團那傳出了敲擊木頭的警報聲，由聲音響亮的程度可以研判事態極為嚴重。

正當我準備趕往座布團指示的方向時，露阻止了我。

「在上面喔。」

只見她所指著的天空有隻巨大生物正在飛行，長得像是比較胖的蜥蜴再加上蝙蝠翅膀，因為太遠而難以估算出尺寸。全長大概有二十公尺左右吧？

「是龍嗎？」

「不對，那是飛龍（wyvern）！露小姐，防禦吧！」

蒂雅在修正我認知的同時使用了某種魔法。

露也一樣。

只見飛龍繼續朝這邊急速逼近。我才心想牠怎麼突然停下來了？下一秒，一顆巨大的火球就往我們吐過來。

巨大的火球體積真的十分可觀，直徑應該有十公尺左右吧？伴隨著火球冒出，周圍溫度激增，景色也因熱氣而扭曲。火球的目標是座布團居住的那棵大樹。

當我理解這點並大喊一聲「座布團」後，巨大火球就撞到某種東西而四散迸裂了。

碎裂的火球紛紛掉進住家與田地裡。

「快滅火！」

莉亞她們慌忙取水並東奔西跑，露跟蒂雅則以焦急的表情緊盯著飛龍。這種情況下實在很難不發生損害。她們露出了這樣的表情。

對於她們如此珍惜這裡，我感到相當欣慰，同時心中也湧起一股靜靜膨脹的怒意。這是怎麼回事？為什麼要攻擊這裡？是隨機挑選的？還是說有某人下達指示？

我手中的「萬能農具」化為長槍的形狀。

我將其全力擲向飛龍。一般的情況下，憑我的臂力是不可能扔那麼遠的。然而我所投擲的「萬能農具」長槍劃出直線的軌跡，割下了飛龍的單邊翅膀。

飛龍對我的攻擊似乎感到困惑，並逐漸墜落。沒能一擊必殺真可惜啊。

擲出的「萬能農具」長槍又回到我手中了。我趁飛龍尚未撞擊地面前再度射出「萬能農具」長槍。這回依然是一直線前進，且準確命中了身體。我的耳邊傳來巨大的慘叫聲。這傢伙真耐打。

不過戰鬥算是結束了。我對不知何時跑到我背後待命的小黑牠們下達指示：

「送牠上路吧。」

聽了我的話，小黑牠們一齊狂奔而出，目的地是飛龍墜落的場所。

眼見小黑牠們展開行動，我這才恢復冷靜。

先來確認一下現況……

「火勢如何了？」

「請放心，全都撲滅了。」

「損害程度呢？」

「住家沒事，番茄田有部分被燒毀，還有座布團大人牠們的絲線也……」

是遍布田地上方的絲線被燒掉了吧。

「這樣啊……露、蒂雅，謝謝妳們擋下最初的一擊。」

「嗯、嗯。」

「大家都很努力。」

……為什麼她們的語氣這麼見外啊？難道說我現在的表情很恐怖嗎？

真糟糕，一回想起剛剛莫名其妙被襲擊，我的怒意又再度湧現。

「那個……是魔王幹的嗎？」

「咦？魔王？我認為兩者無關喔。」

「是這樣嗎？」

「是的，我猜那是隻野生飛龍。假如是聽從某人指揮，只叫一隻來突擊未免也太浪費了。」

「原來如此，野生的啊……那種飛龍數量很多嗎？」

「儘管分布著牠們的棲地，但仍很罕見就是了。」

「的確是這樣呢。而且要遇到能吐出那麼大顆火球的飛龍，感覺機率跟遇到龍差不多。」

「也就是說遇到的機率很低嘍。」

「嗯，我想應該是的。」

所以單純是運氣不好嗎？

……冷靜下來。就當成是自然災害，放棄追究吧。

「啊，小黑牠們回來了，好像正在叫我們耶。」

我們前往飛龍墜落的地點，目睹其巨大的身軀後再度大吃一驚。

比我在電視上看過的抹香鯨還要大嗎？看樣子牠墜地時就已經瀕死了，小黑牠們也沒有給予致命一擊的必要吧。明明是這樣，你們站在飛龍的屍體上炫耀什麼啊？

啊，牠們是想看守吧？為了不讓其他怪物靠近。好乖好乖。

不過這傢伙的體積還真大，不知道可不可以吃？

「飛龍的肉據說是珍饈喔。」

原來如此。

於是眾人盡情享用了飛龍肉。肢解帶回家雖然費了不少力氣，但味道的確沒話說。

加入趁著冬天研究出來的調味料後，滋味更上一層樓，簡直成了一場饗宴了。

雖然不清楚詳情，但我擊落飛龍的這件事似乎在各地掀起了餘波。

離我最近的餘波是露跟蒂雅。

「蒂雅，妳能擋下老爺對飛龍施放的攻擊嗎？」

「不可能。露小姐呢？」

「我當然也是一點辦法都沒有。」

「的確呢。那招除了貫穿飛龍張開的三層結界，甚至不只是刺進去，而是直接把身體削掉一大塊耶。」

「……當初我們來這裡只被小黑牠們襲擊，算是運氣好吧？」

「或許真是如此呢。假使最初是跟老爺敵對……」

「光想就覺得恐怖呢。」

「我很感激這命運般的相遇。」

「順便也向小黑牠們道謝吧。」

「雖然有些不甘心就是了。」

魔王城——

「『鐵之森林』的飛龍被擊落？你別開玩笑了。」

「這是千真萬確的事實，我出去偵查時看見了。『鐵之森林』的飛龍才剛吐出火球，就被不知哪來的攻擊給擊落。」

「……真的假的？」

「當然，我向上頭報告後掀起了大騷動。」

「那是一定的吧。畢竟那傢伙要是逼近這裡，可是會引發得動員全體戰力的混亂局面喔。沒想到森林裡竟然有能打倒飛龍的傢伙……」

「不妙，是不是該趁現在辭職比較好？」

「別著急啦，對方也不見得是敵人啊。」

「是、是嗎？」

「也可能會讓四天王中的誰去負責解決嘛。靜觀其變吧。」

「好、好吧。」

住在南邊山上的龍。

「……我的眼睛是不是有毛病啊？」

「請放心，您的眼睛沒問題。」

「真的嗎？」

「是啊，因為我也看到了。」

「確定嗎？」

「是的。」

「那玩意兒如果朝我飛來會怎樣？」

「想必會輕易貫穿您吧。」

「我想也是……現在該怎麼辦才好？」

「要做出決定的是主人您喔。」

「別這麼說啦，給點建議吧，拜託。」

「那麼，依照我個人的意見……在遭受那種攻擊前先與對方結交朋友才是上策，與其陷入敵對是最愚蠢的。」

「唔……唔嗯。」

儘管掀起了許多餘波，但對我造成影響是一陣子之後的事了。

2 想釀酒

我在大啖飛龍肉的宴會中突然想到——要有酒才好。酒……酒的原料是？用米釀造就是日本酒；用葡萄釀造則是紅酒。這些原料我都有，沒問題。

日本酒的生產方法……我曾經由電視與漫畫得知，然而沒有米麴菌是個麻煩的問題。用「萬能農具」能生出米麴菌嗎？有必要加以研究。
因此我先從比較輕鬆的紅酒下手。
紅酒的製作方式很簡單，只要把葡萄壓碎後發酵就行了。
但得用適合釀酒的葡萄品種才行。我現在收成的葡萄是超市有在賣的那種好吃甜葡萄，儘管說不定也可以拿來釀酒啦……
應該有釀造紅酒用的品種才對。只要想像著釀造紅酒用的葡萄再耕種，應該就沒問題了吧。
總而言之，我明白沒辦法立刻有酒喝，還是先放棄吧。隨後，我直接開闢了釀酒用的葡萄田。

哈哈哈！
我順勢而為，將新田區向東擴大，田地面積直接變成原本的兩倍。
八乘八共六十四塊田，當中有三十二塊作為酒用葡萄田。
儘管本來想冷靜下來，但或許是飛龍來襲讓我一時浮躁不已吧。得反省才行。
話說回來，葡萄應該要納入果樹區，怎麼會跑到新田區呢？哎呀，算了。

回到例行性的工作上。
首先是很久以前就想過要新增調味料種類，住家附近的初期田地還有空位，我就直接試種了。
產量應該不必很大，所以每種僅種了數株。不過因為只有橄欖的需求量較大，便分配到果樹區。

果樹區感覺也快不夠用了，於是往北邊拓展，現在變成四乘八塊的田地。

說到果樹區，之前讓座布團孩子們照料的蜜蜂……似乎飼養得很順利，而且已經分巢了，一共造有四處新巢。在座布團孩子們的請求下，我分別為其做了能遮風擋雨的屋頂。

此外，最早的蜂巢已經能取蜜了，分量約為三百五十毫升的罐裝果汁一罐。

我切割石頭做出石壺，並裝入蜂蜜。但考量到美觀，還是希望可以有玻璃瓶呢。能取得玻璃容器嗎……先別太貪心，從目前做得到的事確實做起吧。我將收穫的蜂蜜分給大家嘗嘗滋味，結果一下子就剩不到一半了。

看來大家都喜歡，真是太好了。要拿來用在料理的分量就期待下次收成吧。

高等精靈菈菈薩擁有優秀的技能。

真沒想到她似乎能製作裝水的木桶。

我依循她的指示做了木桶的零件——主要是砍伐木材與加工——菈菈薩則替我所做出的零件進行微調與組裝，完成木桶。儘管這對菈菈薩而言是睽違了兩百年所製作的木桶，但第一個成品就滴水不漏地成功了。

我預期能裝液體的木桶可以發揮許多用途，就直接量產了。最優先當然是酒桶。為了讓我一時興起種植的酒用葡萄發酵，木桶是不可或缺的。真是辛苦她了。

過程中，我煮了她點餐的料理後，其他人便紛紛加入量產的行列，儘管沒辦法一下子就成功，但在失敗過幾次後也逐漸能熟練地製作出來，手藝比我高明多了呢。雖說以速度而言沒人比得上菈菈薩，然而木桶數量的確增加了不少。這種東西多一點不會有壞處，一有空就做幾個吧。

順帶一提，點餐得最頻繁的料理是火鍋。

儘管沒有昆布與柴魚片而無法煮出湯底，只能先熬煮高湯再加入大量蔬菜與少量的肉，對我而言是欠缺了很多風味的火鍋，卻很受其他人歡迎。先不提昆布與柴魚片，畢竟之前我種了許多調味料，希望能讓火鍋更美味。啊，也得種柚子才行……前一個世界可真是物產豐饒啊。

目前我正在研究用香菇熬出類似湯底的東西。

3 改良蓄水池與感謝神明

在如詩如畫的明媚春光下，我為座布團的孩子們擅自展開的旅程餞行後，小黑牠們也開始換角了。

再來又有新的狗兒要去尋找伴侶了吧。

嗯……

屆時數量會有多驚人啊？我想逃避現實了。

我嘗試改良蓄水池。

目前是從作為水源地的瀑布經水道直線流入蓄水池內，因此垃圾也會直接從水道漂到蓄水池裡。雖說垃圾撈出來就好了，但假使是生物跑進來，說不定會很麻煩。

為防範這點，我在蓄水池前又做了另一個儲水槽，當做緩衝。

相較倒金字塔狀、中央最深處約五公尺的蓄水池，儲水槽則設計成底部均等的五十公分深，如此一來即使有垃圾或生物漂流，被蓄水池先擋下的可能性就很高。當然，蓄水池跟儲水槽之間還要建立柵欄才行。儘管有金屬網是最理想的，不過我們沒有那種東西，只能用竹子排列成柵欄了，應該也能妥善地擋下垃圾吧。

同樣地，我也改良了排水用的水道。

我為澡堂排水的水道做了排水池，並放入史萊姆淨化水質。相同的設計也運用在從蓄水池流出的排水道上。這是為了讓廢水變乾淨，並不讓蓄水池裡的垃圾又回流河川所採取的措施。

我在蓄水池和新設的排水池之間裝上竹柵欄，並非為了防止垃圾逆流，而是要將史萊姆關在排水池裡面。

這麼說來，等我察覺到時，史萊姆已經增加到相當的數量了。如今甚至能經常目睹擅自跑來跑去的史萊姆身影。

起初看到史萊姆亂跑我也很緊張，後來才明白牠們只會為了前往有必要去的地方而自行移動，研判沒有害處後我就放著不管了。

時不時能看到不同顏色的史萊姆交錯而過，希望沒問題才好。

東忙西忙一陣後，小黑牠們出去找伴侶的時期又來臨了。

然而今年幾乎沒有孩子離家，牠們似乎全在內部各自配對完成了。這算好事嗎？嗯，就當做是好事吧。

說是替代好像有點怪，總之為了吸引跟莉亞她們一樣在森林流浪的高等精靈定居，我們派出了邀請團。

成員有莉芙跟菈莎兩人，外加擔綱護衛的小黑子孫們十隻，預計最晚得在入冬之前回來。同時為了迎接新居民，我也著手興建起木屋，不知不覺又開始忙了。

酒用葡萄沒多久就進入了採收期。

收穫完畢後，我開始挑戰釀造紅酒。

依照古法，葡萄好像要用腳踩，但我個人討厭用腳處理食物，還是乖乖用石頭切削而成的石臼概略搗碎吧。搗碎後再放入木桶保存。這樣就完工了。

紅酒真的能那麼輕鬆地做出來嗎？我不禁感到有些不安。不過儘管程序簡單，由於為數不少，處理起來其實也很辛苦。我釀造的酒裝在能塞進一個人的大木桶，共十六個。

由於要是全都用相同的步驟生產，一旦出包會很令人痛心，所以每桶所裝的都採用了不同的搗碎方式。希望能順利。

問題來了。

該拿酒用葡萄田怎麼辦才好？倘若是其他作物，收成後便可以再種同樣的或換一種來種……

但眼下仍無法確定酒的生產是否成功，以致沒辦法決定酒用葡萄田的存廢。考慮到存糧的問題，或許種植小麥、大豆、稻米和玉米會比較好吧。

苦惱不已的我只好找大家商量。

「我很期待紅酒喔。」

根據莉亞所言，這個世界似乎也有紅酒，是用一種名為格雷普、長得跟葡萄很像的果實製成的。

「是村子產的酒啊，真想早點享用呢。」

「我非常期待試飲。」

「做了那麼多，應該可以喝個痛快吧。」

「生產木桶還請交給我。」

高等精靈們已經以繼續耕耘酒用葡萄田作為共識了。

「我啊，對酒可是很挑的喔！」

「呵呵，酒是好東西呀。」

露跟蒂雅也一樣。看來所有人都很想喝酒。好吧，我自己也是啦。

儘管還不確定酒的釀造是否順利，不過就繼續種植酒用葡萄吧。

我的田裡不只有葡萄。當小麥、大豆、稻子、玉米這些穀物都收穫後，胡蘿蔔、馬鈴薯、白蘿蔔、大蒜、洋蔥等根莖類蔬菜也收成了。

這部分的區別在於是否能拜託座布團的孩子們幫忙收割。

座布團的孩子們只要有剪刀就可以幫忙收穫部分作物，但某些需要力氣使用鐮刀的作物就很難派上用場了。

因此主要是把番茄、高麗菜、南瓜、小黃瓜、茄子以及水果類的收穫交給牠們。

我把必須憑藉人力採收的菠菜、甘蔗、茶葉收穫完之後，再去收割油菜花以確保食用油的供給。

幫手能增加真是太感謝了。

儘管消耗量變大，然而拜「萬能農具」及飛快的作物成長速度之賜，我們到目前為止還沒有餓過肚子。實在感恩。

這麼說起來，我對許多作物進行了實驗，好比說目前的作物如果移到其他土地栽種會怎樣。

實驗對象是洋蔥。

結果它們在我耕耘過的地方都長得很好，然而一旦移去別的地方就會爛掉。我也試過完全水耕的洋蔥，但情況不太順利，剛發芽沒多久就爛了。

是我的做法有誤，還是水的問題呢……無論如何，能釐清即使沒有「萬能農具」，只要是以前我耕鋤過的地方都能種東西這點，算是很大的斬獲。

只是生長速度會變慢。但這種慢才是我過去認知的植物生長速度。

也就是說……作物生長速度飛快也是「萬能農具」的功勞吧。

我再度鄭重感謝神明。

順帶一提，用「萬能農具」栽培的果樹直到結果為止的成長速度都很快，結果後就會恢復為一般的成長速度了。

4 新增精靈

今年小黑牠們的生產數量只有以前的一半左右，當中也有沒懷孕的例子。由於之前幾乎是百分之百的生育率，我不免有些訝異。

牠們是自行進行生產調整嗎？小雪今年也沒有生產。即使如此仍有相當的總數，因此我還是擴大了犬區，並搭蓋新的長屋。

犬區位於我的臥處以東，面積為四乘四塊田，共計二百公尺見方。由於小黑牠們很大隻，之前我就覺得這裡不夠用了。不過犬區的用途主要是讓狗兒們睡覺，所以倒也不必過於急著擴大。

我朝犬區東側進行同等面積的擴大，這樣一來犬區就變成四乘八塊田。暫時夠用了吧。

當小黑牠們生產完畢，小狗們也開始冒出角時——

之前派莉芙和菈莎以及作為護衛的小黑子孫們出去邀請在森林裡流浪的高等精靈，現在終於回來了。

他們帶回來的人比想像中還要多。

八組人，一共四十二名高等精靈，全是女性，年紀跟莉亞她們好像差不多。難道高等精靈是只有女性的種族嗎？

「部落受攻擊時男人都去戰鬥了，只有女人得以逃難。」

原來如此。但就算是這樣，要是有小男孩被留下也好啊……

「逃難的人當中，年長者和小孩子都移居到其他部族那邊了。」

「嗯？他們可以過去，妳們為什麼不去呢？」

「一旦依靠其他種族，就得成為那個部族的下層階級。這麼一來，呃……女性的待遇恐怕會很糟。」

啊……所以說她們當中只有年輕女性才會一直流浪啊。

比起在森林四處流浪，當其他種族的下層階級生活想必更痛苦。

「能獲得在此定居的許可，真是太感謝您了。」

「哪裡哪裡，這是我該做的，不必客氣。話說我雖然事先準備了房子……但數量實在不夠。請妳們也幫忙搭蓋吧。」

我原本預期差不多會來十人，頂多也就十五人罷了，現在這樣根本不夠住。

住家的建設得緊急動工了。

等安置好後，那四十二人也會闖入我的寢室吧？

「莉亞，如果有高等精靈的男性，也請設法帶到這裡來吧。」

「啊……村長，如果您所指的高等精靈男性，是已經移居到其他種族下層的小男孩，恐怕有困難……」

「為什麼？」

「因為當初移居去的那個部族聚落也被人類摧毀了。」

「是嗎……抱歉，我不該問這個的。」

「不會。聽說那個種族也有部分的人跟我們一樣逃難去了，而我們部族的男性在那邊也被嚴密保護著。對他們而言男性也是很重要的吧，因此去討人的話很容易引發爭端。」

「…………」

氣氛相當尷尬，於是我改變話題：

「該決定高等精靈的代表了，畢竟人數增加很多。」

「關於這件事，已經決定由我擔任了。」

「如果是莉亞負責想必能很快進入狀況……不過新來的那批會接受嗎？」

「請放心，排名順序早就已經決定出來了。」

排名順序？還是別深究好了。

「是、是嗎？總之妳要協助新來的人早點適應這裡喔。」

「遵命。」

5 芙蘿拉與鬼人族女僕與牛

隨著新的居民增加，我才在擔心這裡一口氣熱鬧起來的同時會有些混亂，結果居民又變多了。

契機是在春天尾聲，一部分小黑牠們的孩子懷孕而大起肚子的時節，一位女性不請自來。

「呵呵呵，感覺是很有趣的地方呢。」

夜裡，女性率領蝙蝠，飄浮在約一公尺高的空中移動。

外表看起來大約二十五歲左右？是位標緻的美人。她穿著緊密貼合身體曲線的洋裝，於是身形一覽無遺。

她的胸跟臀感覺比較小，一頭銀髮則切齊至脖子附近。

乍看很自然會覺得是跟露有關的人。是她的姊姊嗎？還是母親？總之當我正想把露叫過來相認時……小黑牠們已經搶先衝上去圍毆對方了。這讓我回憶起最早認識露的時候。

或許是正值懷孕期，小黑們的攻擊性非常強，女性從二十五歲左右一下子變成小學低年級的模樣，身上穿的衣服也因魔力無以為繼而變成全裸。接著她嚎啕大哭起來，讓我回想起與蒂雅邂逅的場面。

總而言之，我介入小黑跟女性之間，在露趕來前維持現狀。女性邊哭泣邊盯著我的脖子看，感覺有些可怕。不，她只是想恢復吧……但我不能給她血，倘若她是露的敵人可就麻煩了。

露來了以後，誤會頓時化解。

「芙蘿拉？」

「姊姊大人！」

她是露的妹妹嗎？詳細追問之下，才發現原來她們是表姊妹。

她的全名是芙蘿拉·薩克多，似乎是來尋找露的。

「因為妳一直沒回去，我還以為妳被那個腹黑天使幹掉了，才打算來善後。沒想到竟然遇到剛才那種事……」

「乖，別哭了。」

順帶一提，當露介紹我時——

「這位是我的老爺。」

「這個人類竟然是姊姊的……？看起來很平凡耶。」

「他是剛才那群地獄狼的主人，也是這裡的領袖。」

「我真是非常粗鄙無禮，請您務必饒恕我。」

她的態度立刻一百八十度大轉變。然而比起這點更讓人好奇的是……剛才那個名詞我沒聽漏吧。

「地獄狼……指的是小黑牠們嗎？」

「是這樣沒錯。」

地獄狼，聽起來真是個駭人的名字……話說牠們是狼喔？wolf？大野狼？咦？不是狗嗎？不過牠們有長角耶……

唔……好吧，就算是大野狼也沒關係。嗯。

順帶一提，全白的吹雪好像屬於地獄狼的變種，名叫冥界狼。

既然是露的表妹，我就把血給芙蘿拉了。不管看幾遍，女孩子迅速變得成熟都是很不可思議的光景。只是欣賞到一半露就把我的眼睛給擋住了。她明明不介意蒂雅跟莉亞她們被看，對自己的表姊妹倒是會介意嗎？原來如此。

將芙蘿拉帶回家後，她一遇上蒂雅便吵了一架。而跟大家一樣，她看到座布團及其孩子們便立刻昏倒；發現露在田裡工作時覺得困惑；吃了以農作物作為食材烹煮的料理後大為感動。真是熱鬧。

之後，芙蘿拉在我家的空房間住了十天左右就準備回去了。

她並沒有對這裡感到厭倦，反而認真地想定居下來，只是有很多生活用品都留在之前住的地方，她想回去把它們整理一下。

由於她似乎真的很捨不得這裡，我還以為她會盡快回來，沒想到歸期卻意外地晚，直到都快入冬了才出現。結果她不是獨自回來的，帶著相當可觀的人數。

芙蘿拉所帶來的是二十名女僕，好像都是在以前住的地方伺候她的人。

她們的種族為鬼人族，仔細看會發現女僕們的頭上都長著小角。

角大多長在額頭……髮際線的位置上有一或兩根，尺寸跟拇指差不多大。

女僕長名叫安。

「主人，今後還請您多多指教了。」

安一見面就認定我為主人。是芙蘿拉要她這麼做的吧？結果不是。

芙蘿拉似乎想帶女僕們住進我家，因此主人自然是我。這樣指揮系統會變得有點複雜啊。

一想到這點，我就把露、芙蘿拉，以及安她們叫來討論，將事情先說清楚。

這裡的吸血鬼一族只有露跟芙蘿拉兩位，露似乎姑且也算是吸血鬼代表。

鬼人族的代表則是安。

而安這群鬼人族身為女僕的第一要務是照顧我的生活起居，露跟芙蘿拉則被擺在第二順位。雖說以我為優先讓我產生了疑問，但她們都強調這順序相當重要。好吧，算了。

安她們這群女僕的活躍程度之後再提，眼下有另一件更重要的事。

有牛了。

安她們帶了四頭牛一起過來。看來之前芙蘿拉住在這裡時，對我曾提及欠缺的物品有放在心上。

此外，四頭牛中有三頭都是正在懷孕的母牛。喔！是考量到牛奶吧。

我在犬區北邊，也就是果樹區東邊開闢了一處占地八乘八塊面積的巨大牛區。

我一口氣耕耘土地，希望這裡能趕快長出牧草。

雖說快入冬了，但我還是拜託莉亞她們先建造牛棚。儘管安她們這群鬼人族女僕沒有睡覺的地方，只好暫時棲身在倉庫裡，但仍得以牛棚為優先，這是顧慮到牛可能比鬼人族更難熬過冬季的緣故。

安她們懂得如何照料牛，讓我大為放心。芙蘿拉之所以會晚歸，好像就是要取得牛隻並學習照顧的方法，真感謝她。

還有，最重要的是告訴告誡小黑跟座布團牠們，絕對不可以對牛出手。

牛隻一開始也畏懼於小黑跟座布團牠們，但久了就漸漸不在乎了。好！這樣我們終於有了牛奶。我曾聽說牛奶不是什麼時候都有得擠，似乎必須等到生下小牛後的一定期間內才有。

嗯，那也是理所當然的，畢竟牛又不是為了要讓我們喝才分泌牛奶，而是為了小牛，我們只是沾了牠們的光而已，不能太傲慢。總之，居民又一口氣增加了。

6 蒂雅出行與冬季降臨

高等精靈增加了四十二名，現在有五十四人。

吸血鬼兩人。

鬼人族二十人。

小黑們……很多。

座布團們……也是很多。

蜜蜂……四個巢的分量。

史萊姆……增加太多了數不清。

牛，四頭。

不能忘記的天使族，一位。

蒂雅是這麼想的——吸血鬼有芙蘿拉及女僕鬼人族的加入，自己這方的勢力變很弱，因此她也應該趁機叫來同伴才對。況且女僕們送上牛讓我欣喜若狂，簡直是嗨翻了。

「我也要把隨從帶來，屆時老爺想要的雞也會出現的，敬請期待吧。」

蒂雅這麼說著就踏上旅途了。由於冬天已近在眼前，她暫時預定等春天再回來。

冬天來臨。

我很看重與新居民們之間的交流。新來的高等精靈由於有莉亞她們在，應該可以放心。問題在於安她們吧。如果她們是在西南區搭建房子並住在裡頭，我就不用那麼在意了。但因為她們會在我家出沒，讓人不得不在意她們。

儘管在這邊這個世界已經改善了不少，但我的社交能力依然有限。我才想著不好好努力不行，卻發現其實並沒有那麼拚命的必要。

安她們與我之間的距離感可說是維持在絕妙的狀態，只有最低限度的事務性會話加上一點閒聊，此外也不忘尊重我。

所有人感覺都像大公司聘請的優秀櫃檯小姐。從對話中我才得知，她們擔任露和芙蘿拉一族的女僕已有數百年歷史，經驗自然非常充足。
與我之間的距離感云云似乎完全不成問題。她們在打掃、洗衣都表現得非常完美，唯一不行的家事只有料理，那是因為她們缺乏這方面的知識。
她們所知的料理方式就是把食材扔進鍋裡煮，因此我趁冬天把所知的料理方法都傳授給她們了。我猜到了春天，她們的廚藝很可能就會超越我。
有安她們加入，家裡的氣氛一下子熱鬧起來。在此之前，夜間的照明都是露或蒂雅想到才會點燈、熄燈。不過現在有安她們進行管理，作息變得很有規律。
以前我想到才會去做的打掃跟洗衣，現在也每天進行了。拜此之賜，床墊每天都很整潔。對了對了，以前拿來塞床墊的草都是使用我認為不錯的品種，但莉亞她們知道什麼草最適合這個用途，所以全都換掉了。
也因為換了新的草，床墊可以每半年再更新一次，在塞了草的床墊上加鋪一層床單就能防止弄髒，睡得也更舒適。好文明啊。
火的使用也交由她們精密地管理，因此明明是冬天也能過得很溫暖。
嗯，這是好事。我終於體會到過去自己對於生活細節有多隨便了……但我本來就不講究這些嘛。
比起這點，因為能將原本由我、露跟蒂雅處理的家庭瑣事交辦給安她們，能做的工作就增加了。我專心製作起小道具，露跟芙蘿拉則埋首於藥物研究。而蒂雅還沒回來，感覺有點寂寞。

話說回來，安她們對於座布團跟小黑雖然感到驚訝，卻沒有昏倒，是事前聽說過了嗎？至於看到果樹區的蜜蜂則顯得有些恐慌，因為這就沒聽說過了吧？

順帶一提，新來的高等精靈們一看到座布團就徹底昏過去了。明明根本沒那麼恐怖啊。

7 新增三名天使還有帶雞過來的蜥蜴人

伴隨著春天降臨，蒂雅回來了。

她帶著三名天使族，以及臉長得像爬蟲類、身體有大半都被堅硬鱗片覆蓋的十五個傢伙。

那十五個傢伙打著赤膊，下半身只穿圍裙，幾乎都背著比自己身體還要大的背包。

根據蒂雅的介紹，他們屬於蜥蜴人這個種族，似乎長期擔任天使族的隨從，於是她便把他們帶來了。

「我叫格蘭瑪莉亞。」

「我叫庫德兒。」

「我叫可羅涅。今後請多多指教。」

三名天使族都穿著鎧甲，拿著類似騎槍的重型長槍，我的腦中霎時浮現了「女武神」這個詞彙。以位階而言，她們好像是蒂雅的部下。
儘管似乎是部下，但她們跟蒂雅站在一塊，看上去就像個女高中生的小圈圈。
所有人都是一頭金髮，背上有翅膀。
我本來以為她們打算跟蒂雅一樣住在我家，最後卻選了別的地方。
蒂雅帶來的蜥蜴人也是，想跟三人一塊住別處，因此我們就在莉亞她們家位處的西南區展開新工程。
由於越來越熟練，在高等精靈總動員下，我們僅耗時約五天就完工。越後面蓋的房子越好也是理所當然的，這樣最早興建的莉亞她們家是不是該更新了？
畢竟廁所在戶外，感覺實在諸多不便。但因為莉亞她們的推辭，只有稍作改建而已。

「我叫達尬，請多多指教。」
蜥蜴人的代表是這位達尬。
儘管這樣說有點抱歉，但我分不出蜥蜴人之間的區別，每個看起來都一樣嘛。
聽說十五名裡面有五名是女性，但同樣無法分辨。蒂雅她們似乎也沒比我行到哪裡去，幸好這並不會帶來太嚴重的問題。只不過我希望至少要能認出擔任代表的達尬。
我本想建議對方穿上衣服區別，但蜥蜴人這種族不裸體好像就會不舒服。
因此他只在右手臂纏上布巾。

達尬他們的大量行李當中，也包括蒂雅說要帶來的雞隻。

為了要能生蛋，雞隻以母雞為主。

由於來這裡的途中已經生了一些，現在馬上就有蛋可以用了。

只是數量不多。

雞共有四十隻，公雞五隻、母雞三十五隻。我原本以為雞每天都會下蛋，但達尬表示並非如此。不知是我的常識有誤，還是這邊這個世界的雞不一樣？這裡健康的雞兩天下一顆蛋，所以每天最多能期待的也就是十來顆。要問這數字算多還是算少？我認為太少了，畢竟這裡的居民絕對超過十人以上。

一開始還是先以增加雞隻數量為主吧。雖說我不知道要如何區分受精蛋和未受精蛋……但既然有公雞就應該沒問題吧？我曾想過要劃分雞隻專屬的區域，然而考慮到將來回收蛋的問題，土地面積太寬闊也會很麻煩。

因此，就決定將牠們養在最初的住處附近了。

地點是巨木東側。我做了供雞睡覺的雞舍，也在地上耕種牠們能吃的飼料作物。

雞的飼料應該是穀物吧，印象中是玉米或小麥一類。看來非得再考慮增加耕地面積不可。

總之，我一面想像地上有什麼雞可以吃的草，一面耕作。

再來就是告誡座布團跟小黑牠們不准對雞出手了。

又有一棟新建築了——我的宅邸旁搭建了安這群女僕睡覺用的宿舍。

畢竟要塞進我、露、蒂雅，以及芙蘿拉，若是再加上安她們這二十人共同生活，宅邸的房間絕對不夠。

至今為止我是把倉庫改造成寢室讓她們暫時棲身，但一直這樣下去也不是辦法。

我的家就讓露、蒂雅、芙蘿拉還有安住下，再另外蓋一棟房子給其餘女僕們居住。

之前建造高等精靈的房子時我就這麼想了，建設速度真的好快，才花了短短三天。

儘管家具部分尚未完成，設有十九個空房間的屋子卻已然成型。

屋內的公用設備是廁所、簡易廚房，以及客廳設置的暖爐。單人房裡要放床與棚架各一。再來就是依據個人喜好擺設桌椅了。

基本上，因為只是用來睡覺的地方，除了特別在意這部分的女僕外，房內都只有床跟棚架而已。然而就算不需要桌椅，女僕們似乎也對窗簾跟床單很有想法，只好讓她們自己去跟座布團牠們討論並下單了。

正當我想著新來的三名天使族應該已經適應新家的生活時，她們一同來到我面前。

「請下令。」

「請務必讓我打頭陣。」

「關於情報收集，我會全力以赴。」

……慢著，這氣氛怪怪的。我應該是致力於農業的村民……或者該說村長才對啊。

她們所散發出來的氣息卻是戰士。呃，既然她們身穿鎧甲、手拿武器，散發這種氣氛倒也沒什麼不對勁啦……

我詢問蒂雅把她們帶來這裡的目的。

「我覺得可以讓她們前往森林裡巡邏，擔任游擊隊。」

「游擊？」

「是的。上次飛龍來襲時，我們因為反應時間不夠而遭對方先發制人。有鑑於此，我才把這三人找來。」

「……原來如此。」

「假使像那時候的飛龍再度出現，她們就算無法打倒對方，也能設法引開敵人的注意力，減少我們的損害。」

聽到蒂雅這麼說，三人都充滿自信地點頭。

「就像是警衛吧。」

原來如此。

在此之前，我們都是仰賴座布團的警報跟小黑牠們的自主攻擊，來勉強應付這類問題。但如果是飛龍那種敵人，或許就需要更積極的警衛工作，畢竟村子的規模也變大了。

「我明白了，那就有勞妳們嘍。」

聞言，三人強而有力地回應。

「有件事要跟大家商量。」

商量的對象包括小黑、座布團、露、蒂雅、莉亞、安、達尬。至於史萊姆、蜜蜂、牛跟雞就不參加了，這也是沒辦法的事吧。當各種族的代表齊聚大廳後，我開口說道：

「我想決定這個地方的名字。」

「這個地方……嗎？」

「是啊。這裡一開始只是我的家而已，然而發生了許多事，現在已經發展到村落規模了吧。」

實際上，莉亞她們早就叫我村長了，我也覺得自己很像村長。

「所以作為村子，不就應該想想要取什麼名字嗎？」

我不知道該怎麼幫村子取名，才會找大家一起討論。

「用村長的名字如何呢？」

我想了一下莉亞的這番話。

我的名字是街尾火樂，所以就是街尾村、火樂村……差強人意。

「冠上這座森林的名字怎麼樣？」

安如此提議。

這座森林的名字？這麼說來，這塊土地跟森林原來還有名字啊？儘管我以前從來沒留意過，但就算有也不奇怪就是了。

「這座森林的名字是？」

「死亡森林。」

…………

名字比想像中還要聳動呢。

「呃……那這附近的地名呢……？」

「死亡大地。」

…………

我居然是住在這種地方嗎？

不過雖然被稱作死亡大地及死亡森林，但總覺得物產很豐富耶……

總之，如果按照這種命名風格，就會變成「死亡村」了，無論如何絕對不行吧。比起來用我的名字還稍微好一點。

之後眾人陸續提出了許多意見，討論也漸趨白熱化，不過都沒有出現能讓我怦然心動的名字。

要是再沒有好點子出現，大概也只能放棄了——正當我這麼想時，座布團叫住我，接著指向窗外的大樹。

…………

「大樹村。」

名字脫口而出。於是終於定案了，這裡就是「大樹村」。

8 酒的完成與訪客（魔王的使者）

酒釀好了。

最早裝桶的那批紅酒差不多該打開來試飲了——露和蒂雅如此提議，結果試飲會直接成了酒的宣傳會，甚至演變成宴會。

儘管我當初還覺得酒釀得太多，結果這段期間居民暴增，也產生了驚人的消費量。

光是舉辦一次宴會就喝光四桶。也罷，反正只要繼續種植酒用葡萄，每逢收穫就釀酒，很快就會有下一批了……不過是說這評價也太好了吧。

「這麼甘醇的酒我還是第一次喝到呢。」

莉亞彷彿要表達感激之情般提高了音量。

「是啊，真好喝。」

「原來紅酒是這麼誘人的飲料呀。」

「再來一杯。」

在開懷暢飲的高等精靈身旁，鬼人族女僕們正靜靜地品酒。

「喝過頭了喔，不能太貪杯……等等，該倒給我的那杯我沒說不要啊。」

酒的確不難喝，跟我記憶中的紅酒差不多……不過被誇成這樣也太離譜了。我覺得熟成仍有些不足，還是太甜了點……

「老爺，再增加葡萄田吧。」

蒂雅看似非常滿足。

「主人，雖然下田不是我們的專長，但我們願意盡力協助。」

安也挺起胸膛，表示要一起加油。

……奇怪？露呢？啊，她已經醉倒了。

酒用葡萄田的面積就這樣增加了。

順帶一提，小黑牠們也相當鍾情於紅酒。被喝光的四桶當中，有一桶要說是牠們喝掉的也不為過。我還親眼目睹狗——不對，是狼喝醉後步履蹣跚的稀奇景象。

之後，小黑牠們不知為何對酒用葡萄田的看守特別賣力……希望只是我的錯覺。

紅酒並非隨時都能飲用，只能在宴會或某些活動上拿出來。儘管出現不滿的聲浪，我終究還是說服大家了。一旦經常飲用，紅酒很快就會一滴也不剩——這點大家應該都能理解吧。

雖說我並不討厭紅酒，卻也不到極度渴望的程度，我所認知的紅酒屬於嗜好品。在之前那個世界的中世紀，人們之所以將紅酒當成常態性飲品，是因為能夠飲用的水更為珍貴。至於我們這裡可以從井裡汲水，根本沒必要消費那麼多紅酒。

不過最近大家好像經常會找藉口要求搬紅酒出來，那又是另一回事了。

透過飼養牛與雞，牛奶跟雞蛋的來源也有了。多了這兩樣物品，我的料理種類大幅拓展。只是目前得以增加雞的數量為優先，不能拿走太多雞蛋。

我暫且只撿下在雞舍以外的蛋來吃，因此每天僅有數顆。

我嘗試用蛋做了簡單的料理。首先是原味歐姆蛋，只用鹽跟胡椒調味……好吃！真懷念這滋味。

我驀然望向身旁，只見小黑正把下巴靠在餐桌上。

稍微給牠一些吧。小黑似乎很滿足地吃著。

接著……來做布丁吧。

用雞蛋、牛奶及砂糖就能做了。從甘蔗取得的砂糖已有相當的存量。我將半成品倒入木製的杯子中，感覺不賴。

最終需要經過冷卻的程序……放在地下室應該可以吧？

等待期間，我也進行了焦糖醬的實驗。

只要把砂糖加水再加熱就能做出焦糖醬。不過沒想到步驟簡單的反而比較難做。燒焦許多次後，我終於完成了焦糖醬。然而這個感覺還是不太成功呢。
煮焦糖醬時散發的氣味非常香甜。不知不覺間，原本應該在做其他工作的露、蒂雅、芙蘿拉，以及安她們都跑來門邊盯著這裡。
…………
礙於蛋的數量只能做五個布丁，引發了一場小爭奪。一旦遇上想要的食物，就算是安她們也不會對露跟芙蘿拉讓步的。我腦中想著這些，最後決定放棄自己的那份布丁。
之後，聽到布丁傳聞的莉亞跟格蘭瑪莉亞她們也提出想吃的要求。有好一陣子，雞蛋成了布丁專用的原料。真希望雞隻能快點增加啊。
有訪客蒞臨村子，這還是頭一遭呢。對方身穿氣派的服裝，模樣看起來像個貴族，然而從裝飾品較少這點研判，他或許只是個官員也說不定。在格蘭瑪莉亞她們的監視下，對方隻身造訪了這裡。
這位訪客外表看起來像人類，卻又不是人類。
他似乎是個魔族。
或許是因為這樣，迎接他的場所聚集了足夠的人數，隨時都能開戰。
包括露、蒂雅、芙蘿拉，以及狀似悠然的小黑牠們。莉亞這群高等精靈與達尬這些蜥蜴人也各自抄起了武器。
安她們雖然也待在現場，但只是待在我的後方靜待命令。

領著他來的格蘭瑪莉亞還在這裡，庫德兒和可羅涅則不見蹤影。

畢竟所有人都聚集在同一處會有風險。

因此座布團也不在。

「我是魔王的使者，希望與這裡的代表會面。」

魔王的使者。

儘管他看起來就像個普通人類，不過想必是惡魔或魔族吧？總之既然叫我，我就出面吧。

「是我。」

「是您嗎？」

對方霎時露出愕然的表情，但隨即恢復正色。我看起來就那麼不像村長嗎？

「恕我失禮。我名叫比傑爾，是魔王的使者。」

「我叫火樂。」

我煩惱了一下該不該加上姓氏，最後決定乾脆不說了。反正對方也只報上名字，應該無妨吧？

確認我的名字後，自稱比傑爾的男人展示了各項自己身為魔王部下的證明物品與文書，並呈上伴手禮。

「這是作為雙方結識的表示。」

「這真是太客氣了。」

雖然不太清楚禮物是什麼，但看露的表情有點高興，應該是好東西吧。

照理說這時應該要跟對方寒暄個幾句，然而我想直接切入主題。

「魔王大人有什麼事嗎？」

姑且還是對魔王加上尊稱好了，我不想在這種小細節引發爭執。

「是想與您討論這地方與我們雙方之間的關係。」

「你只是來傳話而已嗎？」

「不、不，我也得到某種程度的授權，能在這個場合直接做出一些決定。」

「啊……原來如此。」

想討論這地方與我們雙方之間的關係。

記得之前曾聽說過這裡屬於魔王的勢力範圍，也就是說他想要叫我們納稅嗎？還是企圖把我們趕出這塊地盤？雖然也有人告訴我不必管什麼忙也沒幫上的魔王……還是跟露與蒂雅商量一下比較好吧？

我偷偷朝旁人使眼色，結果所有人都投來任憑我決定的視線。

…………

原來如此，都交給我了嗎？

談判……談判的基礎建立在一開始拋出提議時所擺出的強硬態度。

「如果你們願意認同我們居住在這裡，我們就繳納收穫物的一成作為稅金。」

一成。

我試著提出可說是暴利的稅額。
與其在交涉過程中被安上各種名目的重稅，不如先自發性地提出低額度的稅金。
裝腔作勢著要獨立也沒什麼意義。
納稅這件事至少能展現出我們並不想對抗魔王的立場。
只不過我不太懂行情，一開始態度非得強硬點才行。
因此才會提出收穫的一成。
「咦，這、這樣真的可以嗎？」
奇怪？對手反而被嚇到了。而且反應也不太像是因為我說的稅額太低呢……
既然嚇到對方，不如就乘勝追擊吧。
「請你們每年入冬前自行來取吧。」
我試著傳達想徵稅就請自己過來取的想法。
「瞭、瞭解，就這麼敲定吧。」
咦？總覺得對方隨隨便便就同意了耶。
稅額是收穫的一成，不過只限定田地的收成，像是牛奶、雞蛋、蜂蜜，以及酒都不包含在內。
此外，收穫量太少的作物也不需要交出去，嚴格來說，只要是總量不到一個大木桶的作物便不必納稅。
如果魔王那邊想要某些東西，我方願意接受其支付相對的代價來購買。

將上述這番話做了書面統整後，比傑爾就回去了。

將談定的內容彙整成文件時，我稍微反省了一下，感覺自己似乎有些強硬過頭了。於是我決定餽贈對方一些土產。

反正對方也有帶伴手禮來嘛。

「……剛才那樣感覺還行嗎？」

面對我的詢問，眾人各自苦思了一會兒。隨後，露先開口了：

「我覺得還不差喔。只要繳點稅，就能換取對方保護這裡的義務。」

「是呀。況且話說回來……呵呵，一成是嗎？」

蒂雅覺得很有趣地笑了。

我這才聽說若以收成來納稅，上繳五、六成是理所當然的事，某些地方甚至會徵收到九成。

「叫對方自己來取也不錯呢，等於暗地警告對方不准常駐人員。」

安點頭表示。

咦？我並沒有那個意思耶……

「這裡的作物一年能收成好幾次。只讓對方在入冬前來一趟，根本沒辦法計算完整的收穫量吧。實際上，我們是用一成以下的稅額換來魔王軍的保護……太划算了。」

莉亞做了結論。

我絲毫沒有她所說的那種念頭，明明是想好好精算收成總量來繳稅的……

這就是這世界的人的感受嗎？總之全員解散，各自回到原本的工作崗位吧。

順帶一提，比傑爾帶來的土產是珍貴的藥草，無論內服外用都可以，是一種萬能藥。

魔王城——

「比傑爾，情況如何？對方有什麼要求嗎？」

「他們願意納稅。」

「什麼？是要投靠我們的意思嗎？」

「是的。」

「……對方明明擁有擊落飛龍的實力不是嗎？」

「的確。但這是對方主動提出的。」

「難道他們背後有什麼陰謀？」

「我當初也這麼認為……但依舊只能接受了。」

「為什麼？」

「那邊有吸血公主與殲滅天使。不只如此，還充斥著無數的地獄狼與高等精靈，以及蜥蜴人跟鬼人……」

「怎麼可能？真是難以置信。」

「替我帶路的就是撲殺天使的其中一人，我還以為自己死定了。」

「雖然很離譜……但要是沒有這種戰力，對方也打不下飛龍吧？」

「是的。明明具備那種戰力，卻主動說要投靠我們，實在很難拒絕。因為一旦拒絕，就等於是確定雙方敵對的局面了。」

「唔、唔嗯……不知道對方之後會提出什麼要求……」

「說的也是呢，但也只能盡力表現了。幸運的是，對方代表的談話態度感覺相當友好。」

「是這樣嗎？」

「嗯，我還拿到了土產呢。」

「喔……內容是什麼？」

「我還沒看。」

「那就趕快看看啊。」

「這可是要獻給魔王大人的，不然就變成是我收受賄賂了。」

「如果是危險物品怎麼辦？總是得先檢查嘛。」

「嗯唔……有道理。那就稍微看一下吧。」

「喔，我也來瞧瞧……這個包袱是？裡面裝著……果實？雖然感覺很像阿波，但顏色跟形狀都很漂亮呢。」

「是啊。喂，你怎麼偷吃啊！」

「這叫試毒。嗯，實在相當美味。不對，應該說好吃極了。真了不起！」

「是嗎？真是的……咦？」

「怎麼了嗎？」

「這條包著果實的布……」

「喔，是塊很漂亮的布呢。怎麼了嗎？」

「這、這個……是惡魔蜘蛛絲做的布。而且看這塊布的尺碼，搞不好是出於巨大惡魔蜘蛛之手啊。」

「說起惡魔蜘蛛，不就是那個死亡看守者嗎？」

「沒錯。」

「而巨大惡魔蜘蛛，聽說大約在百年前跟前幾代的魔王大人打得不分上下……」

「看這塊布的尺碼……我想應該不會錯。」

「所以他們是將珍藏的物品交給你嗎？」

「雖然我很想這麼解讀……但一般會包著水果嗎？」

「不會啊。這麼說來，如果巨大惡魔蜘蛛也是他們的同伴……我今天就辭職。」

「還請留步！閣下可是四天王之首耶，是要領導大家的人啊！是打算逃跑嗎？啊，看來是認真的。等等！拜託，我也要一起辭職！」

9 龍來訪

村裡來過訪客後，本以為要恢復寧靜的生活了，結果又有客人造訪。
跟上一次相同，凡是沒事的人都聚集到村子入口。
「我名叫德萊姆，是身世輝煌的龍。」
訪客是龍。
是奇幻漫畫或動畫常出現的那種西洋龍，尺寸遠遠凌駕之前遇過的飛龍，全長有三十公尺。
如果直挺挺地站著，會帶來相當驚人的壓迫感。
然而自稱德萊姆的龍卻朝我們做出低頭的姿勢。
「這是一點小心意，請笑納。」
是德萊姆的隨從嗎？一名身穿管家服的男性恭恭敬敬地獻上身邊的一口大箱子。
「這真是太客氣了。」
總之先收……結果達尬上前代替我收下，並將東西交給安。
安確認過裡面的內容後，才把箱子拿到我面前。
原來是一把有華貴裝飾的劍，與劍鞘一起收在箱內。
「這、這禮物真是太貴重了。」

「哪裡哪裡。」

一般的伴手禮，應該是更友好的物品吧？好比說食物之類。

「話說回來，二位今天專程造訪這裡有何貴幹？」

「是。我的主人——德萊姆大人住在這裡的南方，一座可以望見此地的山中巢穴。」

「是嗎？」

「雖然可能有點距離……不過要說是鄰居也算鄰居。儘管有些遲，但身為鄰居就該來向您打聲招呼。」

「這還真是有心……呃，請問你的主人一直低頭是……？」

「失禮了。主人，請抬起頭吧。」

光聽對話，搞不好會以為這位管家才是主人。

「我家主人不擅長跟初次碰面的對象交談，為了怕說錯話才由我代替發言。假使讓您感到不快，我向您賠罪。」

「不，不必介意。啊……既然你們遠道而來，我們也很想略盡地主之誼……但這樣的身體大小實在有點困擾。」

「的確是呢。主人，請變小吧。」

「嗯。」

龍回答後，眼前的巨大身軀便冒出煙霧變小了，最後剩下一名高挑而看似軟弱的中年男性。

男性身著貴族般的打扮。

「失禮了。主人，請重新打招呼吧。」

「我名叫德萊姆，是身世輝煌的龍。」

……難不成是怕說錯話，所以只會重複相同的台詞嗎？

總而言之，雖然個子高，但只要變成人類的身形就沒問題。我招待他們進屋內參加宴會。

「酒很好喝，飯很好吃。我不回去了，要住在這裡。」

「不行。如果您不好好守護巢穴，會惹很多人生氣的。」

「住在這裡也沒問題啊，一樣能迎擊。」

「是沒錯啦。但會給這裡的居民添麻煩，所以不行。」

「嗯、嗯唔……會帶來麻煩嗎？」

「那是一定的吧。先不提要在這裡戰鬥，主人基本上什麼都不會啊。」

「真失禮耶。我可是身世輝煌的龍。」

「恕我剛才失言。更正一下，是沒辦法進行任何生產活動。」

「唔……」

「趁對方還把我們當客人對待時回去吧。這邊的人也包了很多土產給我們啊。」

「那個像阿波的果實還有嗎？」

「您是指蘋果吧。請放心，對方送了很多給我們。」
「好，我知道了。那回去吧。」
「好的。啊！不可以在這裡變回原本的尺寸啦。」
就這樣，龍回去了。
儘管我讓他們帶回相當大量的作物，但作為那把劍的對價好像還是不夠。
無論如何，有很多事我都該反省一下。
這個村子還沒辦法接待客人。原本我就沒預期到這點，毫無準備也是當然的，但繼續閉關自守看來行不通了，我覺得不行……應該吧？
總之，得讓訪客有個地方等待，多少爭取時間，當然不能要對方一直枯站在外面。
但話說回來，若是將人招呼至家中，我們的一舉一動就都會被看在眼裡了。
我並沒有準備客房這種精緻的空間。
所以，乾脆另外蓋一棟給客人用的屋子吧。
接下來是待客制度。
每次有客人來就全體出動實在不太妥當。重視客人雖然要緊，但大家也有各自的工作。就現況而言，已經有格蘭瑪莉亞、庫德兒、可羅涅三人負責發現訪客，並引導對方過來的制度了。

但她們直接將人引導過來，村子裡也得不到通知。

目前要是有人接近村落，座布團便會發出警報通知大家。

座布團的警報一出，所有人都會聚集過來，因此得跟座布團約定好新的通知方式。

有危險的警報依舊一如往常，至於有訪客來則是新的，透過敲鐘來傳達。鐘由莉亞她們親手製作。

我本來以為只要敲擊鐵器應該就可以了，結果並不然。

我辛苦試了很久的鐵器，都沒辦法發出理想的聲音，這才想起之前做了一口不錯的鐘。就用它好了。

此外，迎接客人的工作基本上由我、露跟蒂雅三人負責。

然而我一這麼提議，安、莉亞和達尬等人就反彈了，只好再加入這三人，也讓幾名高等精靈、鬼人族和蜥蜴人一起出來迎接。

雖然芙蘿拉並不包括在內，但訪客如果留到晚上就要拜託她監視。

一問之下，我才知道不只露跟蒂雅，就連莉亞和安她們都可以連續熬夜好幾天沒問題。但還是希望大家睡眠充足。

因此便保留芙蘿拉讓她輪值晚上的監視了。這樣應該沒問題了吧？

嗯，就只剩下從失敗的經驗加以改進了。雖說也不可能有那麼多客人來訪就是。

人果然不能鐵齒，又有訪客來了。

10 獸人族來訪

繼魔王使者、龍之後來訪的客人，是身著鎧甲的獸人一行，因為森林裡沒有像樣的路而無法使用載貨馬車。儘管獸人們沒像達尬他們之前帶了超大量的行李，身上背負的行李看來倒也不小。

人數總共十名。所有人身上的裝備感覺都用很久了，看起來像是經驗豐富的戰士。

只看臉的話會覺得像人類，但他們的頭上長了獸耳，屁股上也有尾巴，明確主張著他們的種族。

至於手毛的密度……有個體差異。有些人的手臂就跟野獸一樣，也有些跟人類的手差不多。

「我叫格魯夫，是從這裡往東的山上、一個叫好林村的地方來的。想跟貴村締結友好關係。」

這一行人在庫德兒的帶領下抵達，作為代表的人向前一步打招呼道。結果當我也正想往前站時，變成大人姿態的露卻搶先一步迎了上去。

「承蒙各位遠道而來，『大樹村』歡迎諸位。」

與平常的口氣不同，露用誇張的語氣這麼說道。

「非常感謝。」

「雖然很想引領諸位前往休息處……但在場的就是所有人了嗎？」

「沒錯喔。」

「這樣啊。既然如此，不在場的其他人我們就視為敵人嘍？」

她鏗鏘有力地說著。

這是怎麼回事？我才剛覺得困惑，森林裡又出來了兩名獸人。

他們只著輕裝，而且還上了保護色，剛才是躲起來了嗎？我本來在想既然這樣為何要出面？結果看到小黑牠們在獸人後方探出頭。

「……很抱歉，看來是有人走散了。」

「好危險啊，在進入村子前清點一下人數比較好喔。另外，請避免在村內擅自行動，這裡有些生物就連我也感到難纏。」

「……知道了。我們不會擅自行動的，我保證。」

由露帶頭，一行獸人就這樣被領進剛完工的訪客之家內。我本來是將這間訪客之家設想為可供四人優雅居住的場所，然而根據其他人的建議，這樣實在太小，原案就被取消了。畢竟想來到這座村子就必須翻山越嶺，穿越危險的森林。

雖說前有魔王使者後有龍，來的都是不尋常的客人，但正常而言人數應該都有十人左右那麼多。據說視情況而定，來三十人的可能性也不能忽略。我覺得這很有道理就接受了，並將屋子蓋得大一點。

這一次的客人有十二名，空間足以應付。

客人用的房子是從莉亞、芙蘿拉的家所在的西南區再向南擴建的。

它是一棟沒有二樓跟地下室的平房，但唯有面積跟我住的宅邸差不多。

越後面蓋的房子機能果然越進步，再加上主要是給客人使用的，要盡可能炫耀一下這裡的排場。實際上，內部裝飾的部分就比我家還講究。

話雖如此，仍限制在我們村子能辦到的講究程度，最多就是一間感覺還不錯的客棧吧。所以我沒有把這裡取為迎賓館，而是叫「旅舍」。

名實相符才是最好的。

旅舍在有一定程度的活動空間下被柵欄圍住，跟周圍劃分出明確的界線。

「只要在這柵欄當中，請隨意。」

主要是這樣的用意。絕對不是……

「未經許可，跨越這柵欄的後果恕我們不負責。」

……打算這麼說的。雖然實際上的表達方式是後者就是了。

柵欄並非樸素的圓木柵欄，而是講究設計感的高級住家用園藝欄杆。

由於沒有油漆，只好保持原木的顏色。如果能弄到油漆，我真想刷成白的。

建好旅舍後，我環顧四周，發現一件事。

空蕩蕩的。

稍微遠一點可以看見莉亞她們的家。這附近都被我耕鋤過了，所以根本沒有稱得上障礙物的東西。我倒不是想要真的障礙物，而是可以阻擋視線的東西。一般這種情況都會種樹吧。因此，我在莉亞她們家附近栽種了果樹。之所以選擇果樹，是因為有些人希望這些樹能具備實用的一面。

雖然樹到了冬天應該會顯得乾枯冷清，但我並沒有什麼想反對的念頭便採用了。主要是蘋果、梨子、柿子樹。

雖然我個人比較想種些能結櫻桃的櫻花樹。不過剛種下去暫時還是幼苗，沒辦法起到遮蔽視線的效果……

再來就是開闢一些類似家庭菜園的草莓跟西瓜田。

其他住家也是，凡是靠近旅舍的都要重視景觀，嘗試種植了不會結櫻桃的觀賞用櫻花樹。

另外也在圍繞旅舍的欄杆內側種下樹籬。儘管我不太清楚這種植物的名稱，不過是以之前的世界經常看到的樹籬為範本加以栽種的，想必會直接長成我要的樣子吧。

……日後是否得定期修剪才行？等長出來以後再考慮吧。

之後，我因為一時興起，在各區都種了樹。田地以外想種什麼果樹任眾人自由挑選，也吩咐下去以後還想種什麼隨時都可以反應，獲得居民的好評。

雖然算是別的話題，總之伴隨旅舍興建，當西南區擴大之際，我也將西南區更名為居住區。這些名字本來只是方便我在腦中區分，並不講究，但既然居民都有這樣的認知，就隨他們的想法改名吧。

順帶一提，我的住處與巨木所在的區域被稱為大樹區。

「這叫做招待客人，還是軟禁在裡頭啊……」

對於露的待客之道，我產生了疑惑。而針對我的疑問，蒂雅這麼回答：

「老爺，一般尋求友好關係的使者，多少都會帶一些土產過來。就連之前的龍都帶了。」

「……所以這群人不是懷著友好目的？」

「有可能呢。既然他們不願遵守正常的遊戲規則，我們也不用按照一般的客人對待他們了。」

「原來如此，妳說的有道理。」

「而且他們不知為何事先把兩名士兵藏起來，所以露小姐對他們的待遇又降了一級。」

「是這樣啊……負責帶路的庫德兒難道沒有發現躲起來的那兩人嗎？」

「早就注意到了，只是認為不具威脅就放著沒管。之後我會斥責她的。」

「還請妳手下留情。不過對方的確一點威脅性都沒有就是了。」

「……的確如此。但還是小心一點比較好。」

獸人來訪的當天夜裡，村裡姑且仍舉行了宴會，地點位於旅舍。

我、露跟蒂雅出席了宴會，莉亞和安她們也一起來了，但她們打算徹底擔任服務人員。餐點的內容只比我們平常吃的稍微豪華一點，就連水果之類的也沒有剝皮，直接端上桌。當初迎接德萊姆時可是召開了盛大的宴會，水果也切好、剝好，擺盤得美輪美奐。畢竟對任何訪客都用一樣的方式款待實在不切實際，國王來的時候；貴族來的時候；商人來的時候；朋友來的時候；陌生訪客來的時候，以不同方式接待是理所當然的事。

縱使深諳這點，但我們在事前開會討論要不要端上紅酒這件事上仍起了些爭議。

除了我以外的人都覺得不要拿出來，不過我還是堅持要端上紅酒。儘管不明白對方的目的，但既然專程造訪，在確定真的是敵人前應該保持最起碼的禮數。

「只是粗茶淡飯，不成敬意。」

儘管勉強端出紅酒，但數量有限制，一人最多只能喝兩杯，紅酒喝完後就只能喝水了。

就我而言，宴客菜色只比我們平常吃飯要好一點，實在有些過意不去，但露事先勸誡我不要抱持這種想法。我們預定要在宴會過程中打聽出他們此行的目的，對方應該也有很重要的事想說吧。

據說在這種場合不應該表現出任何自卑的樣子。我恍然大悟，待宴會一開動便轉換心情，如常地款待對方，雖然最多也只是講些客套話罷了。

「抱歉暴露了我的無知，但你們說的好林村究竟是怎樣的地方呢？」

我已經問過村裡的人了，卻沒半個人知道。

「好林村位於從這裡往東的山裡，據說在千年前就建立了。然而實際上應該要打個五折，只有五百年吧。那些說法不過是因為長者們莫名的虛榮心作祟罷了。」

也許是紅酒讓客人大方了起來，格魯夫打開了話匣子。好林村的人口約五百名，似乎是由五個分別有百人左右的聚落統合而成的，因此與其說是村子，不如想成山間部落的聯盟比較接近。

居民幾乎都是獸人，其中大半是犬類，謀生方式以狩獵與採掘為中心，過去長期與山嶺對面的人類村莊貿易往來。然而他們最近因為跟人類發生糾紛，導致貿易停滯，生計也遭遇許多困難，才會相中我們這個村子作為新的貿易對象。

對方直到最近才知道我們的存在，似乎是魔王的部下通知的。好林村與更遠的人類村莊都是向魔王部下納稅的魔王領地。

原來如此，我大致明白他們的目的了。

隨後，格魯夫他們又聊起了要來到這邊有多辛苦的話題。我一邊接話，一邊繼續吃飯，並偷偷瞄了周圍一眼，發現其他獸人似乎也吃得很開心。這樣我就放心了。

「如果一直躲藏著，恐怕就吃不到這頓飯了呢。幸好當初有出來。」

「這麼說來，你們為什麼要藏起來呢？」

「對第一次造訪的村落理應提高警戒，要是發生了什麼事，總有人需要回去報告才行嘛。」

看來露和蒂雅也趁機蒐集著情報。她們真可靠。

格魯夫一行人回去了。

11 好林村

結果，格魯夫他們的目的毫無疑問是友好性的。之所以沒帶土產來，單純是因為好林村並沒有那種風俗，似乎是貧窮造就的結果。

聽到這裡，我再度向露跟蒂雅進行確認。她們也喃喃表示「或許的確只有富裕的居民或貴族，才有辦法為了表達友好而帶著土產來吧」。

一般來說會有各式各樣的情況，不要預設立場比較好。

那麼，既然明白對方的目的是友好的，就有必要討論日後的貿易往來了。根據格魯夫所言，所謂的貿易倒不如說是類似以物易物的市集。跟我們村子相同，好林村幾乎沒有貨幣流通。此外，正常情況下應該在雙邊村落都開設市集，但好林村希望盡量只在好林村交換物品。

這並非對方蠻橫不講理，而是他們要運送商品過來實在困難重重。倘若將這點納入考量，不但有商品價值太高而無法順利交換的可能性；就算交換，要帶回去也很麻煩。

儘管運輸問題之於我們應該也是一樣的，但對方說既然我們都能在這種地方開墾居住，想必沒問題。

的確，畢竟露跟蒂雅當初都是單槍匹馬前來的，搞不好也能拜託小黑牠們充當運輸隊。況且若我們只是參加，一旦感到不滿意而要取消也很好辦。

聽起來不賴。

如此這般，接下來要考慮的是該交換什麼才好。好林村裡似乎有各種礦石及運用它們打造的產品。我聽格魯夫談了很多，不過最感興趣的是顏料。好像只要將有顏色的岩石搗碎，就能做出各式各樣的顏色。如此一來旅舍的欄杆也能上色了。

再來是銀製品，主要似乎是拿來作為餐具。因為村裡使用的主要都是用我所製造的木器，總覺得有點憧憬。

玻璃製品。雖說透明度不如我印象中的玻璃，但好像還是有大小樣式不一的各類瓶罐。露跟芙蘿拉對此特別感興趣，或許是用玻璃瓶保存藥物更好吧。感覺也滿適合拿來裝蜂蜜的。

鐵製品。似乎有鐵鍋跟平底鍋。安和達尬他們來時曾帶了一些鐵製料理器具給村子，我也使用過，煮起飯來比石製的料理器具好用多了，我想要更多。

好林村想要的則是食品，也就是農作物。由於他們住在半山腰，要獲取糧食有著諸多不便。宴會上端出的水果廣受好評，對方甚至為此而低頭拜託我們。另外紅酒也是。假使只是帶著作物前往，應該不會造成我們多大的困擾。

不對，我們村子的人口也增加了，在儲備糧食上一樣會遭遇難題。因應人口上升，或許現在正是大規模擴張新田區的理想時機。

總之，這個打著貿易口號的以物易物市集，還會有數個好林村以外的村子參加，似乎要等到秋收後才會舉行，感覺還有一段時間，在那之前可以跟大家商量，集思廣益。

商量的結果，我們決定大規模擴張田地。

由目前八乘八的六十四塊，變成十六乘十六的二百五十六塊，一口氣增加為四倍。我一個人耕作的力量畢竟是有極限的，然而就算有極限，也只有我才能使用「萬能農具」啊。

好好努力吧，極限這種東西就是拿來突破的。實際上，我覺得自己的耕作速度確實上升了，是因為已經習慣了吧。雖然耕作的是我，但照料與收成仍需眾人鼎力相助。包括莉亞、達尬他們，以及座布團的孩子們都一起來幫忙了

順帶一提，在二百五十六塊田當中，有六十四塊是酒用的葡萄田。四分之一的土地都拿來釀酒，真的好嗎？算了，畢竟除了我以外，幾乎所有人都贊成這麼做。

之後，我一邊跟眾人討論，一邊繼續耕作。

以小麥、大麥、大豆、稻米、玉米這些穀物為主，胡蘿蔔、馬鈴薯、高麗菜、番茄、南瓜、小黃瓜、茄子、白蘿蔔、菠菜、洋蔥、大蒜等則維持以往的產量。

大家所推薦的作物中，出乎我預料的是油菜花跟甘蔗。油菜花是為了食用油，甘蔗則是為了砂糖。

再來則是調味料一類。胡椒、芝麻與辣椒應該會比較好賣，有人於是建議大量生產。

話說回來，我挑戰種植山葵了。

因為得在水田裡栽種，我便以「萬能農具」在蓄水池附近耕鋤，做出土堤後試著讓水流進去，看起來還滿像水田的。結果成功了，順利收成山葵。只是目前沒有可使用的料理。

製造味噌與醬油的工作，我轉手給芙蘿拉了，因為她的手腕比我更高明。我只告訴她製作原理，剩下的分量就靠她自己試誤。

對了對了，關於麴我也有所發現。只要把「萬能農具」變成杓子，同時在攪拌作物時腦中想著要讓它們變成麴，隨後再使其發酵，便能順利取得。大致上都會變成我想要的麴。

我也蓋了專用的發酵小屋，目前持續進行各種實驗。

主要是為了滿足嘗過那些滋味的我的個人心願。

12 重新劃分職務

由於人口增加了，我想再度確認大家的工作分配。

莉亞她們這些高等精靈主要負責木工與田地收成，以及在森林狩獵。
有空的話，她們便會前往森林進行挖掘工作，收集鐵礦，待冬天再進行鍛造。
由於她們一旦認為有必要，就會自行搭蓋建築物，很多房子都是在我不知不覺間完工的。
我心中對精靈的認知徹底改觀了。她們真可靠。

安她們這些鬼人族女僕的服務範圍不只是我家，也會巡迴各家，努力改善生活品質。
主要是傳達料理方法，以及監督打掃工作。
當沒有訪客時，她們也負責管理旅舍。
現在，她們正在研究將作物變成新料理與加工食品的方法，研究成果正逐步展現，獲得眾人好評，也幫了我大忙。

達尬這群蜥蜴人主要從事需要體力的勞動。高等精靈跟鬼人族雖然也很有力，卻依舊不是蜥蜴人的對手。因此就讓蜥蜴人跟安她們合作，在村子各處展開作業。
此外，他們也自願照顧雞與牛，於是便交給他們了。感激不盡。
雖然他們這個種族比較喜歡待在河邊或蓄水池周邊，但睡覺時似乎還是會好好躺在床上睡。
嗯——

小黑牠們負責巡邏村子內外，也必須作為獵人，確保肉源穩定。

身為村裡最早的居民，儘管無法仰賴語言溝通，但某種程度上的交流沒有問題，因此其他居民也很仰賴牠們。高等精靈的其中一人甚至能比我更精準地區分牠們之間的個體差異，讓我有點震驚。

座布團牠們是村裡的裁縫師。不，應該說是裁縫蜘蛛吧？從未有人抱怨過座布團牠們所織出的布料與衣服。再者，因為住在村裡的制高點，牠們也負責留意周遭的情況，向大家發出警報同樣是牠們的職責所在。

只能由衷感謝了。下次再帶馬鈴薯給牠們吧。

格蘭瑪莉亞、庫德兒、可羅涅這三名天使族——

她們會在森林上空飛行，負責周邊警戒，至今為止所有的客人都是由她們引導而來的，足見能力相當優秀。一開始她們維持著隨時都有人在天上巡邏的輪班制度，不過在我的要求下安插了適當的休息時間。畢竟只靠三人輪班未免也太血汗了。

露、蒂雅、芙蘿拉——

她們的立場就像是我的祕書，能直接與我商量大小事。

平常她們是以個人的研究活動為主，也經常率領、指揮高等精靈或鬼人族、蜥蜴人進行各項作業。

個人研究的部分，露和芙蘿拉主要是研究藥物，蒂雅則是研究魔法。另外在我的委託下，芙蘿拉也鑽研起味噌和醬油的製造。味噌和醬油姑且不論，她們的研究已經有了不錯的成果，在村裡擔任類似醫生的角色。

最後則是同為居民的史萊姆、蜜蜂、雞、牛……

牠們都在努力進行各自的生產活動吧。蜜蜂今年也出蜂蜜了，量比往年還多真是幫了個大忙。

嗯，回憶起自己獨自開墾的往事，成員還增加真多呢。

關於夜生活。

一開始只有露，不過後來加入了蒂雅，之後又有七名高等精靈，再來又多了五名。其實我有很多想說的話，但就先姑且不提了。不說也罷。

隨後，高等精靈一口氣增加了四十二人，又有芙蘿拉跟二十名鬼人族女僕遷入。這些人全是女性，我再怎麼說也無法應付這麼多，於是婉拒了。再怎麼建設心理也有限度啊。

因此，之後我只接受特別強烈要求的對象。最令人出乎意料的應該是安吧？當初跟我保持的適當距離感上哪去了？她的積極程度令我不禁想這麼吐槽。

入春後，隨著格蘭瑪莉亞、庫德兒、可羅涅出現，達尬他們也加入令我感到非常高興。
終於有其他男人了。什麼？獨占欲？雖然有是有，但那份責任實在重得可怕。以現狀來看，我可是被一整個年級那麼多的女孩給鎖定了，其中甚至有不少人我已經出過手。
或許是拜神明授予「健康的肉體」之賜，我並沒有被榨乾，內心卻難以負荷。
就在這時希望來了！達尬！可惜，他並不是我的希望。
「我們是卵生動物……所以……」
在特定時期，他們的雄性會將精胞交給雌性，然後就可以產卵了。看來我想要卸除重擔還早啊。
順帶一提，小黑的孫子——正行好像又增加伴侶了，只是數量依然比不上我。總之，我在晚上沒有自由可言。

好了。就在這時，我收到了一個好消息。
露懷孕了。
是誰的種？哈哈哈哈哈……當然是我的！唔喔喔喔！真是讓人驚慌失措。
我試圖冷靜下來，卻一點辦法也沒有。嗯，都辦事那麼多次了，有這種結果也是理所當然的吧。然而我依舊陷入輕微的恐慌狀態。
當然，這是一件可喜可賀的事，村裡也像是舉行祭典般熱鬧。打從那天晚上起，希望的人增加了。

唔，我可以理解妳們的心情啦……不過孕婦一下子增加太多會帶來各種困擾……結果我還是只能拚命滿足需求。

同一時間——

有人提出在蓄水池產卵的申請。原來是蜥蜴人的蛋好像變多了。產卵當然可以，不過直接下在蓄水池總覺得不太妥當。

因此我在蓄水池旁安排了產卵區。

蜥蜴人一次只下一顆蛋。由於五名女性蜥蜴人全都產了卵，只見五顆渾圓的蛋並排在一塊。基本上，卵好像只要放在水中就行了，但為了預防外敵，在孵化前似乎必須輪流看守。由於有小黑跟座布團牠們在，這裡比起其他場所要遠遠安全得多，達尬他們也非常高興。

希望能生下健康的孩子……不對，已經生了。那就祈禱能孵出健康的孩子吧。

「姊姊大人，恭喜妳懷孕。」

「呵呵，謝謝妳。」

「對了……有件事不知道能不能問妳？」

「什麼事？」

「我們吸血鬼……不是靠血之契約來增加數量的嗎？」

「我之前也是這麼認為的，但都已經懷孕了，也沒辦法啊。」

13 名為貿易的以物易物市集

今年自早春起就不斷有客人來訪。而一如往常，座布團的孩子們也出門旅行了。至於小黑的孩子們今年都沒出去尋找伴侶。不知是內部交流就夠了，還是因為族群的數量已經到達上限……

我原本以為牠們會繼續大量繁殖，但今年有一部分沒有懷孕。能自行調整懷孕還真了不起。正當我暗自欽佩時，小黑的孩子們有一部分集體離開了。

總數約三十頭左右。

我不清楚牠們出去做什麼，但從氣氛判斷短時間內應該不會回來了。希望牠們別受傷才好……

不知不覺間過了夏天，來到秋天。當初約定要參加好林村名為貿易的以物易物市集，這下時間終於快到了。

當然，我本人很想去，卻遭周圍勸退，理由是當家的人要是貿然前往，容易被人家抓住把柄。是這樣嗎？總之，我被這番「領導者不能輕舉妄動」的理由說服了。

之後，經過激烈的猜拳大會，決定由蒂雅代替我前往（猜拳的文化並非由我帶入，而是早就有了。

只是每個種族的手形、出拳方式、喊聲都不同，會造成糾紛，只好統一成我所知道的猜拳）。

包含達尬在內，其他成員共有蜥蜴人五名。起初蜥蜴人打算全體參加，但非得有人留下來看守蛋不可，這才減少了人數。蛋似乎快孵化了。

取代減少的蜥蜴人，高等精靈派出十人參加。這部分是透過抽籤決定的。

如上所述，總計十六人扛著貨品前往當地。

路程需花上十天，在開市前一天抵達，並在那邊的村子住兩天，回來也需要花上十天——本來計畫是這樣的，卻臨時變卦了。

龍族的德萊姆碰巧在這時來玩，我便用一桶紅酒請他幫忙運送。

這位德萊姆自從造訪過我們村子之後，就經常會跑來大啖料理，還會邊喝酒邊發牢騷。

隔天讓管家接回去幾乎都變成固定模式了。他是不是誤以為這個村子是居酒屋之類的啊？儘管要說添麻煩的確是添麻煩沒錯，但他每次都會好好地帶土產來，實在不好意思拒絕他。倒不如說換算酒菜跟土產的價值，我們好像賺很大就是了。

雖然我對寶石與武器一類不太瞭解，但露跟蒂雅完全不想阻止對方就是最佳的證明。

不過，也可能是德萊姆一來就會變成宴會，大家都只是想要一個喝酒的藉口罷了……

由於是德萊姆主動提議運貨，我們於是欣然同意。他不但願意來回載運，連在那邊住兩天也奉陪到底。我問他如此想要紅酒的理由是什麼？原來是他拿這裡的紅酒向其他龍炫耀，結果被對方搬出過去的糗事來威脅，非得拿到更多紅酒不可。看來龍族也是有各式各樣的傢伙啊。

總而言之，要是讓德萊姆載運貨物，去程就幾乎縮短為零了。

假如相信德萊姆的保證，就算留意貨物而小心翼翼地飛行，也不到一小時便能抵達。

據說比較花時間的反而是把貨物堆到他背上，原來如此。總之，原先計畫要移動的十天都拿來打包貨物。我們盡量準備了尺寸相同的木箱，放入預定要交換的貨品。

改由德萊姆運送後就可以帶更多東西過去了，這讓我相當高興。

預定前往的成員並沒有改變。畢竟大家事前開了好幾次會，仔細思考過這些作物的價值及村子需要的物品。我們並不排斥交換，但要是被占便宜就麻煩了。

嗯，很多事不實際去一趟是不會曉得狀況的，最終仍得交給人在現場的蒂雅判斷。不會有問題的。只是我希望能盡量避免突發的爭端。至於我想要的東西，也詳細告訴過蒂雅了。

帶去交換的有蘋果、梨子、柿子、橘子等水果，以及小麥、大麥、大豆、米、玉米等穀物，再來就是胡蘿蔔與白蘿蔔這類比較耐運送的堅硬作物。帶番茄或草莓去應該不太可行。

由於這回是我們第一次參加，種類希望能盡量多一點。作物以外的商品則有紅酒十桶、調味料少許。紅酒十桶說不定帶太多了，但我表示換剩的可以在那邊喝掉，屆時德萊姆想必會暢快豪飲吧。希望回程他不要因為喝太多而出事才好。

好林村──

「……『大樹村』的人真的會來嗎？」

「應該會吧，舉辦的日子早就告知他們了。」

「話是這樣說沒錯。但他們的人都還沒進山呢……嗯？」

「怎麼了？」

「那是什麼？」

「哪個？」

「你看，在那邊。」

「哪個？」

「就是在天上飛的那個啊。」

「…………是龍？奇怪？朝我們這邊……」

目送蒂雅等人啟程後，我的生活又恢復平常。

照料田地、陪小黑牠們玩。

以及接受村民前來諮詢。

說是諮詢，其實是關於村內建設的請求。

這裡想要這種設備、那邊想要鋪水道、下次某種作物請多收一點、紅酒，可以拿出來喝嗎？我聽取類似上述的需求，一邊過生活。當然，也沒有忘記悉心照顧肚子越來越大的露。

啊，關於生產似乎不需要太過憂慮，因為高等精靈與鬼人族當中有好幾位都見識過生產現場，具備相關知識。大家同聲對我說「不必擔多餘的心」。

比起擔心露，其他人要求我辦事多加油的副聲道就裝作沒聽到吧。

蒂雅一行人按照預定時間回來了。

德萊姆背上馱著跟去程差不多數量的貨物。我還以為東西沒換掉，結果是誤會一場。

「全都交換出去了。」

從德萊姆背上卸貨的工作交給了達尬。由蒂雅進行報告。

「村裡的每種作物都大受好評。雖說他們起初感覺有點害怕我、高等精靈跟蜥蜴人，不太願意靠過來，但一開放老爺所說的試吃後，人潮就蜂擁而至，市集才進行到一半就交易一空。」

試吃是我在蒂雅出發前的提議。

由於不希望讓對方感覺被騙，得先讓他們知道我們的作物滋味如何，再進行交易。不過能當場試吃的也只有水果而已，幸好依舊獲得好評。

「紅酒也沒有剩。」

儘管佳評如潮，但每交換掉一桶紅酒，德萊姆的臉就會多垮下一層。

現在他好像在鬧脾氣。

「蒂雅，今天的晚餐同時舉行報告會吧。德萊姆，晚上吃飯會拿出紅酒喔。」

「真不愧是村長，很懂得怎麼慰勞人家呢。」

畢竟讓他期待了半天嘛。沒想到我本來覺得過多的十桶紅酒全都換掉了…………

14 一邊品酒的報告會與新居民

以報告會為名召開了宴會。

由於德萊姆也在，便選在旅舍舉辦。囊括統整了蒂雅與達尬的發言後，大致如下：

首先是關於蒂雅一行人的行動。

德萊姆以龍的姿態抵達村落似乎引發了大騷動。好不容易平息後，當天他們便卸貨並住了下來。

好林村的食物相當貧乏，當初蒂雅跟德萊姆要求一起帶去的儲備糧食很快就吃光了。

翌日，交換市集在日出後隨即展開，但眾人有好一陣子都在遠處圍觀，不敢湊近。

於是他們開放試吃，藉此吸引客人。回過神來才發現所有商品都交換一空了。

最受歡迎的是水果跟紅酒。穀物類雖然也全交換了，但主要是被好林村村長與地主之類的大戶人家包下，不確定算不算受歡迎。

我們交換到的東西按照原定計畫，有顏料、鐵製品、銀製品、玻璃製品。

交換市集本來要一直持續到日落之際，但因為時間才過一半就交換一空，眾人於是想說乾脆提早回來好了，結果好林村村長和地主們連忙留客，大家才待到第二天。

之所以會被留下，是因為對方想邀請我們繼續參加日後的交換市集，並討論能否在市集以外的場合也交換穀物。

當晚的餐點是用剛交換的作物烹煮料理，加上端出了紅酒，大家便比較沒怨言。

然後到了第二天，雙方再度確認前一晚商討的結果，並差不多在中午時分收拾好貨物，請德萊姆一起運回來。

原來如此。

至於商討內容究竟為何，就等之後再問吧。

再來是對方村子的情勢。

那邊的村子雖說不到飢寒交迫的地步，但感覺也不算富裕。由於每當礦場的位置改變，整個村子就得跟著搬遷，所以環境還算整潔。小孩們負責狩獵與採集，大人們則進行採礦，工作的分配大致上是這樣。

只是過去他們一直是以採掘出的礦石及相關製品跟人類村莊交易糧食，交易斷絕使現況變得非常危急。

根據格魯夫所言，他們多少也有儲備一點糧食，加上更遠的其他村子仍會前往交易，應該勉強能撐下去。

如果能跟大樹村交易糧食當然很好，但要過來一趟實在非常艱難，既不可能頻繁往來，運送的量也不多。

所以倘若今後也能像這次一樣，便算是幫了他們一個大忙。要是能在市集之外的場合交易，他們會很高興的。

如果我們有什麼想要的東西，他們會努力生產，可以盡量跟他們說。

這就是那邊村子的情況。不知為何，最後好像變成聽對方拜託了。

由於德萊姆喝到醉倒還睡著了，報告會就此結束。

我慰勉前往好林村的成員們，並宣告解散。

「老爺，現在有空嗎？」

「是蒂雅啊。怎麼了？有什麼在報告會上不能說的事嗎？」

「不，只是我忘記報告而已。」

「嗯？」

「那邊的村長想請我們考慮一下移民過來的事。我沒有馬上回答，只說我們會再作討論。」

「移民？」

「是的。看起來好林村是想減少人口數。」

「啊，原來如此，我懂了。」

糧食不足的村子能採取的對策有兩種，一是增加食物，二是減少消耗食物的人。

「我們這邊增加人口應該是無所謂……蒂雅沒有馬上回答，是有什麼難言之隱嗎？」

「因為那邊想移民過來的似乎全是年輕女性。」

「……咦？」

「男性身為勞力與戰力，不能放手。而老人一旦改變生活環境，腦中的知識與經驗就無法派上用場了，況且把老人推過來會讓移居的村落留下不好的印象。」

剩下的就只有年輕女性了。她沒有馬上回答真是絕佳的判斷……不過看這走向，我們最後應該還是得接受吧。

…………

幸好大樹村仍有餘裕，能增加新的人手我當然高興。

人有困難時要互相幫助。既然身為有能力的那方，我們當然想伸出援手。可是啊……

「有多少人想移民過來？」

「最多上看二十二人。但他們說就算只收一、兩個也沒關係，只要願意收就好了。」

「……加上條件，若對方能接受就全數收下吧。」

「條件？」

「嗯。跟他們說必須包含幾名年輕男性。」

如果只是我們單方面幫忙，這樣的關係實在稱不上良好。希望對方多少也能協助我們的困難之處。

也就是男性不足這點。

「這就是條件嗎？」

「沒錯。告訴他們年輕男性至少要兩名以上，越多越好。」

「了解。」

「另外……倘若有想要舉家移民的人，我們也會接受。」

「舉家移民？」

「女兒要前往不知名的地方，就算全家想跟著搬遷應該也不稀奇吧？」

「雖然這種想法應該不多……但我明白了。」

這並非這個世界常見的想法嗎？或許是我被之前世界的常識給局限了吧。

隔天，蒂雅單獨前往好林村，商討移民事宜。

大約十天後，我們再度拜託德萊姆進行運送。

花一桶紅酒請一隻龍，不知道究竟是算貴還是便宜……

村裡搬來了新居民。

獸人族二十五名，其中包含女性二十二名和男性三名。

期待已久的男性。男人！哈哈哈哈哈哈！

…………

結果搬來的三名男性都只有大約幼稚園的年紀。

「他們說這些就是年輕男性了。」

「是故意的嗎？」

「不，絕無此事。」

算了，其實我也只是乘勢說說的……

不，不能太快放棄。縱使現在還不行，幾年後他們仍能成為生力軍！況且再怎麼年幼也是男的啊，以後有人向我借種，我就有理由閃躲了！不錯，還算可以接受不是嗎？日後再慢慢鍛鍊他們就好了。加油，成為能養活好幾個女人的男人吧！

「我叫賽娜。這回您能同意接受我們移民，實在萬分感謝。」

移民者的代表是賽娜，她在這群移民中最為年長，特徵是下垂的犬耳。而且她似乎還是好林村村長的女兒。

「無論什麼樣的待遇我都能接受，拜託請不要捨棄我們。」

「啊……妳不必那麼卑微啦。既然都移民過來了，以後就是『大樹村』的一分子，大家都是同伴。」

「能得到這樣的待遇，真是非常感激。老實說，我已經做好自己會變成奴隸以下身分的覺悟才過來的。」

「抱歉讓妳悲壯的決心白費了。總之住處已經備妥，所有人都先暫時待在那裡生活吧。」

「暫時？」

「沒錯。等到適應這裡的生活後，會再聽取你們的意願。例如有幾個人想住在這附近，或是哪種形式的房子比較好之類的。」

「知、知道了。」

我喚來一名鬼人族女僕。

「我叫拉姆莉亞斯，以後負責照顧你們，請多多指教。」

「有任何不明白之處，都可以詢問我或她。」

「好的，以後還請多多關照了。」

15 獸人族的交易成果

從蒂雅那裡聽到移民這件事之後，我便跟高等精靈們一起興建起居住區的新屋。

那是足可容納三十人左右的大房子。

儘管也規劃了單人房，但裡頭的房間多半是二到四人使用的形式。

主要是避免來者一下子住進單人房而感到寂寞。先在這裡生活一段時間，等習慣村子的環境再說吧。

預定移民過來的人有二十五人，其中有三名是約莫幼稚園年紀的小男孩，剩下的女性中最為年長的就是移民者代表賽娜，但她的外表看起來頂多是高中生的程度，其餘的移民者了不起就是國中生，基本上都是小學生的感覺。我對這些人有沒有辦法自力謀生感到有點不安，不過聽說以前她們都要幫忙家務，所以應該沒問題吧。

不過聽說好林村的人口只有大約五百，出走二十五人真的不要緊嗎？情況該不會已經糟到沒辦法考慮年輕人的事了吧？

我委婉地向賽娜打聽這點，結果她說這次的移民主要是以大家庭裡的次女為主，村裡仍留有年輕女性，所以不必擔心。

只是來的成員年紀未免也太小了。似乎是為了同時安撫內部與外部，只好讓身為村長女兒的賽娜也加入移民行列。

對內，可以宣傳就連村長女兒都移民了，這不是個壞主意；對外，則可以解釋成並非把好林村沒有生產力的人口往外丟。

另外好像也隱含著我想怎樣處置賽娜都行，但請拜託好好照顧其他成員的寓意。我現在可以理解當初賽娜剛來時那種悲愴感是怎麼回事了。

不過，我並沒有對賽娜出手的意思。倒不是說獸人我不行，也不是說我不中意賽娜，而是為了讓我的心保持平靜！所以，賽娜小姐，妳沒有必要來我的寢室啊。並非我裝腔作態，而是妳絕對不可以過來。我都已經這麼堅持了，妳怎麼還出現在我房裡？奇怪，是誰擅自把門關上的？打不開？我不記得這扇房門可以從外頭反鎖啊！

「她是做好覺悟才過來的女性，不出手會顯得很失禮。」

「為了鞏固跟好林村的關係，出手是有必要的。」

日後我聽到的解釋就是這些難以理解的內容。該說跟前一個世界不一樣，還是跟日本的觀念不一樣啊？

「來自好林村的移民並沒有什麼明顯的問題。她們充滿勞動的欲望，催促我們盡快指派工作下去。」

我一邊聽著負責照顧移民的拉姆莉亞斯報告，並確認移民的適應情況。

「那有比較不明顯的問題嗎？」

「有好幾人……主要是小孩，看到座布團的孩子就哭了。」

「啊……」

「看到小黑牠們則是嚇到失禁。」

「…………」

這還不算明顯的問題嗎？然而很抱歉，在我心中仍以座布團的孩子與小黑牠們優先，只能請移民努力調適了。

順帶一提，我讓獸人族的女孩負責照顧那些獸人族的小男孩。

這都是考量到將來才會做出這樣的判斷。拜託拜託，請一定要喜歡上那些照顧自己的姊姊喔。

與好林村交易獲得的物品：

鐵製的料理器具。包括菜刀、平底鍋、高身湯鍋、低身湯鍋、大鍋、中鍋、小鍋等，每樣都拿了數個，以後要料理就方便多了。對此最高興的主要是我跟安她們。

銀製的餐具。包括餐刀、叉子、湯匙、淺盤、深盤、茶杯、酒杯等，各種數件。由於銀製餐具散發著高級感，主要是放在我家跟旅舍供客人使用。其中有一部分已經變成德萊姆專用的餐具了。

玻璃製的瓶子。它們用來保存調味料跟藥物相當好用。儘管帶回來的數量還算多，但因為想要的人不少，一下子便分光了。我拿來裝調味料，一共取走五個。

其他東西。包括山刀、斧頭、蠟燭、針、毛線、獸皮，以及小道具類。

由於目前只有莉亞跟安她們過來時有攜帶山刀跟斧頭，其餘都是我所製作的石刀、石斧，因此相當需要。

蠟燭。雖說用魔法也能點燈，但蠟燭依舊非常重要，尤其是對完全不會魔法的我來說。

此外，提到蠟燭……我還以為是石化製品，結果原來在開採石油之前的時代就有蠟燭了。我眼前就有蠟燭的實物，原料聽說是木頭。我也可以來種吧。

針、毛線與獸皮一類的都被座布團取走了。

像是在主張這裡的裁縫都是牠的工作一樣。我很感謝牠。

小道具類，包括小箱子跟小袋子，以及皮帶等。想要的人就自己拿走了。

目前村內並沒有貨幣，以物易物是基本制度，而個人物品僅限於當初來這裡時自己身上已有的東西，在這邊生產的作物或道具都納入公有制。居民人數增加後，我覺得這部分遲早要進行調整。跟大家商討卻換來如此一致的答案：

「「「全是村長的東西，請不要在意。」」」

…………

這種想法在這裡算正常嗎？

Farming life in another world.

Final Chapter

Presented by
Kinosuke Naito
Illustration by
Yasumo

〔終章〕

這是個村子

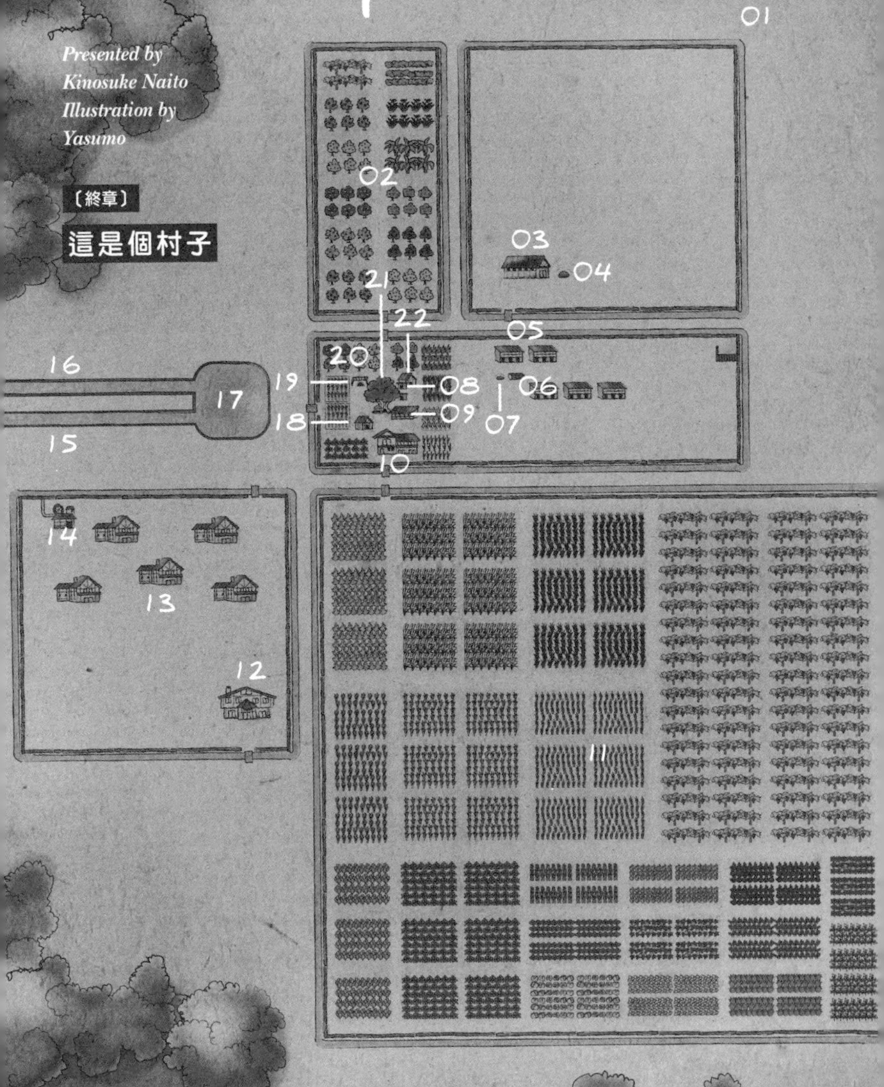

01.大樹村　02.果園　03.牛棚　04.牛用水井　05.狗屋　06.犬用飲水處　07.犬用水井
08.廁所　09.雞舍　10.家　11.新田地　12.旅舍　13.居民的家　14.澡堂
15.排水道　16.進水道　17.蓄水池　18.女僕宿舍　19.水井　20.田地　21.大樹　22.狗屋

1 被課稅了

入冬前——

比傑爾來徵稅了。不知為何他一臉倦色。還好嗎？

總而言之，我把要繳納的作物都收在同一個倉庫裡，並帶他去看。

「這裡的東西就是全部了嗎？」

雖然早就決定是一成了，但因為一年會收成好幾次，算不出正確的收穫量。

儘管我本來想精算個數量給對方，但收穫工作並非一天之內就能完成，再加上要算出到底收穫多少實在很困難……總之我就是懶了。

因此，我們拿出了每種作物單次收穫量的兩～三成，集中作為稅金繳納。

「只有蘋果放在別的地方。要是擺在一起，會害其他水果爛掉的。」

「蘋果就是之前拿到的那種果實吧。原來還有這種事？」

「嗯，只有蘋果。你們帶回去以後要注意保存方式比較好喔。不過……只有你一個人來？這樣搬得回去嗎？」

就算只有單次收穫量的兩～三成，但由於現在田地面積暴增，數量依舊十分可觀。

八個榻榻米大的倉庫雖說尚未塞滿，但也差不多了。
絕對不是一個人搬得動的量。
「請放心，我這裡有毯子。」
「毯子？」
比傑爾拍拍手，一塊巨大的毯子就出現了。
「這叫飛毯。只要放上貨物，就能搬運回去了。」
「好方便的東西啊。」
再怎樣也不好讓人家親自上貨，我便叫達尬他們將東西搬上飛毯。
而我則趁這段時間跟比傑爾簡單吃頓飯。
蒂雅提醒過我要順便收集情報。
「最近過得還好吧？」
可惜我缺乏收集情報的技能，只能問些無關痛癢的問題。
「我們跟人類的戰爭始終處於膠著狀態。而且勇者那群人在各地惹是生非，沒有比這個更麻煩的了。」
我只不過是隨口問問，卻得到如此沉重的答覆。
魔王在跟人類打仗嗎？原來如此，畢竟是魔王嘛。另外，竟然也有勇者存在啊，哇……

「話說回來，你看起來很累呢……」
「哈哈哈。因為來這裡之前遭遇了一點問題。」
問題？不要深究或許比較好吧。至於其他話題嘛……我一時想不出來。
大概是察覺到我在苦惱吧？比傑爾主動找了個話題聊。
「對了對了。雖說是要等這次課稅後才打算進行的事，我們能用金錢收購貴村的某些作物嗎？」
「用金錢？」
「是的。之前拿到的蘋果評價很高，其他作物一定也值得期待。就連剛才享用的料理也很美味呢。」
儘管或許只是客套話，但生產的作物受到誇獎，應該沒有人會不高興吧。
我的嘴角不由自主地上揚了。
「喂——再給比傑爾添酒～」
「咦？啊，這怎麼好意思……」
「不必客氣。哈哈哈哈哈！」
要說我很好哄也無所謂。我們的便餐直接演變成宴會，而比傑爾直到隔天才動身回去。

魔王城。
「比傑爾，你回來了啊？情況如何？」

「……我還以為是誰，原來是你啊？啊，我想起來了，你就是之前臨時取消前往村落的四天王之首——藍登閣下嘛。」

「那、那是因為……呃，我突然有工作要做啊。你看，西邊不是有勇者出沒嗎？我沒騙你喔，有報告書為證。」

「喔……」

「別用那種眼神看我啦。抱歉。所以這次去的情況怎樣？」

「什麼怎樣？」

「就是村裡的虛實啊。那邊真的有巨大惡魔蜘蛛嗎？」

「哈哈哈哈。我確認過了，那裡並沒有巨大惡魔蜘蛛。」

「喔，太好了。我就說嘛，那種傢伙可是很罕見的。」

「所謂巨大惡魔蜘蛛，是全長超過二十公尺的大型蜘蛛。」

「嗯？這我知道啊。」

「假使巨大惡魔蜘蛛繼續成長會變成什麼，你知道嗎？」

「……咦？都已經是最終形態了，還會繼續成長？」

「巨大惡魔蜘蛛繼續成長，就會變成不法惡魔蜘蛛。」

「不法？」

「沒錯。一旦變成不法蜘蛛，原本巨大的體型也會急遽縮小。」

「…………」

「大概是二到三公尺左右吧。」

「難不成……」

「就是這個難不成。」

「…………」

「牠還生了許多後代呢。」

「這、這該怎麼說才好……建立了幸福的家庭嗎？哈哈哈哈哈！」

「哈哈哈哈哈！」

「我果然還是得辭職。這段時間承蒙照顧了。」

「不准逃，我絕對不准你逃！」

2 森林的騷動

知道村裡只有我跟獸人族的小男孩不會使用魔法後，我大受打擊。

「咦？真的假的？」

「嗯。」

獸人族的小男孩就我的感覺而言是幼稚園生，因此與其說他們不會使用魔法，不如說他們根本還沒開始學吧。

由於其他獸人族女性都能使用，那些孩子長大後一定也能用吧。實際上，不會魔法的就只有我。

「要來學了嗎？」

「唔咕……」

之前才被露斷定我沒有魔法才能，還說倘若以十年為單位拚命學，最後應該可以生一點小火之類的……

「能用魔法是很普遍的事嗎？」

「該怎麼說呢？天使族跟吸血鬼全都會用就是了。」

針對我的疑問，蒂雅如此回答。

「高等精靈也是，幾乎人人都能使用魔法。假如不會魔法，在森林裡生活可是相當艱苦。」

我點頭同意莉亞的話。的確，一旦沒有魔法，在森林裡生活想必極為困難吧。

「鬼人族多半都很適合使用水或火的魔法。」

「我們蜥蜴人擅長水魔法，反之則怕火，所以很羨慕兩者都能使用的鬼人族。」

「哪裡哪裡。提起水魔法，誰也比不過蜥蜴人，我覺得專精其中一項才是比較好的。」

安跟達尬彼此誇獎對方的魔法。唔，這裡的人會用魔法果然是稀鬆平常的事。

「那、那個，聽說獸人族擅長魔法的比較少。」

「不過賽娜她們全都會耶？」

「因為故鄉村落的環境使然，要是不會用麻煩就大了，才會強迫自己努力鍛鍊。」

「跟高等精靈們的情況一樣嘛。」

情勢所逼。

…………

算了，畢竟我也有「萬能農具」嘛。那玩意兒不就跟魔法很像嗎？不該強求自己辦不到的事，盡力發揮自己的專長才好。

幾天後，我親眼目睹小黑跟座布團使用魔法。蜜蜂也會用。連史萊姆都……你竟然也會喔？

我的同伴只剩下牛與雞。千萬別背叛我啊。拜託，求求你們。

有空的時候，我還是稍微練習一下魔法吧。

又過了幾天，我聽說人類當中十人才有一人具備這種體質，而差不多百人才有一人練得起來，這才略感放鬆。

總覺得慶幸著比上不足，比下有餘的自己實在成不了大器，還是好好努力學習魔法吧。

入冬前夕，森林發生了巨大異變。

距離村子相當遠的地方傳出了響亮的爆炸聲，就我的印象跟瓦斯氣爆差不多。
感覺是大小爆炸不斷接連產生，震動與聲響連帶著也傳到了村裡。
看著其他跟我一樣慌張的人們，我變得比較冷靜了。
「這震動是怎麼回事？」
「是格鬥熊。」
格鬥熊？因為有個熊字，應該是以熊為形象的怪獸吧。
當初我剛來這裡時就覺得應該有熊，但因為一直沒有遇到，便忘記這件事了。
不過，一隻熊移動會發出那麼誇張的震動嗎？
「我猜應該是在戰鬥吧？」
「在戰鬥？跟誰？」
「能讓格鬥熊如此認真戰鬥的對象，想必是血腥蝮蛇吧。因為快要入冬了，大家都想確保冬眠的糧食。」
「原來如此。」
蝮蛇，就是蛇吧？無論是熊還是蛇，感覺都很棘手呢。
「妳說的格鬥熊跟血腥蝮蛇，尺寸大概是多少？」
「格鬥熊約有五～六公尺大吧，至於血腥蝮蛇直徑是一公尺左右，我想長度平均應該有二十公尺。」

莉亞回答我的問題後，格蘭瑪莉亞回來報告了：

「北邊有格鬥熊跟血腥蝮蛇的戰鬥，請示該如何處理？」

就算妳這麼問我……

「格鬥熊跟血腥蝮蛇好吃嗎？」

「咦……我沒吃過。」

格蘭瑪莉亞如此回答我，又朝莉亞投以詢問的目光。

「我也沒吃過……不過既然雙方都將對手視為食物來攻擊，我想應該是可以吃的。」

聽了莉亞的話，我點點頭。

「原來如此，是可食用的啊。那麼我們出發去狩獵吧，要是跑來村子造成危害就麻煩了。」

我取出「萬能農具」，朝騷動的方向望去。好遠啊。

「格蘭瑪莉亞，能把我送去那兩隻打架的地點嗎？」

「可以是可以……但只有我們兩人去嗎？」

「是這樣沒錯……有什麼問題嗎？」

「人數會不會不夠？」

「嗯？啊，有道理。莉亞，麻煩妳湊齊人數再過去吧。」

「收到。我們會盡快前往。」

「不必太趕啦，只是需要搬運獵物的人手而已。」

「只是搬運獵物？」

「嗯，要是打到獵物卻搬不回來是不行的吧。只有一隻也就算了，兩隻恐怕會是大工程呢。」

「……確、確實如此。」

「不過，真不愧是格蘭瑪莉亞。我完全沒考慮打到獵物後的問題，實在太糊塗了。」

「呃……其實我指的不是這方面的事……是不是請蒂雅大人跟露露西大人一起去比較好？」

「有妳就很夠了吧？」

「……遵命。我會努力回應您的信賴的。」

「壓力不用這麼大……啊，假如飛行途中恍神而害我摔下去也不太好就是了。」

格蘭瑪莉亞從背後交叉雙臂抱著我，一口氣抬上空中，直接前往現場。

現場就是一幅怪獸大決戰的光景，但我只拿出了「萬能農具」斬首，就讓戰鬥劃上句點。

「萬能農具」萬萬歲。

「周圍的森林也被搞得亂七八糟呢。」

「的確如此。」

「先把樹種回來吧。」

保護大自然很重要。在莉亞她們抵達前，我先來耕鋤一下地面吧。或許是我的耕作速度變快了，在莉亞她們到達前就完成工作。

「那麼，我先將那隻大熊搬回去好了，等莉亞她們來再請他們負責蛇。」

「是、是的。遵命。」

我拜託格蘭瑪莉亞看守剩下的蛇，自己先回去。不過該往哪個方向走啊……正當我有點困擾時，庫德兒跟小黑牠們也來了。

於是我讓庫德兒陪格蘭瑪莉亞留下，請小黑牠們替我帶路。

「庫德兒，格鬥熊跟血腥蝮蛇是能輕易打倒的怪物嗎？」

「在我的記憶中不是這樣的。」

「就是說嘛。」

「真的很輕鬆就打倒了嗎？」

「一眨眼就……」

「……真不愧是蒂雅大人的丈夫啊。」

「倘若沒有這樣的實力，是沒辦法讓那個露露西死心塌地的。」

「妳也動心了嗎？」

「或許吧……但我不想跟蒂雅大人競爭。」

雖然我用「萬能農具」掛著獵物搬運不會累，但因距離很遠，待抵達村子已是兩天後的事了。

總覺得好像拜託莉亞她們做了相當粗重的工作呢。因此回到村子後，我為了協助莉亞她們又折返現場。仔細想想，先將獵物切成小塊，讓格蘭瑪莉亞她們用飛的來回運送不就好了嗎？

熊肉。來試吃看看。還不壞。雖然不壞……但有著一股腥味。幸好只要以大量調味料掩蓋，倒也不到食不下嚥的程度。

至於蛇肉，吃下第一口時需要一點勇氣，但吃了以後口感不差，甚至還滿清爽的。假使不知情，可能會以為這是雞肉吧。由於口感很像雞肉，我便嘗試以油炸的方式料理，在村裡掀起了一場爭奪戰。

「以後只獵蛇就好了。」

「別這麼說嘛，座布團好像很喜歡格鬥熊的毛皮。」

「熊肉也廣受小黑牠們好評。」

高等精靈們不知為何強力說服我以後還是要獵熊。好吧，如果又遇到，我一樣會出手的。

蜥蜴人的蛋孵化了。

孩子們剛孵出來就很有活力地開始游泳。不過在入冬前孵化是不是不太符合生物界的邏輯？話說回來，蜥蜴人需要冬眠嗎？好像不用。

在入冬前孵化，似乎是為了趁那些強大的敵對怪物行動遲緩時趕緊長大。儘管難以覓食，牠們仍不得不選擇在冬天誕生以躲避那些凶惡的天敵，由此可知蜥蜴人是在艱困環境下生活的種族。總之，既然他們生在這個村子，希望他們能健健康康地長大。

3 冬季研究周邊地理

冬天來了。

今年沒有糧食的問題，因此我決定認真來做副業與鑽研學問。所謂的副業是用木材跟石材製作小道具；鑽研學問主要是針對魔法及周邊地理。

姑且不論魔法，我對周邊的地理環境未免太不關心了，與魔王麾下的比傑爾及好林村的格魯夫進行交流時會造成麻煩，因此我才深切反省並決定好好研究這件事。

目前，村子幾乎位處巨大盆地的正中央。散布在這座盆地的廣大森林被稱為「死亡森林」。至於「死亡森林」的大小嘛……目前尚不清楚。但讓高等精靈的莉亞她們步行穿越得花上一個月。

這是攜帶生活必需裝備的移動速度。假使完全不帶任何裝備，據說只要耗費一半時間就能橫越了。

不過，獸人族的格魯夫從他們的村子來時，曾表示由西邊山麓到我們的村子需費時一個月左右。所以到底該以哪邊為基準？

順帶一提，能飛行在空中的蒂雅她們好像只要半天就可以橫越了。

德萊姆的巢穴位於「死亡森林」的南側山脈，是以該處又被稱為龍山。由於有龍居住，儘管沒有生物敢在那座山爭鬥鬧事，但過路此地的人寥寥無幾。

翻過這座龍山繼續往南前進，又會碰上一座森林，它被稱為「鐵之森林」。

根據德萊姆的說法，越過「鐵之森林」繼續往南行進就會見到海。海岸有著人類的市鎮，要是能到那裡採購的話還真想見識一下。

越過「死亡森林」西邊的山脈，似乎就能抵達魔王城與市鎮。儘管那裡好像還滿繁榮的，然而因為即使我用這個話題暗示比傑爾，他也沒有做出「歡迎來訪」的表示，我還是收斂點吧。

以那座城為中心，魔王的領地往東大幅延伸，位於南邊與東邊的人類市鎮似乎都屬於魔王的領地。

所以由那座城看去，位置就在東邊的「死亡森林」會被納入勢力範圍也很合理，只是因為之前一直沒人住才會放著不管吧？

目前，位於魔王勢力範圍以西的人類國家——福爾哈魯特王國正在與魔王打仗。就地理位置而言，我們的村子在魔王城後方，被捲入戰爭的可能性應該很低。

順帶一提，魔王的領地被稱作魔王國，或是以現任魔王的名字命名為加爾加魯德魔王國。

從我們村子望去的東邊山嶺有著好林村，翻過那座山的另一側也有人類居住的村落，似乎名為塔羅特村。雖說無論哪個村子皆是魔王的領地範圍，但好像都沒有駐紮魔族。

好林村與塔羅特村周圍似乎還有些小村落，然而詳情不明。

我詢問來自好林村的賽娜，她說跟那些小村的來往僅限於交易，所以不太清楚對方的狀況。

北邊山上沒什麼醒目的地點，翻過那座山還是山。縱使是夏天，要往那個方向移動仍舊相當困難，到了冬天更是沒人能通過那裡。謠傳在很久以前有危險的東西被封印在那裡，但真相似乎誰也不知道。希望單純只是謠言。

順帶一提，倘若想由魔王城徒步前往東邊的好林村，得先從魔王城南下，再沿著海岸移動，接著再北上。

雖然感覺繞了一大段路，但普遍不會有人將「死亡森林」、「鐵之森林」，以及龍所居住的山嶺列入移動路線。我是覺得不必那麼小心翼翼啦。

畢竟露、蒂雅和芙蘿拉她們都是隻身前來的，而且只要有人帶路，安和達尬他們不也平安抵達了嗎？

「莉亞妳們的村子位在哪裡呢？」

「從這裡翻過西北方的山嶺就到了，是在魔王城以北的森林裡。」

「露又是從哪裡來的？」

「加魯巴爾特王國。是福爾哈魯特王國北邊的國家喔。」

「喔……」

「雖然我住在那邊時是別的國名就是了。」

「……我是不會問妳幾歲的。」

「明智之舉。蒂雅她們這些天使族則是從加魯巴爾特王國更北邊來的。」

「沒錯。不過我們這族的人多半都是單獨行動，那邊只是作為一個共用的聯絡場所。」

「畢竟天使族儘管相當有名，卻也是個生態成謎的種族呢。」

「有一段時間不是還被當成信仰的對象嗎？」

「是別人擅自崇拜我們的，我們並沒有要求這種事。」

「但我聽說妳們會收下信徒的捐獻？」

「那是因為……我們也要過生活嘛。」

感覺也是各種辛苦呢。

「總之我大致上瞭解了。剩下的就是地名了吧。」

「沒錯。還請努力將地名背下來吧。」

冬季裡的我勤學不輟。

在這個冬天，發生了一件特別的事。

天寒地凍裡，一個矮人前來造訪。嗯，「死亡森林」這名字果然有問題嘛，想過來的人不是都成功抵達了嗎？

「聽說這裡產好酒，可不可以賞我一杯？」

「只要你付出相對的代價就沒問題喔。」

回應對方的是莉亞。

「抱歉，我沒錢。但我擁有技術。」

「是鍛造技術嗎？」

「不，是釀酒技術。」

「……你為了想喝到好酒的代價是釀酒技術？」

「這裡的酒是用什麼葡萄釀的吧？聽起來很像格雷普的亞種。而我們可是擁有以格雷普以外的原料造酒的技術喔。」

矮人咧嘴一笑。

「如果這裡的酒好喝，我會考慮定居下來的。」

「很好。那我們用酒來一決勝負吧，給這位端上酒！」

居民又增加了一人。

「咦？我都還沒表達意見耶？」

「讓他住下來不行嗎？」

「不，我是不介意啦……」

「那就沒問題啦。今年冬天先讓他住在旅舍。歡迎會在今晚舉辦，準備工作已經在進行了。開場時還請村長致詞。」

「……我、我知道了。」

寒冬的活動非常難得，村民們當然不願放過這個可以喝酒的機會。

從這個冬天開始的活動──

家中雖然很暖，但外面太冷了，大家都盡量不出門，所有人都選擇室內活動默默地進行著。

一直這樣下去實在太煎熬了，該娛樂的時候還是要娛樂。以之前做的黑白棋跟西洋棋為主，這回我另外加入了新的迷你保齡球。

「感覺很難直線往前滾呢。」

「滾不到瓶子那邊？」

「可惡……還剩三個沒倒。」

畢竟我不清楚正式的保齡球道與球瓶大小，況且為了能在室內遊玩，便酌量縮小了尺寸。

基本上是拿寬一公尺、長十公尺的木板直接做成球道，並將樹枝隨意地削成保齡球瓶。

「為什麼要擊倒球瓶呢？」由於有人問了我這個單純的問題，我只好在球瓶上刻上壞人的臉。而每個球瓶要是都長得一樣又顯得有些偷懶，我便加上適切的變化，為每個球瓶增添個性。

至於保齡球只是把石頭削圓而已。因為要挖出插入手指的孔很難，於是做成接近壘球大小以方便滾動。

儘管我本來只是想設計輕鬆的運動，結果卻意外地讓村民們為之著迷。

「那個最右邊的殺人魔為什麼總是打不倒啊？」

「左邊的縱火狂會不會太難了？」

「呼哈哈。對高等精靈或許很難……但要是讓我來扔……」

「噗噗，詐欺犯跟殺人魔都還站著嘛。」

「唔呃，怎麼會這樣？但這時要冷靜地鎖定殺人魔那邊……」

「好像兩個都沒打中呢，真不愧是矮人。」

「氣死我了……再一場，再一場！」

在冬天結束前，球道就因為廣受歡迎而增加到六個了。

「應該要蓋一棟專用的屋子吧。」

於是我們決定等到春天時，要蓋一座以遊藝場為名目的新建築了。

順帶一提，我並非一開始就打算做迷你保齡球。起初想挑戰的是射飛鏢，因為覺得只要有靶，再做出能擲出去刺入的東西就夠了。

削切木頭並簡單加工後，我完成了標靶。想了一下該拿什麼當鏢，最後決定用普通的匕首。

說是射飛鏢，這更像是一種扔飛刀的競技吧？腦海裡浮現疑問的我試著射看看，卻讓標靶四周的牆壁傷痕累累。有些火大的我又扔了好幾次，結果依舊不行。

正當我在休息時，幾位想試試身手的高等精靈輕而易舉地正中了紅心。

「覺得靶要再遠一點比較好呢。」

好、好吧，畢竟她們長期在森林裡生活，要是缺乏這樣的技術恐怕無法活下去。

安她們這群鬼人族也輕鬆命中了。

「靶是否可以改成人型呢？應該會是不錯的鍛鍊。」

…………

蜥蜴人們也輕鬆命中了。

「其實比起匕首，我們更擅長標槍……唉呀，稍微有點偏離靶心了。」

…………

眼見喝得醉醺醺的矮人也命中後，我就完全喪失鬥志了。

因此最後才會變成迷你保齡球。不過這絕非逃避，最有力的證據就是我的迷你保齡球成績也不怎麼樣。

「村長，多做一顆球吧。」

「下次請做成山賊的球瓶。」

「咦～～應該做成怪物系列才對吧。」

現在，我把全部精力都投入了道具製作。大概是為了逃避吧。

4 長老矮人

前來村子的矮人名叫多諾邦。他並不是普通的矮人，而是所謂的長老矮人，但我不清楚差別在哪就是了。

跟我所聽說的相同，矮人擁有宛如木桶的體型與粗壯的四肢。儘管身高跟我差不多，但因為頭大，軀體看起來相對小。

而這位多諾邦呢——

是個男性。無論任誰看來都是個男人，而且還是成人，怎麼看都已經成年了。

也就是說，這個村子（主要是我）期待已久的成年男性終於來了！
「我對沒有鬍子的女人實在有點……我可不是蘿莉控喔。」
「……」
彼此文化的隔閡好像很深啊。

「總而言之，這裡的大麥跟玉米都能釀酒。由於作物品質不錯，可以好好期待喔。」
「原來如此。那麼，或許增加產量會比較好吧。」
「嗯，至少也要是現在的兩倍……不，我希望是兩倍的兩倍。」
「的確有道理。」
多諾邦跟莉亞一邊討論，一邊不時瞥向我這裡。呃，擴大田地我是沒意見啦，但目的只是為了釀酒會不會太離譜了？你們剛才好像說紅酒用的葡萄田也要增加對吧？不，我願意照辦啦，所以請不要再向我施壓了。

「這真了不起。」
「這種料理法……原來如此，又上了一課。」
「肉還真是美味呢。」
雖然研究料理的主要是安她們這群鬼人族，不過我也有參與。

說起來，我只是設法重現之前世界的料理。在我的記憶當中有種名為「紅酒燉肉」的菜餚。

老實說，我對紅酒燉肉涉獵不深，從名稱猜想應該是加入紅酒燉煮，便由這個方向進行試誤了。

事先醃好肉，再加入洋蔥等一起以紅酒燉煮。儘管手法有些粗糙，但做出來的感覺還不錯，眾人的反應也不差。只是大家好像都很介意紅酒的消費量，沒有人吵著還想再吃。我們村子對酒的執著也太強烈了吧？

之後，使用紅酒烹煮的紅酒燉肉就變成只有在招待客人時才會端出的奢侈料理了。

春天到了。

和往年一樣，我開始著手農務。酒用的大麥跟玉米田需求強烈，此外還得加上更多的葡萄田。

因此我將面積一口氣翻倍。

或許是已經習慣耕種之故，我的耕作速度又超越以往。只是面積太大，還是花了二十天左右。

從目前一共十六乘十六的二百五十六塊田，擴大為十六乘三十二的五百一十二塊田。農田是向南延伸的……要移動到邊緣實在很耗費力氣。單純計算全長共有一千六百公尺，感覺可以當成不錯的運動呢。葡萄田由六十四塊倍增為一百二十八塊。而酒用的大麥、玉米田各有三十二塊。其餘則是各種作物的田地。

值得一提的是芝麻田也大幅增加，這是因為我想起芝麻也能榨油。儘管目前已經有油菜花跟橄欖可以榨油，並不一定需要芝麻油，但我覺得食用油種類越多越好，最後還是種了。

耕田基本上只由持有「萬能農具」的我進行，其餘的人則是處理其他工作。

小黑牠們去森林狩獵，我都擔心森林裡的兔子會不會絕種了。

座布團牠們負責織衣，還設計了新款式。

高等精靈們修復冬季受損的建築並搭建新房子，矮人多諾邦的家跟遊藝場都在建造當中，之後好像還要蓋德萊姆用的別墅。砍伐建設用的木材是與擴大田地、開闢森林同步進行的，都已經搞定了。畢竟這一帶的樹木要是沒有「萬能農具」，實在很難砍伐。

鬼人族則一如往常地負責下廚及清掃房間。冬季累積的汙垢好像滿嚴重的。

而達尬這些蜥蜴人負責管理水道並照顧牛與雞。

獸人族負責加工作物，包括脫殼、製粉、榨油、製糖與製鹽等，非常賣力。

矮人則是在釀酒……咦？矮人變多了？

「我叫威爾科克斯。」

「我叫庫洛斯，請多指教。」

呃……

詢問過後，我才知道他們好像是追著多諾邦來的，而且也要在這裡定居，不知是何時決定的？

「這裡的作物品質真好耶，嚇了我一跳。」

「是啊，就算生吃也很美味。」

會誇獎我作物的絕不是壞人。歡迎來到「大樹村」。

露悉心照顧肚子裡的孩子。

蒂雅跟芙蘿拉一邊協助露的生活，一邊各自做著自己的工作。

格蘭瑪莉亞她們則是一如既往地警戒著周邊動靜。

與農務相關的部分，今後需留意的項目：

目前一年可收成數次、不需要種子，都是託了「萬能農具」的福。我很感謝賜予我工具的神明，如今村子在糧食方面完全不必操心。但正因如此我才要思考。

假使沒有「萬能農具」會怎麼樣？另外，當我出了什麼事或「萬能農具」因為某個理由無法使用時，村子該怎麼辦？起於這樣的危機意識，我思索著使用普通農具進行農業的可能性。

若環境符合條件，以「萬能農具」耕種的作物大致上會以四倍速生長。

一旦將「萬能農具」耕種出的作物移到其他田地栽種，生長速度便會等同於普通作物。

也就是說跟普通作物沒兩樣。因此如果不留意栽植季節等，作物的成長就不會順利。

除此之外，沒用「萬能農具」耕過的土地，什麼都長不出來。

我猜是因為這座森林的泥土不適合農業吧。

由此推斷，要是地點適合種植小麥，我這邊田裡的小麥應該也能移植過去。

透過之前的各種實驗，我已經釐清了這點。雖說得花點力氣，收穫量也會變少，但在沒有「萬能農具」的前提下依舊能務農。我想嘗試看看。

目前，我準備了幾小塊田地讓人耕鋤兼作練習。主要參加者有高等精靈、蜥蜴人，以及獸人族。

我宣布自己種出的田地收成能自行運用，應該很有激勵效果。結果大家主要種的都是釀酒原料。

5 料理與飲料之事

龍族德萊姆經常來訪我們村落的理由有二——料理跟酒。而這兩項也受到其他村民大為讚賞。但根據前一個世界的記憶，我總覺得並沒有那麼好。

料理的滋味仍差了點，酒的熟成度也不夠。

關於料理，原因主要是器材無法像之前的世界那麼齊全。

此外，就算湊齊了食材、調味料與料理器具，料理知識僅有外行等級的我依舊無從發揮，只有煮白米飯還算在行。

我姑且先將料理與調味料的方向性、調理法的構想傳達給安這群鬼人族，請她們進行料理和調味料的研究。然而就連研究到一半的料理都大受好評，讓我有點困擾。

畢竟我的標準似乎高得有點不近情理。但關於飲食我絕不妥協。由於我自己也很努力，希望大家能一起加油。

作為階段性的成果，丼飯類的料理已經成功了，米飯真偉大啊。此外，烤、煮、火鍋等雖然尚不滿意，但已經到達可以接受的程度。至於調味料，美乃滋一完成後，便在村裡的料理界引發了革命。

美乃滋的重要原料是蛋跟醋。蛋的來源仰賴雞，謝謝你們！

由於蛋有可怕的沙門氏菌，若想生食就必須進行殺菌，可惜我沒有殺菌劑。困擾的我找露她們商量，才知道這個世界也有吃生蛋所需的藥劑。

因為芙蘿拉可以製作，我就拜託她幫忙了。

雖然露似乎也會，然而身為孕婦，我實在不希望她靠近那些東西，畢竟不敢保證會不會出事。

繼蛋之後是醋。

起初，我相信「酒放久了就會變成醋」這句話而著手進行實驗，結果失敗了。

第二種方案，則是我曾聽說釀造日本酒的過程會產生醋，便往這個方向努力，終於做出類似醋的產品，進而挑戰美乃滋，順利完成。儘管我覺得既然加了醋，應該就不需要對蛋殺菌了，不過還是小心為妙。最根本的問題，是異世界有沙門氏菌嗎？

…………

暫時先不管這些細節。美乃滋的評價好到不行，在各種料理都能派上用場，也讓食物的滋味更加豐富。我忍不住綻放笑容。下回想要海鮮類了。

關於酒，大家都早早就喝了是個問題。就算已經再三強調「酒需要發酵」，依舊會在不知不覺間被喝掉，是克制力不夠的緣故嗎？有鑑於此，我增加了酒用葡萄田。哼哼哼，這樣就能好好發酵了吧？應該可以吧？希望能如願以償啊。

與酒同步進行研究的，是果汁、茶及咖啡的生產。這是追求酒與水以外飲品的成果。降低酒類消耗量的成效最近正逐漸顯現。

不過，飲用這些的村民並不算多。水果搾成的果汁的主要由被認為還不到喝酒年紀的獸人族消費。而儘管一部分高等精靈與鬼人族對於茶與咖啡情有獨鍾，卻遠不達普及的程度。

相反地，魔族的比傑爾倒是很中意茶，去年入冬前曾大量採購。

謝謝惠顧。

按照慣例，小黑牠們會在春天換角，蜜蜂也要分巢，座布團的孩子們則會動身旅行。

話說回來，去年離家的三十頭小黑子孫到底上哪去了？

希望牠們平安無事啊……

正當我心繫著牠們時，那三十頭回來了。雖然全體傷痕累累，卻露出彷彿通過考驗的凜然表情。我不知道牠們出去做什麼，總之只要平安就好。然而幾天後，牠們背上馱著留下的幾個座布團的孩子，再度出門了。

說真的，牠們到底在幹嘛啊？希望不是什麼奇怪的事才好……

有人提出希望能搭蓋新的澡堂。

截至目前為止，村民如果想洗澡，都會前往以前我跟高等精靈蓋的澡堂。

由於男人基本上只有我一個，其他都是女性或尚未長大的小男孩，所以是混浴形式。然而眼下有男性矮人入住村落，他們希望能建設男性專用的澡堂。

但村裡女性的人數顯然比較多，要興建也應該是女性專用澡堂才對。

這想法不錯呢。

倘若是混浴形式，我也有所顧慮，無法想去就去。於是我將現有的澡堂作為男性專用，新蓋了一棟女性專用的澡堂。

不過這個計畫遭遇到了阻礙。女性們表示若興建女性專用澡堂，跟我的接觸機會就減少了。呃，可以在洗澡以外的場合接觸嘛……雖然我如此解釋，卻沒人聽得進去。

結果舊的成了我的專用澡堂。

想在這裡洗的人還是可以進去。

另外再分別興建新的男性專用與女性專用澡堂。

……

因為我也想悠悠哉哉地泡澡，就這樣吧。至於水量總有辦法解決吧。

然而，澡堂數量一旦增加，便得擔心柴薪的問題。

澡堂燒水要用掉的柴薪意外地多。縱使周圍都是森林，一直砍伐下去依舊不是辦法，看來非得想想代替木柴的燃料不可了。結果替代方案是用魔法來燒水。

雖說我姑且準備了燒水用的爐灶，但後來都是仰仗能運用火魔法的村民幫忙燒水。從另一個角度看則是能讓獸人族練習魔法。原來如此，希望大家加油。

……

由於比起燒柴，魔法能更備妥熱水，感覺相當方便，要是我也能用就更方便了。看來還是得繼續練習魔法……不不，我就是沒有那種天賦。交給有辦法的人吧。

關於果樹區種植的樹木也出現了懇求。這次的苦主是蜜蜂。

蜜蜂先是告訴座布團的孩子，再由座布團的孩子轉達給我。儘管我跟座布團牠們無法對話，但透過肢體語言等傳達彼此的想法，仍能進行交流。

據說，蜜蜂希望我能種些森林的原生樹在果樹區裡。雖說只有果樹區的樹木便已足矣，但部分女王蜂提出了這樣的需求。

沒什麼危害的話就ＯＫ，我立刻答應了。然而儘管我爽快應允，實際上卻並非要移植蜜蜂希望的樹。

只要確認牠們想要的樹長什麼樣子，認識後我便能透過「萬能農具」種植。

但村子附近並沒有牠們想要的樹。要是有，牠們也不需要拜託我，早就前往森林了。所以首先得找出那種樹才行。

座布團的孩子已經知道蜜蜂想要哪種樹。我才在想要請座布團的孩子帶我進森林探索，結果問題迅速地解決了。

小黑的子孫們讓座布團的孩子們乘在牠們背上，一起進入森林探索，等找到再回來通知我。

而我只要請牠們領路就行。移動方式也是讓格蘭瑪莉亞抱著飛行，因此在極短時間內就完成了。

好，趕快來種新的樹吧。

田地擴大了，果樹區也要擴大。目前果樹區東邊有著牛群，因此得往西邊擴張。我一口氣將面積翻倍，變成八乘八的田地大小。至於蜜蜂想要的是一種低矮的樹木，會開出我所不認識的花。這種樹似乎也會結果，於是我稍微多種了一些。

同時，我也試著種了橡膠樹、蘆薈和棕櫚樹等。

果樹區順利擴大，但為顧慮其他人還有想要的作物，有部分面積暫時空著。呼，總算告一段落了。

直到忙完，我才發現自己成了父親。真是一眨眼的時光啊。

更正確地說，從我聽到孩子要生了到我抱到他，這段過程我完全沒有記憶。

嗯，看來我陷入相當大的恐慌。幸好母子均安，讓我總算放下心中的大石頭。是個健康的男孩。

…………

像我這種人有資格當爸爸嗎？不不，現在還說這個做什麼？為了剛出生的孩子，我得更加努力才行。雖然仍有很多工作要做，但從這天起，村子持續舉辦了好一陣子的宴會。

6 兒子誕生與來襲

我兒名叫阿爾弗雷德，名字是露取的。我所提出的名字好像被她否決了。

令人在意的是，他的父親在前一個世界因病所苦。神明大人雖然賜給我「健康的肉體」，但兒子也能獲得保佑嗎？由於這件事沒辦法調查，只能祈求了。

希望他健健康康地長大。另外，因為是人類的我跟吸血鬼的露生下的孩子，種族該怎麼判定？半吸血鬼嗎？

儘管我問了露，但生產之於她也是頭一遭，況且周圍似乎也沒有生過孩子的吸血鬼。原來如此。

目前看起來跟人類的嬰兒倒是沒什麼不同。

根據鬼人族的說法，小孩顯現出種族特徵好像得等到一定年紀後。若是鬼人族，指的就是長角。小時候沒有角，直到能生下孩子為止的這段期間，角才會慢慢變大。的確，要是剛出生就有角，說不定會造成難產呢。我的兒子應該也是類似的情況吧。嗯……雖然有點擔心，但眼下也無法改變什麼。無論種族是人類或吸血鬼，肯定都是我跟露的孩子。加油吧，好好長大。

產後，露並沒有什麼太大的問題。

但多少還是跟產前有落差，感覺性格柔和了一點，這就是母性吧？總之，母子均安真教人開心。

關於育兒工作，因為鬼人族搶先接手了，不必擔心人手不足的問題。

呃，因為想幫忙的人太多，害我跟露幾乎沒機會照顧孩子是怎樣啦？

我多少也想體會一下當父親的感覺啊。

心念一轉——

我終於搞懂三十頭小黑子孫出門的理由了。這三十頭加上座布團的孩子們一直在攻略森林南方的迷宮。竟然做了這麼危險的事。

之所以能斷定這點，是因為格蘭瑪莉亞偶然發現了迷宮入口。

迷宮位處村子南邊。雖說有段距離，但要是一直放著不管，似乎會湧現凶暴的怪物，有必要前往確認狀況。於是我編組了以高等精靈為中心的攻略隊。

雖然我也想參加，卻被所有村民同聲勸退。

唔，迷宮探險耶。我的冒險心都蠢蠢欲動了。

當攻略隊在迷宮入口檢查裝備時，似乎恰巧遇到小黑的子孫們馱著座布團的孩子走出了迷宮。

之後，攻略隊就跟小黑的孩子們一起進入迷宮探索，也終於搞懂小黑的孩子們出去做什麼。

嗯……狗兒們自主進行迷宮探索啊。

小黑牠們原來還有這種習性喔？

順帶一提，座布團的孩子們能夠移動到小黑牠們去不了的地方，並操作迷宮內的物品。

無論如何，迷宮裡被小黑牠們打倒的怪物骨骸都由高等精靈回收，放進倉庫了。

我本來還在想骨骸能做些什麼，不過似乎有利用方式及其價值存在。雖然高等精靈回來了，但小黑的孩子們仍留在迷宮裡繼續探索。希望牠們偶爾能回來報個平安。

事件突然發生了。

正午一過——

座布團敲響了警報，方向是南邊。望向空中的我發現飛行物。又是飛龍嗎？回想起上次的經驗，我頓時火大了起來。

只見飛行物筆直朝這邊前進。直覺告訴我對方的目標就是這裡，且速度讓人覺得來者一點也不友善。

我將「萬能農具」變成長槍，做出準備投擲的動作。

把牠給射穿擊落吧。

正當我握住「萬能農具」的手要施力時，發現那個飛行物被其他飛行物撞上了。

其他飛行物是德萊姆。之前我曾看過許多次他變成龍的樣子，不會認錯的。與德萊姆相比，朝這邊猛衝的飛行物小了兩圈。

原來第一隻飛行物並非飛龍，而是跟德萊姆的體色有著微妙差異的另一隻龍。

被撞上的第一隻龍似乎被德萊姆嚇了一跳，停滯在半空中。

緊接著，第一隻龍便與德萊姆戰鬥了起來。儘管我一瞬間想說交給德萊姆解決就好，但眼看德萊姆好像要輸了。

該插手幫忙嗎？正當我尋思要不要擲出手上的槍時，後方冷不防傳來了強烈的殺氣。

是北邊嗎？我轉過身，同時朝殺氣的來源射出長槍。

只見那個方位有一隻比德萊姆稍大一點的白龍正飛了過來。

我扔出的槍像是被吸過去一樣，即將刺入那隻白龍，結果卻被對方緊急閃開了。

不過，或許是勉強躲避的緣故吧？只見那隻白龍失去了平衡。好機會！我準備投擲第二槍。

就在我打算把槍投擲出去之際，有人妨礙了我。

「請、請等一下！那不是敵人！」

德萊姆的隨從古吉不知何時攤開雙手，擋在我面前。

隨後，我面前又出現了三名男女。

包括德萊姆、一位金髮美女，以及看似年輕版金髮美女的女孩。

只是，女孩頭上生了兩根氣派的龍角，裙襬下更是有著巨大的龍尾巴。

「這是賤內葛菈法倫，以及小女拉絲蒂絲姆。」

根據德萊姆解釋，第一隻朝這邊而來的飛行物是女兒拉絲蒂絲姆，接踵而至的白龍則是妻子葛菈法倫。

「雖說不知者無罪，但我真的相當抱歉。」

呃，真的很不好意思，我竟然朝德萊姆的妻子擲槍。

「我、我這邊才要道歉。抱歉讓您誤會了……」

身為女兒的拉絲蒂絲姆躲在德萊姆背後，低下了頭。

我似乎是嚇到她了。

儘管她的模樣非常可愛，然而擋住她的德萊姆卻渾身是傷，不正是她的傑作嗎？

「我也是突如其來地衝來，真的很抱歉。但我只是想保護女兒跟丈夫而已……請嘲笑我這愚蠢的女人吧。」

我當然不會笑她。

「這回的事件就當作雙方都有錯，一筆勾銷吧。」

糾紛我可是敬謝不敏。

根據德萊姆所言，似乎是因為他在「大樹村」蓋了別墅，被女兒懷疑有外遇。而且很不湊巧地，德萊姆準備了阿爾弗雷德的出生賀禮，也被誤解為要送小三禮物。儘管德萊姆堅決否定，然而女兒並不相信，直衝村落，好像打算就這樣把這裡給燒掉。

原來如此。我在心中為這個女兒加上了危險人物的註記。

「對、對不起。」

雖說乖乖道歉這點不錯……攻擊性太強卻是個問題。

面對衝向村子的女兒，德萊姆慌忙全力追趕，並以身體撞擊的方式阻止她。

至此，事情應該要劃下句點，得知女兒跟丈夫情況的太太卻以更猛烈的速度飛來。

那我當時所感受到的強烈殺氣又是……

「是愛。」

把太太也加上危險人物的註記吧。這位太太的殺氣讓小黑牠們、座布團的孩子們、高等精靈、蜥蜴人，以及鬼人族幾乎全陷入了恐慌狀態。雖然有一部分的人勉強撐住並試圖穩定自己，但依舊花了一段不短的時間。

儘管沒有受害，但小黑的孩子們看到德萊姆太太便縮起了尾巴，座布團的孩子也不敢靠近她。

由於德萊姆向來很親和，我都忘記了這件事，這回總算再度確認龍是非常強悍的生物，以及為母則強。

順帶一提，阿爾弗雷德正安詳地睡著。他將來一定是個大人物。

「女兒啊，希望妳能再多相信父親一點。」

「可是……」

「我明明已經有葛菈法倫了，怎麼可能搞外遇呢？萬一真的外遇的話……」

「真的外遇的話？」

「光想像就覺得好恐怖。女兒啊，記著，妳父親才沒那個膽子！」

「嗯、嗯。」

「還有，我以前也說過……與這個村子為敵是相當不切實際的事，妳懂嗎？」

「是啊。」

「嗯。竟然能突破母親大人的所有結界進行攻擊……那招一開始本來是瞄準我的吧？」

「…………好險呢。」

「就是說啊。妳們平安真是太好了。」

「父親大人……」

「你們父女感情這麼好是無所謂啦，但可別把我給忘了。」

「唔、嗯，真不愧是葛菈法倫。那一槍射出去時，我的心臟都停了啊。」

「我只是被好心的蜘蛛救了一命而已。真沒想到我的所有結界、障壁、防壁、耐性一口氣都被突破，就算想躲也來不及了。」

「好心的蜘蛛？」

「是我的老朋友，在我被射中前把我的身體拉開了。如果沒有牠幫忙，我現在就不會站在這裡了呢。」

「葛菈法倫……」

「拉絲蒂，這個村子似乎替德萊姆蓋了別墅，妳就搬過去吧。」

「母親大人？為什麼突然這麼做？」

「那種攻擊力可不能放著不管。倒不是要妳壓制他們，但至少得努力不讓那種力量與矛頭對準我們龍族。」

「呃，這個……」

「妳的回答呢？」

「好、好的！我會努力。」

在我尚未察覺時，村裡又決定多增加一位居民了。

7 拉絲蒂

德萊姆的女兒名叫拉絲蒂絲姆。

大家都叫她拉絲蒂。變成龍時全長約十五公尺，但一旦變成人類，看起來就是個國中生。金色長髮，給人一種俐落強悍的印象，感覺像是學校裡的學生會長或風紀股長。

而她懷疑父親外遇時所採取的行動，似乎就更有前述的那種氣質了。

起初相遇時，她穿著足可出席晚宴的正式禮服，不過搬進村裡後便徹底換成村姑打扮。她可能是那種想由外表融入群體的類型吧。

然而無論怎麼打扮，頭上的角跟尾巴都強烈主張著她作為龍的身分。

「拉絲蒂很快就適應這裡了呢。」

「只要有食物、娛樂，以及努力的誘因，結果就會變成那樣吧。畢竟龍族基本上都很閒。」

「德萊姆經常造訪也是同一個理由嗎？」

「是的。」

拉絲蒂完全不挑食，似乎非常喜歡我們的飲食。

第一次吃到這裡的東西時，她甚至連連喊著「父親大人太詐了」。

水果方面，比起酸的她更愛甜的，尤其喜愛柿餅的樣子。

「剩下的只有這些了……」

我在倉庫入口看到她露出略顯絕望的表情。由於冬天消耗了較多柿餅，本來就已經所剩無幾，況且那些好歹還是全村人的份呢。

拉絲蒂也很享受西洋棋、黑白棋，以及迷你保齡球，本領還行。

她跟獸人族的男孩子們旗鼓相當，會因勝負而時喜時憂。

另外，在外面玩時，她也會混入小黑的孩子們當中，有時甚至會追著飛盤跑。

然而她以人類的姿態跑不過有四條腿的小黑孩子們，於是就變成龍的姿態搶走飛盤，還對狗兒們炫耀。

搞不好她的實際年齡比外表更小呢。

小黑的孩子們向我告狀，說她太奸詐了。呃，這種事跟我說也……

最初我將拉絲蒂視為貴客對待，但德萊姆與夫人都希望我能讓她工作，我只好照辦了。

由於我也不知道她能做什麼工作，於是每種都讓她試看看。

狩獵方面，就算年紀再輕，她依舊是龍，獵物都會被她嚇得不敢出來。至於採礦，她可以進行相當粗略的工作，然而精細的就沒辦法了。照顧雞、牛也不行。

她沒有打理家務的經驗，硬讓她去做只會增加旁人的工作量。至於下田嘛……我很愛惜作物，所以不敢讓她靠近田地。

結論——我確定她是一位缺乏生活能力的大小姐。或許龍族的專長就是戰鬥吧？我印象中的龍明明就很聰明啊……

總而言之，即使村裡的戰力已經過剩，但讓她跟格蘭瑪莉亞一起去森林巡邏才是最佳的選擇吧。

拉絲蒂的工作決定了，是負責外交。

她有能力迎接訪客並進行交涉。

訪客是魔王的使者——比傑爾。目的雖然只是採購作物，但似乎也想順便打聽前陣子拉絲蒂一家大鬧的事。

「哈哈哈，沒造成問題就好了。啊，之前那種黃色的水果還有嗎？冬天都消費掉了。」

「您是指橘子吧？我想應該還有庫存……不過因為適逢產季初期，還請別太期待產量。現在這個季節的話，買草莓如何呢？」

「草莓嗎？」

「是的。它有著酸酸甜甜的滋味，要是撒點砂糖或泡著牛奶吃就更美味了。當然，直接吃味道也很棒。」

「聽起來不錯呢。那麼，我買個十箱左右吧。」

「要不要一起購買砂糖跟牛奶呢？」

「真是敵不過妳。好，這兩樣我都要了。」

「謝謝您。價格的話……作為優待，就算這個折扣吧。」

「要打折起碼要這個數字……」

「好的，就依您。」

我對此驚訝不已，她之前一時衝動要來燒村子的暴躁性格上哪去了？是因為與父親德萊姆有關才會那樣嗎？

此外，她魔下還有許多隻一公尺左右的小型飛龍可供使喚，便用來傳遞訊息。透過這種方式，我們能跟魔王城、好林村、德萊姆進行密切聯絡。雖然小型飛龍的飼養工作都丟給蜥蜴人他們負責就是了……

「一共有二十頭喔。」

「無論一頭或二十頭都是一樣的，儘管交給我們吧。」

「這樣啊。」

面對蜥蜴人們可靠的回答，我點了點頭。飼養小型飛龍的辛苦之處在於不能讓牠們襲擊雞或牛，此外也得避免讓牠們受到座布團孩子的襲擊。
「這算是欺負菜鳥嗎？」
「不，牠們至今為止似乎都會把飛龍當成獵物。」
「是這樣嗎？」
「畢竟會飛嘛。總之，我們會給飛龍們套上項圈，作為不可襲擊的記號。」
就麻煩你們多費心了。

「女兒啊，過得還好吧？想要什麼必需品儘管跟我說喔。」
「我很好啦。是說你會不會來得太頻繁了？十天前不是才來過嗎？」
「那邊有古吉管事，不必擔心。喂～～老樣子麻煩了。」
以德萊姆的呼喊為信號，在拉絲蒂家工作的鬼人族備起了美食與酒。
「對了對了，妳似乎已經泡過澡了？那簡直太棒了。」
「的確呢。可惜太多人使用是個缺點。」
「啊……女性澡堂好像是那樣沒錯。男性澡堂可是相當寬敞舒適喔，就連古吉每次造訪這裡都會泡一下。」
「父親大人，你太詐了。」

「哈哈哈！現在妳懂我為什麼要在這裡蓋別墅了吧。」

「是啊。話說回來，能讓傭人也搬來嗎？現在雖然有鬼人族照料，但畢竟是借用的，總覺得有點不好意思。」

「我已經命令古吉挑選了。只是似乎引發了糾紛呢。」

「不想在我底下做事？」

「正好相反。因為知道這個村裡有很多美食，一堆人搶著報名，一時之間就連古吉都想跑來了。」

「我可以體會古吉的心情，但他要是離開家裡，父親大人會相當困擾吧。」

「嗯。無論如何，得盡快決定人選才行。」

「那就麻煩你們了。」

魔王城——

「比傑爾上哪去了？他應該已經回來了吧？」

「是的，不過他馬上就動身回老家去了。」

「不是回城裡的寢室？」

「不，他說家裡有急事。對了，土產已經先放在這裡嘍。」

「嗯，好極了。不過比傑爾家裡有急事？希望不嚴重才好啊……」

閒話 芙勞蕾姆

我名為芙勞蕾姆．克洛姆，是血統高貴的克洛姆伯爵家一員。父親大人是當今魔王大人的幹部之一，全名是比傑爾．克萊姆．克洛姆。

到目前為止我都住在王都葛萊森，作為公主大人的朋友優雅地生活著。

所謂朋友並非我自稱，而是魔王大人選定我擔任公主大人的學伴。

想當然耳，我在學園的成績相當優秀，武術也遠勝過一般人，已經鍛鍊到即刻投入實戰也沒問題的層級了。一旦公主大人遭遇什麼意外，我便必須挺身守護她。眾人都期待我將來能成為公主大人的心腹，大展身手。

此外，雖然自己這麼說感覺有點老王賣瓜，但我的外表也相當出色。不，說是美女應該也不為過吧。這並非自戀，是客觀的事實。這樣的我，理所當然地有大批人搶著要求婚。話雖如此，他們並不是直接來找我，而是向我家申請就是了。

這也很合理呀。

畢竟結婚對象並非由我決定，一般說來應該是由父親大人選定才對。我完全沒考慮過自由戀愛結婚這種痴人說夢的事，已經做好與父親大人所選的對象結婚的覺悟了，因此我希望他能快點決定。只是候選人數量不少，父親大人似乎還在猶豫吧。

儘管他相當看重選擇對象這點令我開心無比，但要是不趕快決定，就會引起周遭側目了。

然而，過著上述生活的我……

突然在父親大人的命令下前往某個村莊。

我問他「那是我要嫁去的地方嗎？」他卻回答「怎麼敢奢望呢？」

既然如此，我去那個村子要做什麼呢？學園不上了嗎？公主大人的學伴任務也拋下了嗎？呃，父親大人？您是打算連夜逃亡嗎？

面對我的玩笑話，父親大人並沒有笑，反而以嚴肅的表情回答我：

「如果我可以連夜逃過去就好了……這件事會左右魔王國的命運，妳要多用心。」

呃，那個……父親大人好像很疲憊的樣子。

也是，每次他一回家，就會向母親大人撒嬌，同時不停抱怨工作與同事。我想他在外頭奔波一定很辛勞吧。

由於父親大人的眼神似乎略顯瘋狂，反抗他絕非什麼好主意，還是稍微應付一下吧。雖然離開學園和公主大人的學伴工作要說可惜的確很可惜，但我已經覺得無聊了。

如果能發揮才華，我會很開心的……但我要去的地方好像是個小村子啊。

我並不怎麼期待那裡。呵呵，不過若是讓我到那裡當大王也不錯啦。

「初次見面，我是拉絲蒂絲姆。」

我一到村子，就被迫更換衣服了。因為事關個人尊嚴，我是不會解釋理由的。

呃……該怎麼說？怎麼會突然有龍族出來迎接啊……

而且還是拉絲蒂絲姆，是那頭古爾古蘭德山的守門龍——德萊姆之女。

那可是在魔王國家喻戶曉、需要多加提防的龍啊。

據說是頭不能正眼對視的狂犬……不，狂龍。

受到這種傢伙出面迎接，被迫更衣也是莫可奈何的事嘛。

嗯，我是這麼認為的。

村裡有著集體生活的高等精靈。

這群凶惡的傢伙又被稱為森林游擊隊、獵男者。住在森林裡的她們，會擄走鄰近村落的男人。此外，在「死亡森林」或「鐵之森林」居住的高等精靈，都是以一當千的猛將，畢竟她們能在「死亡森林」跟「鐵之森林」這種地方存活啊。

見她們微笑向我打招呼，差點害我幹勁盡失，只得努力撐著。

真想誇獎自己啊。但我也只撐到這裡為止了。

地獄狼成群結隊地出現。

好，我死定了。父親大人是想將我當作活祭品貢獻出來吧。你真殘忍，父親大人。

第二次被迫換衣服時，拉絲蒂絲姆表示我不會有事的。

原來如此。看來這裡的所有生物都在拉絲蒂絲姆的掌控下吧。

暫時放心了。

說起地獄狼，牠們位居「死亡森林」的頂點一角，是只要一隻就能毀滅整個市鎮的極惡之狼。

而且……這裡居然有數不清的地獄狼。我甚至目睹了變種的冥界狼。就當作是珍貴的體驗吧！如果不這麼想，我實在撐不下去。

不過，那隻龍真的掌控著這裡的所有生物嗎？有好幾隻地獄犬正在扯拉絲蒂絲姆的裙襬耶。

好了，下一個關卡在等著我。

是惡魔蜘蛛。

我一撞見牠們就中了「暈眩狂擊」，直接昏過去了。

「暈眩狂擊」是惡魔蜘蛛的個體特性，會對初次見面的對象進行精神攻擊。

由於我昏倒時並沒有被捕食，代表惡魔蜘蛛也是很安全的吧。呵呵呵，換第三次衣服了，我覺得乾脆不穿內衣褲比較快。

姑且不論這些。竟然能將與地獄狼同樣居於「死亡森林」頂點一角的惡魔蜘蛛置於掌控下……拉絲蒂絲姆真是恐怖的存在。

拜託妳要真的能掌控牠啊，別讓牠亂跑。野生的惡魔蜘蛛除了恐怖以外，沒有第二句話可以形容了。

話說回來，惡魔蜘蛛也有大量的孩子呢。暗影蜘蛛、詛咒蜘蛛、拖行蜘蛛、陷阱蜘蛛、死亡蜘蛛、吊頸蜘蛛……

這些全是惡魔蜘蛛的幼生體，然而即使是幼生體，依舊是恐怖的生物，而且數量還多得數不清。一想到要是牠們闖進魔王國……我的背脊就一陣發涼。還是別去想吧。不，應該要從記憶裡消除才對。

好吧，因為先看過惡魔蜘蛛家族，再看到諾斯底蜂的巢時我就不怎麼驚訝了。只是不驚訝而已喔，不代表不害怕。

諾斯底蜂是跟普通蜜蜂一樣會從花卉等植物裡採蜜的怪物，其蜂蜜可說猶如天文數字般要價不斐，儘管風味無可比擬的確是理由之一，不過除此之外，主要是因為有保護諾斯底蜂蜂巢的兵蜂存在。

只要一息尚存，諾斯底蜂的兵蜂便會凶猛戰鬥到連地獄狼都無法接近蜂巢的地步。換言之，想取得諾斯底蜂的蜂蜜，必須具備殲滅兵蜂的戰力才行。

世上有句「鎖定諾斯底蜂的蜂蜜」的俗諺，意指夢想家或妄想家，也常用來形容沉溺於欲望而做出危險之事的人。

我可不能奢求諾斯底蜂的蜂蜜啊。結果蜂蜜就在我眼前被裝進壺裡，直接搬走了……不行，我不能痴心妄想。雖然對方說會用在明天的早餐上，但我才不會期待呢。

我太大意了，注意力竟然被諾斯底蜂的蜂蜜完全吸走。在這裡可千萬不能輕舉妄動。

只見眼前出現了四名天使族，每位都是有著名號的天使。

她們是殲滅天使蒂雅，以及撲殺天使格蘭瑪莉亞、庫德兒、可羅涅。

雖說比不上拉絲蒂絲姆，卻仍是必須提防的天使族。

幸運的是我不必再換衣服了。現在恐怕已經沒有東西可以排出體外。

看她們跟拉絲蒂絲姆進行了友好的交流，應該能認定沒有危險性。請給我一點信心吧。正當我這麼祈禱時，下個關卡又來了。

吸血公主露露西。

她被稱為殲滅天使蒂雅的宿敵。當然兩人身為對手，危險程度自是相去不遠。我小心翼翼，深怕她們突然打起魔法戰，結果並沒有發生那種事。她們只是友善地討論晚餐內容。難道宿敵只是謠傳嗎？

既然有四名天使族跟吸血公主，或許跟拉絲蒂絲姆好好打上一場也不是問題。

也就是說……我只聽從拉絲蒂絲姆的話恐怕會有危險。

…………

儘管相當難以預測誰會掌握大局，但我會撐過去的。

吸血鬼芙蘿拉也在。比起拉絲蒂絲姆，四名天使加上兩名吸血鬼的戰力搞不好比較強。不對不對，拉絲蒂絲姆一旦出手，守門龍德萊姆可能就會趕來了。我不能在這時放棄思考，一定得繼續動腦才行啊。

……只要有幾隻地獄狼就能壓倒天使跟吸血鬼了吧。

惡魔蜘蛛就算單槍匹馬也能跟天使、吸血鬼戰鬥……

倘若牠們都在拉絲蒂絲姆麾下，我只能選擇拉絲蒂絲姆這方了。

然而，內心深處有個聲音警告我這個選擇相當危險。這是為什麼呢？

之後，我又遇到鬼人族、蜥蜴人，以及長老矮人等稀有種族。我已經不會驚訝了，放馬過來吧。

獸人族的孩子療癒了我，他們毛茸茸的尾巴好可愛。我也被史萊姆、牛與雞療癒了，心情總算恢復平靜。

逛過一圈村子後，我返回旅舍。在我的住宅完成前，預定都得待在這裡生活。雖說看這村子的規模，我並不期待房間會有多豪華，但基本的設施相當完備，讓我吃了一驚。

尤其床單一類的布料是連我家裡也很少見的最高級品，在這裡毫不吝惜地被使用著。

食物也是我從未見過的美味佳餚，酒更是好喝。澡堂儘管有其他使用者讓我感到有些不滿，但泡起來很舒服，彌補了人多的缺點。看來不能小覷這裡的澡堂了。

雖然不清楚父親大人派我來這裡的目的是什麼，但首先還是好好收集情報吧，也要避免任意樹敵才行。

那麼，明天開始該怎麼做才好？儘管天已經黑了，這裡卻大方地燒油點燈，看來晚上也是村子的活動時間吧。拉絲蒂絲姆想必還沒就寢。

拉絲蒂絲姆……是不是該加上尊稱比較好？還是要像其他人一樣叫她拉絲蒂呢……？等她許可再那樣叫她吧。

總之，我想跟拉絲蒂絲姆見個面，並討論日後的安排。

「那邊的人類，帶我去拉絲蒂絲姆所在之處吧。」

我搞砸了。

我應該三思再行動的。雖然聽起來很像藉口，但我可是魔王國裡身分相當高貴的父親大人之女，沒人敢小看我，村子也應該派最高層接待我才對啊。

因此我才擅自將拉絲蒂絲姆視為村子的最高層，結果我完全搞錯了。

沒想到迎接我的工作在這裡被當作雜務。另外，敢使喚那位拉絲蒂絲姆去做雜務的村子，真是一點都大意不得。

這個村子的頂點並非拉絲蒂絲姆。

這個村子的頂點，是那位名副其實的村長——人類村長。

被帶到拉絲蒂絲姆的住處後，直到彼此獨處，拉絲蒂絲姆才以嚴肅的表情對我說：

「剛才那位人類娶了露跟蒂雅為妻，也是率領地獄狼、惡魔蜘蛛、高等精靈與其他人的一村之長喔。他既是我父親大人的朋友，也是母親大人極力避免戰鬥的對象。我不知道妳打算做什麼，但拜託不要把我們龍族牽扯進去。」

「…………」

過去貴族千金的我已死。

重獲新生的我，想永遠成為村長的忠實僕人。

8 比傑爾的女兒與史萊姆

比傑爾的女兒在村裡定居下來了。似乎並非為了監視我們，而是一般的移民。假使要移民，比起女兒我更希望他送兒子來啊……

關於這個女兒嘛——

儘管應該是個魔族，外表看起來卻幾乎跟人類一樣，只是聽說她擁有的魔力遠超過人類就是了。一開始隨便裝熟的話可能會惹她討厭，為了避免麻煩，我才會交給同為女性的拉絲蒂接待她。

然而放著她不管感覺還是不太好，所以晚上我便去打了招呼。她跟拉絲蒂好像變得非常親密，這樣我就暫時放心了。

來說點史萊姆的事吧。

起初史萊姆只有蒂雅帶回來的那十七隻。

牠們努力淨化了廁所與排水道等，不知不覺間數量變多，身形也變大，開始在村裡自由移動。不過禁止進入的地方有小黑牠們看守，不會讓史萊姆接近；就算牠們敢靠近，也會被叼走並強制驅離。

基本上牠們只會擅自移動至有汙水的地方，不會引發什麼嚴重的問題，於是我便放著不管牠們了。

眼下雖然不清楚史萊姆的正確數量，不過可以肯定的是隨手一算就會超過百隻。

好了，關於這史萊姆嘛……

頭先帶回來的只有藍色史萊姆。後來不知發生了什麼事，變化出許多種類。

有綠色史萊姆、黃色史萊姆、紅色史萊姆。牠們不僅顏色不同，所使用的魔法似乎也有差異。原來如此。另外，儘管數量相對較少，但也有漆黑的黑色史萊姆、純白的聖史萊姆存在。由於這兩種好像相當稀有，受到蜥蜴人們萬分疼愛。總之這類變化並未造成什麼問題，沒有實際損害。

正當我這麼以為時，問題產生了。

史萊姆鑽進保存用的酒桶，將裡頭的紅酒全喝光，還變化成紫色的史萊姆。

所以這應該稱作酒史萊姆嗎？

特徵是酒臭味，特技是滿嘴酒氣。

儘管我想放著牠不管，卻無法如願。為什麼呢？因為愛喝酒的村民們幾乎全被激怒了。

村裡召開了有史以來的第一次審判。

有罪。

判決馬上就下來了。唉，偷喝酒這件事就算是我也無法包庇，剩下的便是該如何量刑……結果眾人要求了相當過火的死刑。有人提出拿來烹煮吃掉搞不好會有酒味的意見，部分村民聽了，眼睛甚至迸發期待的光芒。但我可不想這麼做。那隻史萊姆曾淨化過排泄物啊，可以的話我才不會想吃牠呢。乾脆拿去曬死不是比較好嗎？

至於較輕的刑罰則是監禁，把牠關在壺裡之類的如何呢？在一陣激烈的意見交流後，比傑爾的女兒——芙勞蕾姆的一句話安定了局面。

就算處罰了史萊姆，牠真的能理解嗎？

史萊姆所犯下的錯，正常來說是需要認真討論刑罰的事嗎？

參與審判的人個個羞紅了臉，法庭也隨之解散。看來得更加嚴格地管理存放酒的倉庫大門了。

之後，酒史萊姆依然是酒史萊姆。既不會參加其他史萊姆的淨化工作，也只會在村裡閒逛。每當有宴會等端出酒的場合，牠便會隨之現身。嗯，村裡有一隻像這樣的史萊姆倒也還好。不過如果繼續增加，可就讓人煩惱了。

比傑爾的女兒——芙勞蕾姆。

起初她穿著類似晚禮服這種和這裡相當不搭調的衣服，而且光是第一天就換了好多套，感覺是很重視打扮的千金小姐，我還在擔心她是否能融入這裡。不過第二天她就穿起了長褲，把頭髮束在腦後，一副「儘管交辦給我農務吧！」的模樣，讓我看了大吃一驚。

該歸功於她跟拉絲蒂感情融洽嗎？而且臉上還堆滿笑容，靜待我的指示。

老實說在農務上，她顯然比拉絲蒂有用多了，我很高興。希望她日後能繼續加油。

一起工作了十天左右後，彼此的交情已經進展到能將芙勞蕾姆簡稱為芙勞的程度了。

倘若拉絲蒂是學生會長或風紀股長，芙勞就是運動社團的王牌了吧。

她的記憶力很強，工作相當有活力，回話時也充滿朝氣，與小黑、座布團牠們，以及高等精靈等都能愉快相處。偶爾還會看到她撫摸獸人族女孩的尾巴，讓我好生羨慕。

但要是我不小心說出自己也想摸摸尾巴，有可能會被視為邀約上床的暗示，感覺實在太危險了，所以我不敢開口。

透過拉絲蒂與芙勞的對話，我得知了許多村外的飲食、酒類現況。

首先，關於料理，雖然我已經從鬼人族的料理略知一二，不過這個世界果然很欠缺這方面的技術，她們基本上只會烤跟煮而已。其他料理方法之所以沒有應運而生……據我推測應該是文化因素造成的。

進食對她們來說不過是單純的能量補給，很多人認為食物只要能塞進肚子就好。不，應該說他們只會判斷東西是否可食，掌權者也不會考慮多樣化的食物需求，只會認定特定食物為主食並大力推廣，導致農夫也都只種植該作物。是以大家吃下肚的作物都被固定，料理方法便也受到限制。對於有著之前那個世界記憶的我來說，真是毛骨悚然的飲食生活。

我雖然喜歡米飯，但只吃米飯誰受得了啊？嗯，這時如果是我，就會做些能下飯的菜餚……是因為這裡的人沒有那種餘裕嗎？

至於有錢人與統治階級的飲食雖然多少比較充裕，但特別講究食物的人好像依舊不多。就算他們想進森林狩獵或是下海捕魚，似乎也會因為存在怪物而備感困難吧。

對耶，有怪物嘛。原來如此。外來者之所以對村內的料理大為讚賞，理由我現在終於多少懂了。

關於酒似乎也是差不多的情形。

只不過酒在此地被視為一種耐久的飲用水，因此仍有專門的機構量產。正因如此，無論哪邊釀出的味道喝起來都差不多。比起風味，這裡的人更重視量，就算把酒摻水稀釋也毫不介意。

比起料理，喜歡酒的人似乎比較多，所以部分狂熱的有錢人與統治階級好像會特別去釀造好酒，但那種酒出現的機會不多，畢竟是為了讓出資釀造者飲用的。

然而據說村裡的酒比那些有錢人釀的酒滋味更佳。

這無關乎釀造技術，而是製作酒的原料有差距吧。原來如此。我總算能理解村民嗜酒如命的心情，還有德萊姆一天到晚跑來喝酒的理由了

「只種植單一作物，一旦出現瘟疫就會導致全國滅亡吧，這樣不要緊嗎？」

「怎麼可能不要緊呢？幾年前，以位於西邊的人類國家……福爾哈魯特王國為中心，發生了嚴重的瘟疫，聽說引發了大規模的饑荒。」

芙勞這麼告訴我。

「為了糧食，他們才會向周邊國家發動戰爭……魔王國也感到很困擾呢。」

為了糧食問題而開戰啊……是想進行掠奪吧？或許也暗藏了減少國內糧食消耗的目的。

「魔王國撐過饑荒了嗎？」

「是的。因為魔王國是多種族的聯合體，各族主食都不同。」

「原來如此。一旦不只種植單一作物，損害就減輕了啊。」

「沒錯。然而儘管損害不嚴重，魔王國卻也沒什麼餘裕。但福爾哈魯特王國看到魔王國過得還算富足……」

於是便演變成戰爭了。

「不過面對缺糧的軍隊，應該不至於打輸吧？魔王國反而能消滅對手不是嗎？」

「可以是可以，但任意奪取領地也會帶來困擾。」

「啊……」

搶到饑荒的土地後，要產生利益也是很久以後的事了，反過來還得先進行投資而導致負債增加。我實際感受到這個世界並非電玩遊戲。但區區一介村長，我一點辦法也沒有，能做的最多就是滿足魔王國對食物的要求，盡量降低售價。為了能多生產一些作物，我要努力耕種了。

9 飛龍通信與港鎮的麥可先生

我兒長得越來越大了。明明我每天都盯著他看啊……嗯。這樣下去，他很快就能自己站起來了吧（請別說我是笨蛋老爸）。

最近蒂雅跟高等精靈們也很積極。我可以體會她們的心情，但這件事得看老天爺的安排。就算想拚命辦事，也希望她們適可而止啊。

還有，來探望拉絲蒂跟芙勞的德萊姆與比傑爾，也暗示我想要外孫是怎麼回事？除非她們願意，否則我是不會出手的。那要是本人願意呢？這還用說，兩位可都是大美女啊……咦？不對，拉絲蒂不是卵生的嗎？芙勞可是貴族的千金耶？竟然叫我不必在意……

還是不要繼續討論這個話題吧，總覺得會覆水難收啊。

拉絲蒂的小型飛龍通信基本上是定期郵班。無論有沒有信件，這邊都會按照固定時程送出飛龍，一旦對方想主動聯絡，飛龍返回時便會將訊息一起帶回來。

基本上一天一郵班。倘若想頻繁地聯絡對方，一天就會往返好幾班。

而對於只是想避免忘記的對象，就會改成一週一班或一個月一班。

無論如何，這種服務都需要接收的對方協助才行。

好林村的聯絡頻率是一週一班。

我們這邊所送出的內容，是以獸人族移民寫給親人的信件為主，而對方的訊息則是以穀物交換礦物的事宜為主。當交換的話題談到某種程度後，才會派蒂雅直接前往討論。

關於運送穀物和礦物，雖然過去是拜託德萊姆，但現在已經改由拉絲蒂負責。

她一開始對龍族搬貨這件事感到很沒勁，不過準備甜食給她後，她就接受了。

根據蒂雅所言，好林村似乎正在考慮糧食方面完全依賴「大樹村」，全心投入採礦與鐵器製作。雖說最終判斷仍取決於對方，但我姑且仍提出了忠告——假如「大樹村」鐵器夠用後，他們吃飯可能會出問題。

實際上，我們如果要供應好林村所有人的糧食，不再度擴大田地是相當困難的。而好林村如果大半的人都專心採掘跟製作鐵器，生產出來的大量鐵器該賣給誰啊？

雖說魔王國仍在打仗，鐵是必要物資。但戰爭不會永遠持續下去吧。就我的觀點來看，還是希望好林村能繼續自給糧食。

往南翻越那座身為德萊姆巢穴的山，再穿越「鐵之森林」，就會看到海。有人提議向沿海的那座人類港鎮進行交易。

提案者是芙勞，目的則是取得海產。她提議的契機是我在吃飯途中喃喃自語的一句話：

「如果有海產，就能做出更多風味的料理了。」

除了我以外的村人也是很團結的。

南方港鎮名叫夏沙多。

被稱為夏沙多的城鎮似乎有芙勞認識的商人執業，於是我們決定以對方作為交易的窗口。

如果能取得海產，我也會很高興，於是欣然同意。不過儘管名為交易，但實際上應該跟好林村一樣，能夠採取以物易物的方式，因此我們得揀選帶去的貨物。

我一開始就提議了酒，卻引發眾怒。

「把酒帶出去這是什麼過分的話啊？」

「酒是村子的寶貝。」
「酒還是保管在村裡吧。」
不是已經拿酒跟好林村交換了嗎？因為鐵比較重要？
總之，矮人、高等精靈他們都站在同一陣線上。莫可奈何的我只好選擇其他作物。
「畢竟不清楚對方想要什麼，就以我們剩餘比較多的貨品為主吧。」
「有道理呢。」
總之，先別盤算要定期交易，這次以需要的海產類來做交易再說吧，剩下的任務則是在那邊收集情報。儘管如此思忖，但我本人還是不能前往的樣子。

前往夏沙多的成員決定了。
代表是芙勞，負責運輸的是拉絲蒂，搬運貨品及護衛的是包括達尬在內的蜥蜴人五名。
「我們動身了。」
「我會努力載貨的。」
「粗活就包在我們身上吧。」
到夏沙多的市區距離非常遠，考量貨物與同行者的安全，拉絲蒂降速後得花上半天時間才能抵達。
為了不勉強趕路，中途會住一晚，預計在南邊山上的德萊姆巢穴過夜。

希望不會打擾人家才好……不過對拉絲蒂來說就像是回老家的感覺吧。

翌日才抵達市鎮，當天晚一點會再回到德萊姆的巢穴停留一夜，回來村子則是再隔天，也就是三天後的事了。

希望大家能平安歸來啊。

交易團回來了。拉絲蒂背上馱著大量貨物。跟出去時相比，人數還增加了。

「村長，我們把夏沙多市鎮的商人——麥可先生給帶回來了。」

芙勞將一位衣著體面的中年男性介紹給我。

「您、您好，初次見面，我是戈隆商會的會長，麥可．戈隆。」

「我是『大樹村』的村長火樂。」

雙方不停低頭鞠躬。哎呀，總覺得很懷念這種感覺呢。

「村長，這兩人是在我家做事的傭人，請別介意。」

拉絲蒂維持龍的模樣，向我介紹身穿女僕裝的兩人。

「我叫布兒佳。」

「我叫史蒂芬諾。」

乍看之下很像人類……仔細一看才發現她們背上展開著宛如蝙蝠的翅膀。

恐怕是惡魔族吧。似乎是德萊姆的僕人——古吉的親戚。很久之前，拉絲蒂就說要從老家帶僕人過來，看來現在終於挑出人選了。

這兩人的事我了解了。

不過商人麥可怎麼也一起過來了？這個問題由麥可先生回答。

「我對貴村的作物品質大吃一驚。如果可以，希望今後能繼續維持友好的交易關係，才特地過來向您打聲招呼。」

「讓您專程跑一趟，真是感激啊。」

「哈哈哈，彼此彼此。我也獲得寶貴的經驗，不但乘在龍背上移動，還在龍巢穴裡住了一晚……」

啊，對方突然臉色發青了。來時大概被嚇得很慘吧？或是想起回去還得再體驗一遍的緣故？

「今天就請先休息吧。詳細的事明天再作討論。」

「我明白了，承蒙您的好意。啊，關於我的行李……」

將麥可先生的行李一同送去旅舍、指定好照顧他的人之後，我便回去了。

不久之前芙勞還住在旅舍裡，不過因為房子也蓋好了，她已經搬進去。

這似乎是芙勞第一次獨自生活，據她說幸好有鬼人族幫了她不少忙。

不久以後，芙勞可能也會跟拉絲蒂一樣從老家帶傭人過來了。

「辛苦各位了，交易成果如何？」

「跟事先說的一樣，帶回大量海產嘍。」

貨物已經從拉絲蒂背上卸下了。

「為保鮮度都泡在冰塊裡。這裡是貨品目錄。總之先搬進地下室吧。」

達尬這麼說著，並把目錄遞給我過目。

上面羅列著許多我沒聽過的魚類與貝類名稱。我稍微瞄了一下貨物內容，有類似鮪魚、鰹魚、秋刀魚、鯖魚的魚，也有長得像扇貝、海螺的貝類。名稱雖說不同，種類卻很像呢？不過魚跟貝類畢竟有毒與寄生蟲的危險性，還是得先請教一下熟悉的人。

有比較懂海產的人嗎？明天去問麥可先生或許才是正確選擇吧。

「這是由夏沙多市鎮加工的商品。似乎是作為調味料使用的。」

達尬拿起一只壺進行說明。這好像是夏沙多當地的特產吧，煮火鍋時可以一起加進去。看起來……是魚露嗎？總之，出現了不認識的調味料，我還滿高興的。

料理的風味又更豐富了。

另外還換了一些小東西跟道具回來，都分配給村民了。

當天晚上，我們以慰勉交易團的名義舉行宴會。既然如此，順便開麥可先生的歡迎會不行嗎？結果好像要等隔天了。

10 商談？

「昨天的宴會真驚人啊。守門龍那邊拿出來的食物已經很了不起了，結果這邊更勝一籌。再來就是紅酒。哎呀，比到目前為止我喝過的所有紅酒都更甘醇。」

「這樣啊。但還請不要喝過頭了。」

我接受麥可先生的讚賞，繼續延伸話題。

時間是上午，在旅舍的寬敞空間裡，有我跟麥可先生，此外露、蒂雅、芙勞也在。

原本以為拉絲蒂也會出席，但昨晚的慰勉宴會她好像喝得太晚，現在還在睡呢。

拉絲蒂看起來像是嚴厲的學生會長或風紀股長，生活作息卻意外懶散。

龍族好像大半都是這樣，把她叫醒而害她一臉睡意也不好。我已經學會教訓，就放著她不管了。

「那麼，首先是關於交易的事……」

「的確呢。我先報告一下來此的目的。」

麥可先生端正坐姿。

「前幾天，芙勞蕾姆小姐來小店進行交易。我們收到的貨物無論哪一樣都非常優質，為了今後也能繼續交易，我特地前來拜訪，這是第一個目的；看看有沒有其他能交易的作物，這是第二個目的。再者，尋找貴村是不是還有其他需要的商品，這是第三個目的。最後，我期許自己能成為貴村的御用商人。」

麥可先生毫不客氣地抬頭挺胸表示。

「您真誠實啊。」

蒂雅看似佩服地說了一句。

「假如掩飾想說的內容，導致意圖被扭曲那就不好了。」

「的確呢。嗯，這樣討論起來也會快一點。」

露也同意了。

「那麼，首先是關於貴村剩餘的作物，我全部都想交易，會算給你們很好的價格的。」

「哈哈哈。哎呀，別這麼著急嘛。」

蒂雅跟露相互使眼色後，決定由露來對付他。

「想與我們村子交易的對象很多，跟其他村子也早就有定期交易了，很難讓閣下的商會全數買下呢。」

「看過貴村的作物後，這也是很合理的。不好意思提出了強人所難的要求，但我仍希望能在最大限度下進行交易。」

「依照現狀，能批發給閣下商會的作物大概有這些吧。」

……其實這些問題，露她們都在事前討論過了。

嗯，我只是做了最後的批准而已。

「哪裡哪裡，這樣的量已經非常多了，感激不盡。」
「是嗎？那麼關於價格……」
「也對。啊，在那之前，我想先確認一件事。」
「什麼事？」
「關於商品的運輸，是跟我來的時候一樣以龍搬運，這樣沒錯嗎？」
麥可先生來此之前，曾透過芙勞拜託了拉絲蒂，協助他運送這趟採購回去的商品。
當然這並非免費，需要給予相對的酬勞。
「是的，我們這邊也耳聞了。不過那是拉絲蒂跟閣下的約定，與我們村子無關。與其說無關，不如說管不著吧。」
「貴村無法可管嗎？」
「有誰能對龍下命令呢？」
「真的不行嗎？」
「不行。拉絲蒂幫村子搬貨純粹是她善意的協助。」
只是需要給甜食當獎勵就是了。
「原來如此……呃……那麼，貴村跟龍族的關係是？」
「是共存。勸閣下不要想到奇怪的方面喔。」
「……我懂了。」

真奇怪的對話。難道有什麼內幕嗎？

「我會另外找拉絲蒂大人商量關於商品運輸的事……至於我想支付給貴村的金額大約是這樣。」

他給出了一個驚人的數字，不過我不清楚在這個世界算多算少，所以一句話也沒說。

「閣下很拚命呢。」

「哈哈哈，每次都給這個金額不太可能。不過作為第一次的交易，我就大方一點，充當善意的表示吧。」

「明白了。我們對金額沒什麼特別的問題。要寫成書面嗎？」

「請務必這麼做。紙就由我這邊來準備。另外，這是敝商會所能提供的商品目錄。」

「我收下了。只要是評價良好的物品，我們都會考慮採購的。啊，上頭的確有幾樣想進貨的東西……」

商談進展順利。關於我想知道的海產類問題，對方也仔細回答了。

海產沒有什麼特別的毒素，但一般人會擔心寄生蟲所以通常不去吃。看來要做成壽司有點困難啊。

「也能批發酒給我嗎？」

「……為了表示友好，少量賣給閣下是可以的，但要拿出貿易等級的量就難了，因為這個村子喜歡酒的人很多。」

「是嗎？真遺憾啊，那我就買回去自己享受吧。就算少量也好，麻煩貴村了。」

「好的。」

會談一直進行到中午以後。

以成果而言，我們把保留給夏沙多交易的作物全都變成錢了。除了作物，另外也賣出蜂蜜與座布團的布、砂糖、鹽、油等。

連鹽都賣得出去，讓我驚訝不已。

夏沙多是沿海市鎮，我以為應該不缺鹽吧，結果好像是風味不一樣。

很久以前，「死亡森林」的鹽似乎就是有名的貴重品。

這回，我們這邊什麼都沒買，但提出了幾樣想要的東西。

主要是山羊，還有馬。

一般說來比起養牛，養山羊的情況更普遍，所以應該很好取得。

養牛是因為我個人拘泥於牛奶，但這個地方說起奶，大家好像會先想到山羊奶。

因此得採購山羊。

馬是給我移動用的，這是露跟蒂雅的要求。

我以前可沒騎過馬喔……算了，等買來以後再說吧。

剩下的就是這回沒買到的海產類了。我尤其想要昆布。

聽說昆布在這裡被當作海裡的雜草，因為會妨礙捕魚而遭受討厭。真可惜啊。

我拜託對方曬乾後再賣給我們。

其他則是將好林村的礦物以「大樹村」作為中繼站，批發給戈隆商會。

雖說我腦中浮現轉賣、抽成的詞彙，但好林村跟夏沙多原本就沒有來往。就算現在才來往，距離也遠到會讓商品價值變得相當離譜。

我再度體認到我們村子能透過德萊姆或拉絲蒂運輸是很特殊的。

在森林裡以步行方式造訪村子，恐怕得花上一個月左右。

麥可先生又住了一晚，我們按照預定舉辦了歡迎會。

宴會持續了兩天。

雖說對麥可先生不好意思，但宴會料理主要是使用從夏沙多購買的魚貝類。

「用油炸的嗎？」

「炙燒？這是什麼樣的料理技術……」

我一邊教導鬼人族和高等精靈們海產的料理方式，一邊嘗試做出各式各樣的料理。

這些都是我自己想吃的。

另外也用了普通的燉煮方式。

暫時沒有醬油，只好拿夏沙多特產的調味料代替。

雖然無法滿足我，但其他村民的評價都很好。
好想早點拿到昆布啊。

閒話　麥可

我名叫麥可，麥可．戈隆，是代表夏沙多市鎮的商人之一。
很幸運地，我的生意非常順利。由於資金也很充沛，想跟我交易的人相當多，取捨選擇對我來說有些困難。
最近我一直忙著接待客人，商談的機會很少，總覺得百無聊賴。比起酒或食物，我更喜歡的東西是金錢。真想多賺點錢啊。
就在我這麼想的某一天，突然有客人來了。
突然的客人……？抱歉，我的商會對小買賣不感興趣。比較有禮貌的方式應該是先行通知，在來之前約定好時間才對。
連事先通知都不懂的一定是鄉下土包子，我本來打算假裝不在家，但因為有種不好的預感，最後還是出面迎接了。
一如我猜測，對方是個村姑。臉蛋雖然長得不錯，但跟我無關。畢竟我已經有愛妻了。假使想玩什麼美人計，就把她趕走吧。

我起初是這麼想的，但後來還是改變主意了。有先入為主的觀念實在不好。說不定這個機會也有錢賺。

先聽聽看她說什麼再決定吧。不過我不會陷入被動的，首先要表現出強悍的態度嚇嚇對方……然而我又有某種不好的預感，還是決定禮貌接待了。

我猜對了。

所謂的村姑，其實是克洛姆伯爵的女兒，芙勞蕾姆小姐。

好險啊。

克洛姆伯爵家的權勢在魔王國底下算是絕大的，違抗他們可不會有好下場。此外，他的女兒也不是普通的小女孩，而是公主大人的學伴、文武雙全的天才騎士。當她被選為公主大人的學伴時，就已經進入新世代幹部的候選名單了。

就算是現在這個時間點，她也能任意左右我的性命。

太好了。

我沒有無視自己的預感，真是太好了。

「之前我們曾見過一次，你還記得吧？」

「是、是的，當然記得，是在公主大人的生日派對上吧。」

「沒錯。當時我記得你說過如果有生意可做，務必要找你。現在應該不會打擾到你吧？」

「請千萬別說打擾什麼的。只要是芙勞蕾姆小姐的要求，我一定洗耳恭聽。」
「是嗎？太好了。事不宜遲，我有東西想讓你買下。」
「好的。請問是什麼東西呢？」
「是作物喔。」
「作物？芙勞蕾姆小姐，很遺憾，領地裡收穫的作物若不透過御用商人，我是不能收購的。」
大致說來，大家族都有御用商人，簡單來說就是一種地盤。
即使是芙勞蕾姆小姐親自拜託，我也不能無視這方面的規定。
「啊，這不是我老家領地的作物，所以沒關係喔。當地還沒有御用商人呢。」
「是這樣嗎？」
「嗯。總之你先看看實物好不好？不好意思，東西已經運到你的店門口了。」
我跟隨芙勞蕾姆小姐的腳步走到外面。
外頭鬧哄哄的，是發生什麼事了嗎？
只見周遭的視線都聚集到這裡。怎麼了嗎？
我不解地歪著腦袋來到店門口，發現貨物已在此堆積如山。
老實說，這會妨礙我做生意。
希望對方稍微考慮一下地點。
還有，假使我拒絕買下又該怎麼辦？

然而讓我震驚的是守護貨物的傢伙。
蜥蜴人。
他們在魔王領地內也是很稀有的種族，據說其戰力相當於十名優秀的人類戰士。
用他們當護衛？
嗯，真不愧是克洛姆伯爵一族。
這裡還有另一個女孩子……
乍看下是個嚴謹的村姑。村姑？怪了？
她的頭上有角……還有尾巴……這是？
我向周圍的人求援，視線卻一下子全迴避了。
不僅如此，他們還刻意保持距離。
意思是既不願扯上關係，也不想靠過來嗎？
好吧。
嗯，要是我也會這麼判斷。
但我沒辦法逃跑，只能加以確認了。
「那個，芙勞蕾姆小姐？」
「啊，她是拉絲蒂啦。因為她是龍族，別惹她生氣喔。」
「是、是的。」

拉絲蒂，沒聽過。類似的名字我有印象的是拉絲蒂絲姆。
她是守門龍的女兒，也是在各地鬧事的凶暴龍。
謠傳本來將「鐵之森林」當地盤的猙獰飛龍全都不見，也是被拉絲蒂絲姆殺光的緣故。
拉絲蒂絲姆……拉絲蒂，是姊妹？還是親戚？或者只是單純名字很像？無論如何她都是龍，處理不好的話便是死路一條。是說為什麼龍會在這裡啊？
我在毫無頭緒的狀態下檢查貨物。光看一眼我就明白了，這是最近在王都引發話題的作物，如今正在我的店門口堆積如山。
我嗅到大筆金錢的氣味。
「希望你能買下這些……」
「請您出價吧。」
我立刻拍板定案。怎麼可能放過這個機會呢？
「還有其他貨物嗎？」
「這次能帶來的就只有這些了……」
「所以代表其他地方還有嘍。」
「嗯，是的……都在村子裡就是了。」
「回程時拜託讓我同行好嗎？」
「是可以啦，畢竟我們也有想買的東西。」

「請告訴我您需要的物品內容，我會立刻準備。」

這叫商機。我不會放過的，輕易放掉怎麼行！

如今我正乘坐在龍的背上。

……似乎應該放過那商機才對。

我太害怕了，無暇欣賞底下的景色。

現在，我位於守門龍的巢穴裡。

應該放過那商機才對。

根本睡不著嘛。

目前，我正在「死亡森林」的上空飛行。

我已經看開了。

既然如此，無論遭遇什麼事，我都要緊抓商機才行。

我做出了覺悟。

吸血公主、殲滅天使、撲殺天使、地獄狼……

放心，不必害怕。我已經無所畏懼。

雖說我不怕了，但率先被介紹給我的這個人類是怎麼回事？

村長？這裡的老大？只見他親暱地摸著地獄狼的頭……

而且身段很低。糟糕，我也得低下頭才行。哎呀，因為睡眠不足，我有些站不穩。

對方親切地領我到旅舍。

原先以為是小村子，旅舍卻好得跟這裡不甚相稱。奇怪？這床單是惡魔蜘蛛的絲嗎……？連窗簾布也是？還是先別深究了。總之就看明天了。明天的商談一定要好好努力。現在，還是先睡……咕呼。

睡了一覺舒服多了。晚餐？當然要吃啊。

從未見過的料理陳列在眼前。真好吃。料理方式也完全超乎想像。

但還是好吃。

我的詞彙真是貧乏啊。然而就連貴族的派對都無法拿出這等料理，是為了我準備的嗎？明天的交涉看來要更努力才行了。

話說回來，這是用什麼肉做的？殺人兔和守門野豬？兩者都是難以取得的高級肉品啊。

紅酒也很好喝。

嗯，真讓人著迷。我絕對要拿到這種酒。再給我一杯。

實在是相當艱難的商談啊。不過我盡力了。以吸血公主為對手，我盡力了。

若能運用龍進行運輸，我夢想著一口氣掌握這個國家的商業命脈，可惜沒成功。

算了，我也只是試探一下可能性而已。

比起這點。雖然成功採購到作物了，但紅酒只能少量購得，真是可惜。

可惡。

那種酒的風味，我可以預期會有很多人搶著要。

昨天的晚餐拿出了相當多的量請村民喝，我還以為能輕鬆收購的。

咦？今晚又有宴會？酒……會端出來吧。我怎麼能不喝呢？

我名叫麥可·戈隆。

是戈隆商會的會長，也是夏沙多市鎮的有力商人之一。

更是預定以後會成為魔王國代表性商人的男人。

「我的小孩？是啊，我有兩個兒子，都已經成人了。他們兩個的媳婦也都快幫我生孫子了啊。」

對方一邊恭賀我，一邊似乎顯得很失望。不知道是為什麼呢？

11 蕈類與擴大田地

麥可先生回去了。為了送他一程，拉絲蒂不在了幾天。真是辛苦她了。

當拉絲蒂回來時，德萊姆也順勢造訪。

他似乎想嘗嘗魚類料理，結果對油炸類的評價很高。看到正在曬的烏賊也引發他的興趣，不過還沒完全曬乾，所以不能動。

我試著用同樣拿去曬乾的小魚熬成湯底……感覺不錯。不，應該說是相當美味。

話說河魚明明有很重的土味，為什麼海魚就不會這樣呢？

我推測那些有很重土味的淡水魚，是把食物跟河底的土石一起吃下去才會這樣的。

據說也有沒土味的河魚，但我們這一帶找不到。

海水魚獲得小黑牠們的好評。

雖然牠們直接吃也沒問題，但一旦吃過去除內臟的魚以後，牠們就只吃去除內臟的魚了。

又讓牠們學會挑嘴了……我要反省。

嬰兒不能吃蜂蜜。
儘管我不知道理由，但過去在電視上好像聽過類似的說法，所以我不會讓兒子吃。
為了不讓他誤食，我盡量想了些不會用到蜂蜜的甜食，最後乾脆選了地瓜跟栗子。
我知道怎麼烤地瓜，卻不懂糖炒栗子的方法，害我費了一番工夫。
炒栗子前要是不先切一刀，栗子會彈飛的。真麻煩啊。
至於其他的甜食，由於水果類就已經夠優秀了，感覺沒必要繼續研發。
之前製作布丁真是失策。
就算是現在，仍時不時會因為製作數量不夠而引發爭端。
所以還是別做冰淇淋比較好吧。
雖然我還沒做過，卻不知為何一直有人催促我。
完成。
同樣引發了類似布丁的爭端。看來廣受大家好評。

收成蕈類時，我突然靈機一動，挖掘附近的地面。
獲得松露了。
之前以「萬能農具」培養蕈類時，我腦中浮現了松露這種蕈類是長在樹根附近的模糊知識，於是在這帶嘗試了一下。

原先只是想賭賭看，結果挖到約十顆大顆黑松露。

這在之前的世界可是高級食材，但在這個世界又是如何呢？我個人認為它並沒有那麼好吃，相較之下喜歡香菇。嗯，或許是因為我在之前的世界根本沒好好吃過松露吧……

當我將松露拿到眾人面前後，引發了軒然大波。原來這個世界也有松露，然而因為相當罕見，總始找到也只有有錢人才吃得起，又被稱為黑寶石。

原來如此。

「那還是不要增產比較好吧？」

結果村民總動員要求我增產。這樣不會導致價格崩盤嗎？只要不拿出去賣就沒事了吧。

總之，先來試吃這回收穫的量吧。

鬼人族知道松露的處理方法，就交給她們了。

磨成粉後撒在料理上頭、切成薄片和料理一同吃下去——大致上是這樣。

我果然還是不覺得有多好吃，比較喜歡香菇呢。但出現這種冷淡反應的只有我一人。

露、蒂雅、拉絲蒂與芙勞都是細細品味過後才吞下肚，其他人也戰戰兢兢地慢慢吃著。

獸人族甚至歡喜地流下淚來。

小黑牠們也想吃……但因為數量稀少，只先給了小黑跟小雪……唔，這尾巴也搖得太激烈了吧？

吃不到的小黑孩子們的視線扎得我渾身不自在。

好吧，我馬上增產松露。

藉由小型飛龍的郵班，捎來了麥可先生的聯絡。

他已經備妥山羊、馬，以及曬乾的昆布。

此外，我所拜託的蝦與螃蟹也收集到相當的數量。

令人驚訝的是，這個世界雖然吃蝦，卻幾乎沒人吃螃蟹。

我原以為是味道有問題，一問之下才知道大家只是沒將螃蟹視為食材。

真可惜。啊，不，先別妄下定論，嘗過味道以後再說。

不被當作食材一定有其理由。

姑且不論這些。既然東西都備妥了，我也該過去取貨。

結果我親自去的想法又遭到反對了。

算了，我也無法放置田地不管就是了。

所以最後以和對方略有交情的芙勞為代表，並讓拉絲蒂運貨。

花了幾天時間。當兩人回來時，我嚇了一跳。

只見昏過去的山羊跟馬直接被綁在變成龍的拉絲蒂身上。

「因為牠們會亂動，只好出此下策了。」

「嗯，坐在龍身上還乖乖的反而比較奇怪吧。牠們有受傷嗎？」

「似乎沒事喔。就算有事也可以用恢復魔法啊。」

原來如此。

總之，山羊跟馬也有了。牠們是新夥伴。

雖然我曾想過要將牠們跟牛一起養，但還是分開比較好吧？

總之得先擴大牛區。從現在八乘八塊田的面積，朝東北方擴大成十二乘十二塊田，同時更名為牧場區。

接著，我放進了兩隻公山羊、八隻母山羊。而馬則是公母各一匹。

雖然我希望能將山羊養育茁壯，牠們卻幾度想逃脫。

有一隻躲避了小黑牠們的看守，勇敢地逃進森林裡，結果沒多久就被獠牙兔襲擊，嚇得逃了回來。

從此以後，山羊就不再逃跑了。

馬倒是從一開始就很順從。

由於如此一來土地會變得縱長，為了跟牧場區取得平衡，我也向東擴大了犬區。

為了遮陽，我還種了樹跟草坪。名稱是否該改成狼區啊？或是看門狗區？但兩個我都覺得很不習慣，還是繼續叫犬區吧。

來享用那些海產嘍。
我以曬乾的昆布熬湯，並試著烹煮湯品。真是驚為天人。
雖然高等精靈跟獸人們似乎沒吃過蝦，不過倒是沒什麼問題地吃下去了。但螃蟹就不行，為什麼啊？不排斥螃蟹的只有我、鬼人族跟拉絲蒂而已，露跟蒂雅也不吃，令我感到有些意外。
螃蟹長得跟我認識的毛蟹很像。等等？這樣是不是……很像座布團的孩子？不不，種類差太多了吧……保險起見我還是問了座布團「可以吃這個嗎？」牠回答ＯＫ。看來牠跟螃蟹一點關係都沒有，太好了。
我試吃了一口。好吃。不，應該說美味極了。
這樣啊，竟然沒幾個人敢吃嗎？敢吃的人面面相覷，看來是覺得沒必要向周遭宣教。嗯，無論生吃、煮的、烤的，都很美味。
幾天後，德萊姆造訪村裡，也想品嘗螃蟹料理，但那時螃蟹已經一隻都不剩了。
會沾上蟹腥味是唯一的難點吧，只能用加了檸檬汁的水洗手。下次再拜託麥可先生進貨吧。

12 飲食文化

藥草田──

的。

由於我從神明那兒獲得了「健康的肉體」，不知生病為何物，因此始終沒發現村民是很依賴藥草當困難的事。

我本來以為只有露、蒂雅跟芙蘿拉在研究時會用到藥草，不過有需要時想找到特定藥草似乎是件相當困難的事。

聽到這樣的狀況，我便著手開闢藥草田。我拜託高等精靈她們將充當樣品的藥草盡量連根一起拿來。雖說好像也有能作為藥材的樹木，但由於我只要看過一次就好，等到之後再說吧。

共三十種。

藥草的種類比我想像中還多，效果各有不同，這也是很合理的。

總之，我一邊看著實際的樣品，一邊以「萬能農具」耕田。

位置在田地東側，合計打造了四乘四塊田的面積。假使一切順利，之後再繼續擴大吧。

根據露她們所言，藥草也有人會高價收購，日後麥可先生搞不好會來買也說不定。

畢竟是藥，就算價格多少跌降也無所謂就是了。

我對一部分的藥草有印象。

是在刑警片裡出現過的危險藥物。

呃……種植這種東西，在道德上不會有問題嗎？

「端看怎麼運用嘍。這些也是很重要的藥草嘛。」

以嚴密管理作為條件，我種植了這些藥草。

矮人的釀酒工作很順利。

時不時會有新的酒出現在餐桌上。話雖如此，出現的酒大致上其實可以分成三類：紅酒、啤酒、蒸餾酒。矮人似乎經常改變原料，進行各項挑戰。

根據腦海裡模糊記得的知識，我姑且將用米釀酒的方法傳授給他們。酒麴是靠研究醬油與味噌的經驗，利用「萬能農具」培養出來的。我原本以為要耗費好幾年才能展現成果，結果一下子就做出類似的產品了。雖然風味仍差了點，但應該指日可待吧。

順帶一提，矮人的數量又增加了。他們有被酒吸引的習性嗎？

目前矮人總共有八名。

確保牛奶的來源後，我開始製作起司和奶油。做奶油雖然要消耗不少體力，但相對而言是比較簡單的；做起司則需要凝固牛奶的酵素……不過那是從小牛胃裡取出的，我可做不出這種事。小牛好可愛耶，我無法為了吃起司而殺死小牛。

儘管牛和雞的數量順利增加，但我都沒有吃掉牠們。看來我很難成為酪農了。

能仰賴的只有「萬能農具」。我將它化為杓子的形狀攪拌牛奶，同時祈禱裡頭出現凝固牛奶的酵素。這是去年的事。

如今，我的眼前排列著許多塊起司。這都要感謝「萬能農具」。

我將完成的起司與酒一起供奉在巨木的神社裡。

我把大豆浸泡在水中整整一天。

取出泡過水的大豆並搗碎，再將搗碎的大豆拿去煮。壓榨煮好的大豆，再煮過榨出來的液體。另外煮沸海水並去除裡面的鹽分後，再倒入大豆汁中。由於會逐漸凝固，得把它放進模子裡。

這就是豆腐！過程中榨完留下來的則叫豆渣！

「味道……還不錯呢。口感也很有意思。」

「我也嚇了一跳。」

手工豆腐有這麼好吃嗎？而且味道芳香，就這樣直接吃下去也沒問題。

可惜悲哀如我，是個不會打破常識的男人。

「加入夏沙多當地特產的調味料試吃看看吧。」

真是讓人等不及醬油開發完成了。

肢解魚身後搗碎，並過濾搗碎後的產物，再加入鹽攪拌成糊狀，直到質地變得濃稠後再修整形狀，放置大約一小時。最後蒸熟放涼。

魚板完成了！

顏色雖然不好看，但味道相當不錯。

「怎麼過濾的？」

「用網眼很細的布。這是為了將多餘的雜質給篩掉並增加口感而下的工夫。濾網是座布團幫我織的。」

辣椒、肉桂、丁香、肉荳蔻、小荳蔻、孜然、月桂葉等咖哩用的作物都湊齊了，我於是著手挑戰咖哩。只是各種材料的比率我不太清楚，就隨便搗碎成粉混在一起，慢慢調整味道與顏色，最後終於做出很像咖哩的粉。雖然多少仍有點不安，但我依然想挑戰看看。

結果——

做出類似咖哩的湯汁了。其實我還想讓這玩意兒更像咖哩一點。然而即使是這種咖哩，村民的評價也很好。

「麻麻的感覺會讓人上癮呢。」

「一旦更動原料的比率就會改變味道吧？我想研究看看。」

「光聞到香味，肚子就餓了。」

結果成了一個月會出現兩～三次的菜單。

要製作甜點，洋菜膠是不可或缺的。

我請麥可先生去找類似石花菜的海草，終於到手了。

重複洗過後再乾燥的步驟，加入醋煮出湯汁，冷卻後就成了洋菜膠。儘管得花上一點時間，但加工過程並不複雜。我運用完成的洋菜膠……加入水果就變成簡單的果凍。

光靠水果的種類便能做出各式不同的果凍。

口感廣受眾人接受的果凍，被當成飯後點心不停端出，轉眼間庫存的石花菜就沒了，只好再拜託麥可先生進貨。

雖然開發了許多料理，餐桌上普遍仍會出現將作物與獵物燉煮、燒烤的料理。

過去鬼人族只會單純的煮跟烤，不過現在在我的指導下，她們已經懂得先調味，也知道要調整火力、利用餘熱調理食物，料理變得相當美味。

肉類尤其好吃。最讓人驚豔的是烤牛肉……不是牛肉而是野豬，所以應該說是烤豬肉。也精心研究了佐餐的醬料。最近正熱中於製作以山葵為原料的醬汁。

村裡的烤野豬，是德萊姆每次造訪都一定要品嘗的人氣菜單。

我新蓋了一座烤麵包用的窯，並開始大量生產麵包，以及研究如何增加種類。不只是鬼人族，就連高等精靈們也積極參與了這項工作。

結果麵包的二次發酵也成功了。

我幾乎都要忘記這項知識——麵包在揉好麵團後得先進行第一次發酵，待成形後再進行第二次發酵，這是很重要的順序。二次發酵後麵包會變得很大，也就是變成吐司的形狀。

感覺真不賴。

同時也流行起在麵團裡塞入餡料一起烤，如此一來便能做出各種類似甜點的麵包。畢竟砂糖之類的原料很充裕嘛。

一旁的我也嘗試烤了披薩。既然有了起司，我想要吃披薩。儘管我本來只是打算當成點心吃才烤的，卻被剛好在附近的村民給吃掉了。披薩於是在村裡流行了起來。

嗯，飲食越豐富當然越好，可以讓大家在許多事情上更加賣力。也正因為如此——

蒂雅懷孕了。

13 地方官與娛樂

魔王城——

「魔王大人，您找我嗎？」

「比傑爾，你來得正好，寡人有點事想問你。」
「請問是什麼事呢？」
「聽說你讓女兒前往『大樹村』，這是真的嗎？」
「是的，這是事實。」
「這麼做的用意是？」
「讓她前去擔任地方官。」
「地方官？」
「是的。畢竟那村子的管理工作都委派給我了，派地方官過去也是很正常的事。」
「雖然或許是這樣沒錯……但你沒有其他人才了嗎？寡人的女兒可是很寂寞啊。」
「非常抱歉。那個村子要是處理不當，將會對魔王國領地帶來巨大的影響。此外，為了在最壞的情況下負起責任，我才選了自己的女兒。」
「……寡人明白了。能叮嚀你女兒回家時順便見見寡人的女兒嗎？」
「遵命。」

「大樹村」——
「就是這樣，妳成為這個村子的地方官了。」

「即使是父親大人，胡說八道也是要被掐死的。」
「妳已經在掐了不是嗎？」
「如果不是胡說八道，就別讓我當這個村子的地方官啊！」
「先別慌，這不過是做個樣子給魔王國看而已，實際上不可能讓妳擁有地方官的權力。」
「……父親大人的意思是？」
「只是請妳演一齣戲罷了，並不是要妳真的去統治這個村子。如果可以當然很好，但一點機會也沒有吧？我很清楚這點。總之，我會去跟村長打聲招呼，要是惹來不必要的誤解就不好了。」
「讓芙勞成為這個村子的地方官？」
「是的。對魔王國來說，不能讓將來前途光明的女兒在外遊蕩……當然，我知道她在這裡並非遊蕩。然而無論如何，以魔王國的立場會需要讓芙勞擔任地方官來維持面子，您能認同嗎？」
「如果只是要徵求我同意，倒是沒什麼太大的問題啦……」
「對這個村子也有好處喔。」
「好處？」
「是的，在此之前繳納的稅金都能交由地方官運用。所謂的地方官，就是要用課徵的稅金管理當地。」
「……也就是說？」

「想怎麼運用向這裡徵收的稅金都是地方官的自由。」

然而這個地方官只是賣魔王國一個面子。

等同於我們不必納稅了。

「這樣好嗎？不必再繳納稅金給國家了？」

「倘若是廣大的領地，就有上繳稅金給國家的義務。但要是只有一、兩個村子的小領地，不履行這樣的義務也沒關係。土地所孕育而出的作物本來就要用來富裕那塊土地，僅此而已。」

「原來如此。」

聽起來很美好，但實在美好過頭了。要我同意這件事是無妨……但還是得好好思考一下才行。

有陷阱嗎？對方是不是挖了個洞叫我跳？

「這村子的地方官任命權屬於誰？」

「我。」

「任命過的人可以再換嗎？」

「雖然的確是有那個可能……！您是覺得我讓女兒當上地方官，擁有實績後，會派別人替代她嗎？」

「我只是想釐清可能性。」

「由我來任命的話就不必擔心，您大可以相信我……但之後會由誰坐上這個位置，我實在不敢保證，您會對村子的將來感到不安也是可以理解的。這樣好了，我把這個村子的地方官任命權授與村長吧。」

「咦？」

「這個村子的村長擁有地方官的任命權。這麼一來，看您是想任命或罷黜地方官都行。」

「呃，這太輕率了吧……」

「請放心，我會做好合約的。今後就算其他人取代了我，只要魔王國還在的一天，這個契約就永久有效。如此一來，村長的地位便凌駕於地方官之上。」

我被說服了。

「芙勞，恭喜妳就任地方官！」

「恭喜！」

「好厲害喔！」

「別再說了，這是霸凌吧？村長，請罷黜我。擔任地方官什麼的，憑我的能力根本不夠格啊。」

「不，妳又還沒搞砸……加油吧。」

「不要啊啊啊啊！」

好吧，實際上只是個頭銜罷了。

這下比傑爾也不用來收取稅金，這或許是他那邊所得到的好處吧？

畢竟我當初叫他有膽就來拿嘛。

不過我發現比傑爾每個月依舊會過來一趟採買作物……不會太費事嗎？

蜥蜴人的孩子們長得很大了，身高也超過獸人族的男孩。

從蛋孵化的那一刻起，他們就能游泳、走路，可想而知他們的發育速度一定很快。相較之下，阿爾弗雷德連站都站不穩，我難免有點焦急。雖說他出生還不滿一年，我沒必要著急才對……這就是所謂的天下父母心吧。

由於蒂雅也懷孕，我本來擔心她跟露的關係會惡化，結果一點蛛絲馬跡都沒有。身為懷孕經驗者，露在各方面都非常關照蒂雅。看著兩人的相處情況，格蘭瑪莉亞她們也露出詫異的表情。畢竟她們知道這兩人以前的關係，才會覺得現在這樣很不可思議吧。這兩人以前究竟是打得多凶啊？

總而言之，感情好是件好事。希望蒂雅也能平安生產。

此外，其他想生孩子的女性攻勢更凌厲了。

我的身體只有一個，希望大家好好愛惜。

村裡的居民基本上都不休息，就連獸人族那些年幼的男孩也會去找點工作來做，或是被人吩咐工作。唯一休息的時間，就是天黑以後、下雨的時候，以及冬季。

假使身體狀況不佳，當然也會要求他們休息。但我覺得大家還是過勞了。

聽眾人的理由，只是單純認為「不工作的人就沒飯吃」而已。

現在的村子的確是一個共同體。有眾人的分工合作才得以讓村子運行，所以大家都兢兢業業，不敢擅自放假。更何況……

「村長幾乎每天都在工作了，我們還休息什麼啊？」

有人對我這麼說，我只好反省自己的作風。我的確得負起身為村長的責任才行。

需要勞動的時候自不必說，需要休息時我也該身先士卒啊。

以前玩保齡球的那次也是，因為我先玩了，其他人才不必繼續客氣。

因此，我就先視察一下田地的情況，再讓自己放輕鬆一點吧。

我實在閒不下來。

像這種時候，就做點玩具充當休息吧。

首先為獸人族的男孩子……我做了球。

不行啊。

只見小黑牠們用期待的眼神盯著球。這雖然不是幫你們做的，但你們露出這樣的眼神，我只能扔出去了。

我跟小黑牠們玩得很開心。

球行不通。

那……迴力鏢怎麼樣？

總之，先試做再說。

我先讓「萬能農具」化為迴力鏢的形狀，並拿它當範本。

實地測試。

在那之前，我拿「萬能農具」化身的迴力鏢進行投擲練習。

不這麼做的話，之後扔試做的迴力鏢失敗，就無法判斷是迴力鏢沒做好還是我技術太差。

結果就連「萬能農具」的迴力鏢我都扔得很差勁，持續練習了半小時迴力鏢才會飛回來。

好，在還沒忘記這種手感前投擲試做的迴力鏢吧。

嗯，順利飛回來了。試做迴力鏢似乎成功了。

剩下就看獸人族的男孩們會不會喜歡……結果我還在練習，便發現獸人族的男孩正用閃閃發亮的期待眼神注意這邊。好極了。

迴力鏢雖然滿受歡迎，但流行也退得很快。好吧，因為只能自己扔自己接的緣故。可以跟其他人同樂的飛盤還可以玩比較久。

那麼，下一項娛樂。

一下子變成充滿大人風情的高爾夫運動。

我將木頭試削成球桿。這個沒問題。總之先做一把就夠了。

再來是球。這是將木材弄圓並以「萬能農具」加工。

讓球滾滾看，由於重心不在中間，球無法以直線前進。

木頭的密度並非均等，所以這也是理所當然的現象。然而，我們倒不是要認真拚勝負。只要把歪得太離譜的球廢棄不用，這種程度就夠了。

接下來是球道……

既然我鎖定的客群是獸人族的男孩，先做比較短的球道應該可以吧。我在居住區的西側選了個合適的開球位置，在找合適的地點挖出球洞。完成了。

看起來很粗糙，但這樣應該可以吧？

我姑且還是把開球位置到球洞之間的球道都用「萬能農具」耕過一遍，甚至還種了草坪。

這樣看起來就像樣多了，只是草坪要長好得花一段時間。在等待的過程中，我大量生產球桿和球。

我做了自己要用的成人球桿，以及給獸人族男孩子使用的兒童球桿兩種。全都是木製的，因為沒有鐵桿，桿頭就做了各種不同的角度。

這麼一來，又覺得只有一條球道太孤單了，便繼續擴增球道。我種了充當障礙物的樹，也做了長草區。這樣球洞的位置很容易被擋到，為了醒目又豎起旗杆。我在耕地之餘，努力製作這些設施。如果這樣還沒人想打，我該怎麼辦啊。

結果我是杞人憂天。高爾夫很受歡迎，尤其是鬼人族。

「沒辦法按自己想要的方向前進才是最有趣的。」

「能一邊品茶，一邊悠哉地玩最棒了。」

「呵呵，接下來輪我打了。試試三號桿怎麼樣？」

「哎呀，以妳的力量用五號桿就夠了吧？」

我目睹她們吃完午飯後打高爾夫的場面。

比起我做的玩具，獸人族的孩子們更喜歡騎馬或山羊玩。

他們騎馬比我還行的樣子，我最好也來練一下騎術了。

閒話　巨木

哈囉，俺是樹，是這一帶最大的巨木。俺每天都過著和平的日子。

某天，有個人類把俺附近的其他樹瞬間化為泥土，簡直不是人，是惡魔啊！絕對是惡魔，不會錯的。糟糕，真的慘了。再這樣下去，俺也會變成泥土。啊……好短暫……其實不算短啦，俺也活了上千年左右。

俺才不會就這樣放棄咧！毅力，要有毅力！區區一介人類是無法傷到俺一根寒毛的！真是可惜啊，竟然逼俺使出全力……呀啊啊啊啊啊！

俺的身體被某種奇怪的玩意兒鑽出洞！好大一個洞。而且在那之後，人類還在洞裡用銼刀磨擦。唔哇啊啊啊……雖然不痛，但這樣下去俺不就全身都是洞了？

住手啊啊啊啊……

安全了。

人類並沒有繼續鑽洞。耶！

看來人類打算在俺的體內築巢。好吧，當一棵樹本來就經常遇到這種事。

接受一切事物吧，俺可是心胸寬闊的傢伙喔。

周圍的樹一口氣都變成泥土了。糟糕，這個人類真糟糕。俺只是運氣好，被選為他的巢穴罷了。嗯，還是不要太囂張比較好。晚上就讓他暖和一點吧～拜託別砍俺啊。

到了早上，人類突然看似高興地削起俺的身體。

咦？咦？咦？怎麼了？你想幹什麼？

人類在俺的身體做出設置神像的場所了。有虔誠的信仰是不打緊啦，但可以先跟俺說一聲啊？差點嚇死俺。不過也罷，身上有神像感覺並不壞就是了。

身為一棵樹，俺想要大地母神的像……啊，不，就算是造物主也完全ＯＫ喔。

奇怪？總覺得俺沉睡的智慧甦醒了。俺……不對，本大爺，也不對。還是自稱我好了。

我已經覺醒了，沒什麼好怕的。

超大的蜘蛛住進來了啊啊啊啊！是惡魔蜘蛛啊啊！不要啊啊啊啊……咦？沒事？真的嗎？不是騙我的吧？

很好，我就考慮賜給牠安穩的生活吧。

啊，抱歉，擺出一副很偉大的樣子……好的，我會以樹的身分繼續努力。

要在這裡生產嗎？請便請便，我會努力在寒天裡守護你們的。

在我的見證下，視野內的景色出現了令人眼花撩亂的變化。

至今為止原本只有樹，現在卻成為田地，還養起了地獄犬、大量惡魔蜘蛛……

那個人類是打算侵略別處嗎？不，並沒有那種感覺，他只是很率直地樂在耕種而已。啊，如果可以，也在我腳邊施點肥料吧，這樣我就沒有其他怨言嘍？對對，就像那樣。

人類在我的外頭建了房子，現在住進去裡面，卻似乎沒有忘記最初受我照顧的事，看來是個不錯的人呢。能繼續這樣和平相處就好了，我會守候著這一切的。

……人變多了耶。嗯，數量增加了。不知為何，我感覺有點不知所措。

但最初的人類似乎有好好地教導他們，沒人敢捉弄我。這是好事。那個，如果想傷害我的身體……啊，唔，請盡量避免吧。

飛龍？咦咦！糟了，這樣很糟耶。我要被燒掉了！

啊，牠朝這邊噴火啦啊啊！

……人類把飛龍擊落了。嗯，幹、幹得好啊！真了不起。今後要是遇到這種事也拜託了。

好吧，又有奇怪的傢伙造訪，甚至連龍也來了。結果全被人類搞定。

嗯，我已經懂了，千萬不可以違逆這個人類。

也就是說，我一定得成為能幫助這個人類的存在才行。

我的果實……還需要很長的時間才會出現。既然如此，我要全力帶給他恩惠。沒錯，來守護人類他們的生活好了！他們也會害怕生病吧？只要是在人類開闢的場所內，我的恩惠都有效喔。

問題在於……這點該如何傳達給人類？

用掉落的樹葉排成文字？不行吧，掉下以後就會被風吹亂了。

既然如此，就用樹枝排列成文字吧。

或許得花上百年左右才能完成，但應該可以成功？啊，惡魔蜘蛛可以幫忙傳達嗎？不好意思，那就麻煩你了。

一陣子後——

人類在我的根部澆了水。由田地的情況研判，這水的用處我也大致懂了。

住在我身上的害蟲全被一掃而空。這樣我就能再活一千年……不，兩千年左右也不是問題了。

我明白，直到腐朽前我都會好好守候這裡的，因此還請教導孩子們以後依然要愛惜我。千萬拜託嘍！

閒話　神

我是神。雖然自己說好像有點囂張，但我就是偉大的神。比我更高級的存在，就只有我的同位體……也就是我的本體了。只有這樣而已。

而我這位偉大的神的工作是守護世界，監督管理交給我負責的幾個世界。當然，這是很辛苦的工作，畢竟只要一粗心大意，世界就會瞬間崩解，感覺就像是在玩一個平衡度很差的爛遊戲一樣。況且我的處理能力假設是一百，所承擔的工作量感覺上就是一千，無論怎麼看都太強人所難了。

然而我是神，是偉大的神。

我想出了一個破關的方法，就是仰賴部下。

要是只靠我會無法負荷，生出能幹的部下來幫忙就好了吧。雖說部下的能力不到我的幾千分之一，但可以使用人海戰術。

儘管偶爾也會生出不聽話的部下，世界總算是安穩多了。

但我有點做得有些太過了，部下攬下所有的工作後，我便沒事可做。

並非我想要工作，可是沒工作就會感覺自己不被需要，總覺得滿悲傷的。

不過真不愧是我的部下們。為了不讓我悲傷，還是分了些工作給我。

呼呼呼，我會好好加油的。等等，奇怪？立場是不是顛倒了？不要在意這種事比較好？

如此這般，又過了好幾千年吧。嗯，到此為止都是故事的開場白。

首先，我要強調自己的確是個偉大的神。另外因為我有工作，算是恰到好處地忙。所以我究竟想說什麼呢……呃，該如何啟齒才好啊？

神也是會犯錯的。

交給我處理的工作是救贖人類的靈魂。即使如此，倒也不是每個人都能得救，因為人類的靈魂太多了嘛。我所負責的只是其中一部分，全是非常極端的靈魂。

需要精細判斷的部分則由部下處理。是因為覺得交給我會感到不安嗎？最近，部下對我的敬意好像越來越低？呃，也是，畢竟我犯錯了……

咳咳！

我失誤的工作……簡單說就是研磨靈魂。

美麗的靈魂會呈現光滑的球體，被汙染的靈魂則會長出角，把那些角去掉就是我的工作。當然並非拿銼刀去磨，而是要透過嚴酷的人生使其渾圓。

要言之，就是藉由苦行來研磨靈魂。

然而我失誤了。

我讓一個沒被汙染，甚至算是滿乾淨的靈魂投錯胎，害那傢伙走了一遭痛苦的人生。

等我驚覺到時已經太遲了。對已開始人生旅途的人，神是不能干預的。

這是我自己制定的規則，不能任意破壞。

儘管我對部下們說著「這回通融一下」卻遭到拒絕。真是一群腦筋死板的部下啊。

我與那個靈魂相遇，是在失誤發生的三十九年後。那傢伙過完苦難的人生，死了。

……神會懊悔，心也會痛，尤其看到閃閃發亮的靈魂更讓我感到刺目。抱歉，我真的很抱歉。

不過，我是神。神是不會犯錯的。就算犯錯了也不能稱為犯錯，要說是上天注定。因此即使我想道歉也不能說出來。真的很對不起。

啊，才剛開始對話，那研磨過的靈魂光輝就讓我……不行，我再也受不了了。

「我讓你前往別的世界……也就是異世界，把你傳送到那邊。」

並非轉世而是傳送，因為如果轉世，他就會忘掉之前艱辛的人生了。我希望能彌補他上回辛苦的人生，才讓他過上全新的人生。雖然是我恣意妄為，但希望他能接受。為了讓他接受，要我以退為進也沒問題喔。畢竟只要退一步，就能附帶贈送給他許多福利了。

結果沒用啊～真不愧是乾淨的靈魂，他太率真了。嘖，這樣的話只好由我來創造契機……

「那麼，我希望擁有不會生病的身體。」

他已經被病魔折騰了十年，這個願望相當合理，卻也狠狠戳中了我的心。對不起，真的很對不起。

絕對不會生病的技能……就給他「健康的肉體」吧。自動延長壽命也是免費贈送的福利之一。享受男「性」生活的時間同樣會變長喔。

哎呀，別這樣就露出滿足的表情啦。再一個、再來一個願望也ＯＫ喔。

「好、好吧。如果可以，我比較想在人煙稀少的地方生活。」

一問之下，我才知道他的人生有著嚴重的人際關係問題……啊，嗯，果然沒錯，根本不是什麼正經的人生嘛。抱歉，我真的很抱歉。

至於這個願望，我也會幫他完美達成的。

沒問題，要傳送過去的地方剛好還滿……唔～人類也滿多的嗎？人煙稀少的場所、人煙稀少的場所。喔，找到了。就選那邊好了。

所以我說啊，別因為這點小事就露出滿足的表情啦。當作幫我的忙，再來一個心願吧。歡迎之至！

「農業。」

他想務農嗎……我是沒意見啦，然而手邊沒有農業相關的技能。

無論面對誰都能一擊必殺的魔法，或是被異性包圍過著爽翻天的人生等，這些明明我都可以給他，我還真無能啊。不，我只是為了把工作交給部下，才把那個技能分出去罷了。

全是我所種下的惡果。我馬上聯絡負責人。

沒錯，是近來罕見想務農的靈魂啊。我沒有騙人啦。妳應該也知道那個節目吧？每個禮拜都看？不是蹺班去看的吧？身為農業之神，看那個節目是正確的？或許是吧……總之，他是看了那個才受影響的。然後，我要把他傳送到那個世界去……沒錯，就是那個農業很不發達的世界。所以得給他一個能在務農時活用的技能……「萬能農具」不是神具嗎？複製品？那應該就沒問題了。

我把「萬能農具」交給他。

也好好解釋過使用方法，應該沒問題吧。

好，差不多可以進行傳送了，新手包也選了最好的一個……再確認。這次沒犯什麼錯了。那麼就有勞嘍。好好彌補之前的人生吧！主要是讓我的心別再痛了。

再鄭重說一次。

神也是會犯錯的。

送走他之後馬上來了聯絡，是關於「萬能農具」的注意事項。

咦？要是給普通人類使用，只要稍微動一下就會因精神消耗而倒地不起，不趕緊治療結果會很慘？笨蛋女兒！為什麼這種事不先說……呃，那原本是我的道具沒錯啦……

來不及了。已經完全傳送完畢，我不能再干預了。

緊接著我倒抽了一口氣。傳送的目的地……是個問題很大的地方啊。我都忘了。而且那裡不是充斥著危險生物嗎？難怪會人煙稀少啊……我沒臉責怪女兒。

啊……難不成他馬上又得回來我這裡了？喂喂，我哪有臉去見他啊？不、不過我也不能逃。我是神，得在這裡等著才行。趕快想個藉口吧。

…………

沒來？奇怪？他已經熟練「萬能農具」的使用方法了？為什麼沒有倒下呢？

啊！

「健康的肉體」。

它具備能隨時導正精神狀態的效果。

也就是說，即使「萬能農具」消耗了精神，「健康的肉體」也會立刻使其恢復……

儘管或許只是複製品，但他還是能任意使用神具「萬能農具」啊。

…………

好極了，真不愧是我！神是不會失誤的！就算失誤也是天注定！一切搞定！

我雖然沒辦法隨時盯著你看，但還是會守候你的！加油吧！

異世界悠閒農家

Farming life
in another world.
Presented by Kinosuke Naito
Illustration by Yasumo

01

後記

大家好，我是內藤騎之介。

在許多與異世界相關的小說中，您能選上這本實在是讓人由衷感謝。

這部小說是將投稿於「成為小說家吧」的作品新增部分內容、修正及編輯後完成的。

大家聽過「成為小說家吧」嗎？那是個小說投稿網站。我開始閱讀這個網站時，已經有許多小說家從網站出道了，真是讓人非常羨慕。

「我也想成為小說家。」

然而我知道世界上沒有白吃的午餐，因此有一段時間我都在努力閱讀，無論什麼作品都看，而且看了一年左右。儘管每部作品都很有趣，卻總是波折連連，令人感到有些疲弊。

於是我想找部悠閒的小說來看，卻怎樣也找不到。或許是我搜尋的方式不好吧，總之就是找不到。

這時我心想，既然沒有，何不自己寫呢？便拿起筆，或者應該說敲打鍵盤生出這部作品了。雖說這部作品裡既有山也有谷，地勢更迭起伏，故事內容卻沒有高低起伏可言。就算有，頂多也只稱得上丘陵與窪地吧，令人感到緊張刺激或怦然心動的內容也很少，有的就是「放鬆」和「悠閒」的氣氛而已。如果您能喜愛這種氣氛，那就是我最大的幸福了。

好了，認真模式結束。

哎呀~前面雖然寫說想當小說家，但我沒想到竟然真的能出書。呃，或許多少抱有那種野心啦……但早知道會印成書，關於書名就應該更認真思考才對，《異世界○○》總覺得是隨處可見的菜市場書名吧。當初我隨便取了這個名字後感到有點留戀，導致一直改不了書名，為它後悔了半小時左右。之所以只持續半小時，是因為我想不出其他書名。本作的男主角也一樣呢，命名真的是很難的一件事。最大的犧牲者莫過於男主角了。火欒——這是什麼硬湊的漢字啊？其實原本是想說「火欒」一旦從事農業，就會變成「火藥」（加上草字頭），但本作裡幾乎沒有任何漢字典故的出場餘地，於是取這個名字就變得毫無意義了。神啊，下次轉世時請賜給我命名天賦的作弊技能吧，我要取個讓讀者在店頭或網路上看到就會覺得眼睛一亮，某種程度還能彰顯作品內容並引發大家興趣的好書名！

最後，關於本書的問世，我給許多位朋友都添了麻煩，也多虧他們的協助。在此鄭重謝罪及感謝。謝謝大家。

尤其是幫忙繪製插畫的やすも老師。一開始打算出版時並沒有想過要加入插畫，所以我心目中的角色印象都是黑漆漆的一片，真是抱歉。謝謝您提供這麼可愛的插圖。

那麼，下集再跟各位見面了。

內藤騎之介

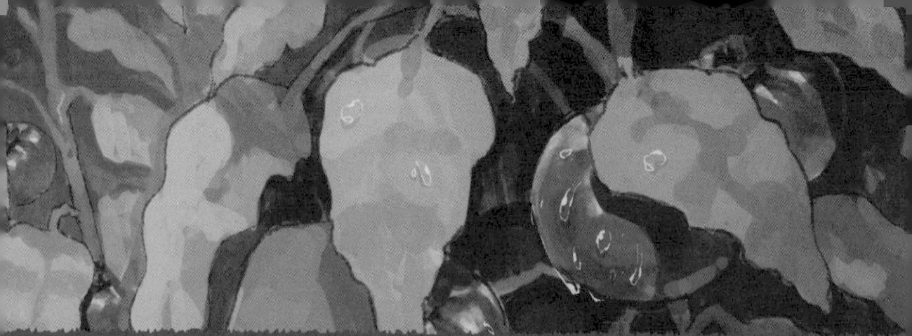

作者 內藤騎之介

Kinosuke Naito

大家好，我是內藤騎之介，
一顆在情色遊戲農田裡收成的圓滾滾鄉下馬鈴薯。
過著有大量錯漏字的人生。
還請多多指教。

插畫 やすも

Yasumo

有時玩遊戲，有時畫圖。
是個插畫家。
希望自己能創作出更多元的題材。

異世界
悠閒
農家

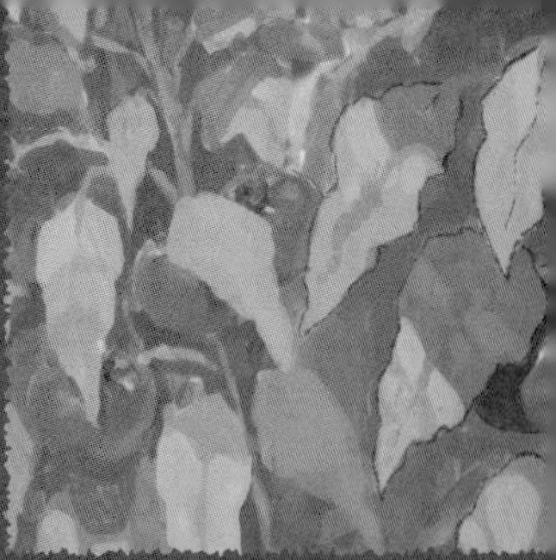

01

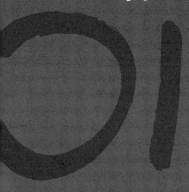

露與蒂雅的下集預告間～聊

喂，蒂雅，可以問妳一下嗎？

什麼事？

我們是女主角吧？

當然嘍。

那麼下集我們的出場機會是不是太少了？

這個嘛……

女角繼續增加我是沒意見啦。但我們沒有得到女主角該有的待遇，這難道不是嚴重的問題嗎？

露小姐，請保持鎮定，我要告訴妳一項震撼的事實。

什、什麼？

這部作品的女主角，也包括座布團跟小黑！

咦？座布團我知道是母的。但小黑不是公的嗎？小雪才是母的吧？

02

即將發售！

Next
Farming life
in another world.

就是小黑沒錯。這個世界可是很殘酷的。

竟、竟然有這種事……不、不過我們依然是女主角吧？剛才我不是強調過了嗎？喂，妳為什麼要把臉撇開啊？

請放心。我們是女主角沒錯。作者不是花了第一集描寫我們的故事嗎？

就、就是說嘛。

不過到了第二集，比我們更出風頭的龍族哈克蓮就要登場了。

妳說什麼？

露小姐，我們也不能輸。在第二集鬧翻天吧！

這還用妳說！我們要在第二集大鬧一番！而且要讓全世界都知道這部作品的女主角是我們！

如此這般，《異世界悠閒農家》第二集也請多指教了。

拜託大家嘍。

29歲單身漢在異世界
想自由生活卻事與願違!? 1~7 待續

Kadokawa Fantastic Novels

作者：リュート　插畫：桑島黎音

失去力量的大志與沒用神
為了取回力量竟闖入禁地!?

大志被眾神痛扁一頓後，和沒用神一起逃走了！慘敗後被扔到大森林裡的大志，一面在精靈村落裡受精靈照顧，同時為取回失去的力量而展開冒險。試圖從分散森林裡的遺跡中找到「擬神格」。而這個世界也即將現出真面目……

各 **NT$180~220/HK$50~68**

口是心非的冰室同學 從好感度100%開始的毒舌女子追求法 1 待續

Kadokawa Fantastic Novels

作者：広ノ祥人　插畫：うなさか

情投意合≠告白成功!?
喜歡的妳總是言不由衷～～

冰室涼葉——看似完美無缺的優等生，卻是個口不擇言的學生會長。暗戀她的副會長田島愛斗，某天突然能聽見她隱藏在言語背後的「真心話」！愛斗這才發現原來真正的涼葉早就瘋狂喜歡上自己了！他喜不自勝，立刻告白，卻慘遭對方拒絕……!?

NT$220/HK$68

異世界建國記 1~2 待續

Kadokawa Fantastic Novels

作者：櫻木櫻　插畫：屢那

為了野心、為了摯愛，
亞爾姆斯將挑戰「神明決鬥」！

為了繼承羅賽斯王之國的王位，亞爾姆斯決定與國王最鍾愛的女兒尤莉亞結婚。與此同時，亞斯領地和鄰近的迪佩魯領地因為難民問題而發展成交戰的勢態。迪佩魯領地的領主里卡爾遂向亞爾姆斯提出「神明決鬥」，沒想到……！

各 **NT$220/HK$68~75**

回復術士的重啟人生 1~2 待續

Kadokawa Fantastic Novels

作者：月夜涙　插畫：しおこんぶ

最強敵人接連來襲！
回復術士的煽情復仇劇續篇!!

擊退襲擊者的凱亞爾葛享受著煽情的旅途生活，同時也逐步做好復仇的準備。此時吉歐拉爾王國的最強戰力，劍聖克蕾赫・葛萊列特出面討伐回復術士！「這女人可以派上各種用場。讓我好好地疼愛她吧——」最強的回復術士將會以何種手段制服劍聖？

各 **NT$220~230／HK$68~70**

賢者大叔的異世界生活日記 1~3 待續

Kadokawa Fantastic Novels

作者：寿 安清　插畫：ジョンディー

賢者大叔終於在異世界得到了米！
耕作！築橋！還有黑衣魔導士來襲!?

兩個月過去，大叔擔任家庭教師的工作也告一段落，又回復到「無業」狀態，但他因拯救前任公爵及其孫女，被賜予附帶田地的家，讓他一時得以安居。這時，飯場土木工程公司的監工矮人那古里拜託他幫忙築橋，卻被黑衣魔導士襲擊……!?

各 NT$240/HK$75

國家圖書館出版品預行編目資料

異世界悠閒農家 / 內藤騎之介作 ; 許昆暉譯. -- 初版. -- 臺北市 : 臺灣角川, 2019.03-

冊 ;　公分

譯自 : 異世界のんびり農家

ISBN 978-957-564-820-6(第1冊 : 平裝)

861.57　　108000483

Kadokawa
Fantastic
Novels

異世界悠閒農家 1

（原著名：異世界のんびり農家 1）

2019年3月20日 初版第1刷發行
2023年4月25日 初版第4刷發行

作者：內藤騎之介
插畫：やすも
譯者：許昆暉

發行人：岩崎剛人
總編輯：蔡佩芬
編輯：邱璨萱
美術設計：莊捷寧
印務：李明修（主任）、張加恩（主任）、張凱棋

發行所：台灣角川股份有限公司
地址：104台北市中山區松江路223號3樓
電話：（02）2515-3000
傳真：（02）2515-0033
網址：www.kadokawa.com.tw
劃撥帳戶：台灣角川股份有限公司
劃撥帳號：19487412
法律顧問：有澤法律事務所
製版：巨茂科技印刷有限公司
ISBN：978-957-564-820-6